o bom sujeito

O bom sujeito
DEAN KOONTZ

Tradução de
Marilene Tombini

EDITORA RECORD
RIO DE JANEIRO • SÃO PAULO
2011

CIP-BRASIL. CATALOGAÇÃO NA FONTE
SINDICATO NACIONAL DOS EDITORES DE LIVROS, RJ.

K86b

Koontz, Dean R. (Dean Ray), 1945-
    O bom sujeito / Dean Koontz; tradução de Marilene Tombini. – Rio de Janeiro:
Record, 2011.

    Tradução de: The good guy
    ISBN 978-85-01-07755-4

    1. História de suspense. 2. Ficção americana. I. Tombini,
Marilene. II. Título.

11-1163.

CDD: 813
CDU: 821.111(73)-3

TÍTULO ORIGINAL:
The Good Guy

Copyright © 2007 by Dean Koontz
Publicado mediante acordo com a Lennart Sane Agency AB

Texto revisado segundo o novo Acordo Ortográfico da Língua Portuguesa.

Todos os direitos reservados. Proibida a reprodução, no todo ou em parte, através de quaisquer meios. Os direitos morais do autor foram assegurados.

Editoração eletrônica: editorîarte

Direitos exclusivos de publicação em língua portuguesa somente para o Brasil
adquiridos pela Editora Record Ltda.
Rua Argentina 171 – Rio de Janeiro, RJ – 20921-380 – Tel.: 2585-2000
que se reserva a propriedade literária desta tradução.

Impresso no Brasil

ISBN 978-85-01-07755-4

EDITORA AFILIADA

Seja um leitor preferencial Record.
Cadastre-se e receba informações sobre nossos lançamentos
e nossas promoções.

Atendimento e venda direta ao leitor
mdireto@record.com.br ou (21) 2585-2002

Para Mike e Mary Lou Delaney, por sua bondade, pela amizade e por todas as risadas — mesmo que muitas vezes não saibam por que estamos rindo de vocês. Com vocês. Rindo juntos. Adoramos vocês.

Devo lhe contar um grande segredo, meu amigo.
Não espere pelo juízo final, ele ocorre a cada dia.

Albert Camus

PRIMEIRA PARTE

O lugar certo na hora errada

CAPÍTULO 1

ÀS VEZES UMA LIBÉLULA DESLIZA PELA LAGOA, DEIXANDO um breve rastro, tão fino quanto o fio de uma teia de aranha e, ao planar baixo, evita os pássaros e morcegos que se alimentam durante aquele voo.

Com 1,87m, pesando 95 quilos, com mãos enormes e pés ainda maiores, Timothy Carrier não conseguia passar tão despercebido quanto aquela libélula skatista, mas ele tentava.

Calçando botas pesadas de trabalho, com um andar à la John Wayne que lhe caía com naturalidade e que não conseguia mudar, ele entrou na Taberna Lamplighter, seguindo até o final do salão sem chamar atenção. Nenhum dos três homens perto da porta, no pequeno espaço em L do bar, olhou para ele. Nem os casais que ocupavam duas mesas.

Ao sentar-se no último banco, na sombra que havia depois da última luminária baixa que lustrava o bar de mogno cor de melado, ele suspirou de contentamento. Sob a perspectiva da porta de entrada, ele era o menor homem do salão.

Na extremidade da frente do Lamplighter ficava o maquinista na cabine da locomotiva. Esse era o vagão. Aqueles que escolhiam sentar-se ali num fim de tarde de uma segunda-feira sem movimento provavelmente seriam companhias tranquilas.

Liam Rooney — o dono e, naquela noite, único atendente do bar — serviu um chope e o colocou diante de Tim.

— Uma noite dessas você vai entrar aqui com uma namorada — disse Rooney — e eu vou morrer de tanto susto.

— Por que eu traria uma namorada para esta espelunca?

— O que mais você conhece além dela?

— Minha loja de donuts favorita.

— É. Depois de vocês traçarem uma dúzia de doces, você podia levá-la a um restaurante caro em Newport Beach, sentar no meio-fio e ficar olhando os manobristas estacionarem todos aqueles carros chiques.

Tim deu um gole no chope, e Rooney enxugou o balcão, embora estivesse limpo.

— Você teve sorte de achar a Michelle. Já não se fazem mulheres como ela — disse Tim.

— A Michelle tem 30 anos, é da nossa idade. Se não se fazem mais mulheres como ela, de onde ela veio?

— É um mistério.

— Para ser um vencedor, é preciso estar no jogo — disse Rooney.

— Eu estou no jogo.

— Mas jogar sozinho não é jogo.

— Não se preocupe comigo. Tem um monte de mulher batendo na minha porta.

— É — disse Rooney —, mas elas vêm em dupla e querem falar de Jesus.

— Não há nada de errado nisso. Elas se preocupam com a minha alma. Alguém já disse que você é um filho da puta sarcástico?

— Você. Milhares de vezes. Mas nunca me canso de ouvir. Passou um cara aqui mais cedo... ele tem 40 anos; nunca se casou, e agora cortaram os testículos dele fora.

— Quem fez isso?

— Uns médicos.

— Vê se me consegue o nome desses médicos — disse Tim. — Não quero cair no consultório de um deles por acaso.

— O cara estava com câncer. A questão é que agora ele nunca mais vai poder ter filhos.

— E o que há de tão maravilhoso em ter filhos num mundo como este?

Rooney parecia um pretenso faixa preta que, mesmo sem nunca ter tido uma aula de caratê, havia tentado quebrar uma pilha de blocos de concreto com a cabeça. Seus olhos, no entanto, eram janelas azuis de luz cordial, e ele era um cara de bom coração.

— A vida é isso — disse Rooney. — Mulher, filhos, um lugar onde se apoiar enquanto o resto do mundo entra em parafuso.

— Matusalém viveu até os 900 anos e procriou até o fim.

— Procriou?

— É isso que se fazia naquele tempo. As pessoas procriavam.

— Então você vai... o quê?.. Esperar para ter uma família quando completar 600 anos?

— Você e Michelle não têm filhos.

— Estamos trabalhando nisso. — Rooney se inclinou, cruzou os braços sobre o balcão e ficou cara a cara com Tim. — O que você fez hoje, Porteiro?

Tim franziu o cenho.

— Não me chame assim.

— Então diga, o que fez hoje?

— O de sempre. Levantei uma parede.

— O que vai fazer amanhã?

— Levantar mais paredes.

— Para quem?

— Para qualquer um que me pague.

— Eu trabalho neste lugar setenta horas por semana, às vezes até mais, mas não pelos fregueses.

— Seus fregueses têm consciência disso — Tim o assegurou.

— Quem é o filho da puta sarcástico agora?

— Você ainda é o melhor, mas eu estou competindo.

— Eu trabalho para a Michelle e para os filhos que a gente vai ter. Nós precisamos ter alguém por quem trabalhar além do cara que nos paga, alguém especial com quem valha a pena construir alguma coisa, dividir o futuro.

— Liam, você realmente tem olhos lindos.

— Eu e a Michelle nos preocupamos com você, cara.

Tim contraiu os lábios.

— Ficar sozinho não é bom para ninguém — disse Rooney.

Tim fez ruídos imitando beijos.

Inclinando-se mais, até que seus rostos ficassem separados por poucos centímetros, Rooney disse:

— Você quer me beijar?

— Ah, você parece se importar tanto comigo!

— Vou colocar a bunda em cima do bar, e aí você pode beijá-la.

— Não, obrigado. Não quero ter que cortar a boca fora.

— Sabe qual é o seu problema, Porteiro?

— Lá vem você de novo.

— Autofobia.

— Errado. Não tenho medo de carros.

— Você tem medo de você mesmo. Não, talvez não seja por aí. Você tem medo do seu potencial.

— Você daria um grande orientador educacional para alunos do segundo grau — disse Tim. — Eu achava que serviam pretzels de graça aqui. Onde estão os meus?

— Um bêbado vomitou em cima deles. Estou quase terminando de secá-los.

— Tá bom. Mas não quero se estiverem murchos.

Rooney pegou uma tigela de pretzels do balcão atrás do bar e a colocou ao lado do chope de Tim.

— A Michelle tem uma prima, Shaydra, um doce.

— Que nome é esse, Shaydra? Ninguém mais se chama Mary?

— Vou arrumar um encontro entre vocês.

— Não faz nenhum sentido. Amanhã vão cortar meus testículos fora.

— Coloque-os num vidro, traga-os para o encontro. Será uma ótima maneira de quebrar o gelo — disse Rooney e retornou para a outra extremidade do bar, onde havia três fregueses animados, que provavelmente o ajudariam a pagar a educação superior dos futuros filhos.

Tim ficou alguns minutos tentando se convencer de que um bom chope e pretzels eram tudo de que necessitava. Ele buscava auxílio imaginando Shaydra como uma gorda chata, monocelha e com pelos nasais longos o suficiente para fazer trança.

Como sempre, a taberna lhe fazia bem. Ele nem sequer precisava beber para relaxar; o próprio salão dava conta do recado, embora ele não entendesse muito bem o motivo para seu efeito calmante.

O ar cheirava a cerveja choca e fresca, a salmoura derramada do grande vidro de salsichas e a cera do bar. Da pequena cozinha vinha o aroma dos hambúrgueres fritando na chapa e de anéis de cebola chiando no óleo quente.

O banho caloroso de aromas agradáveis, o relógio iluminado da Budweiser e as sombras suaves nas quais ele se sentava, os murmúrios dos casais nas mesas atrás dele e a voz imortal de Patsy Cline no jukebox eram tão familiares que, em comparação com aquele ambiente, sua própria casa parecia território estrangeiro.

Talvez a taberna lhe confortasse por representar, se não permanência, pelo menos continuidade. Num mundo em rápida e incessante transformação, a Lamplighter resistia à menor mudança.

Tim não esperava surpresas ali e não queria nenhuma. Novas experiências eram superestimadas. Ser atropelado por um ônibus seria uma nova experiência.

Ele preferia o familiar, a rotina. Nunca correria o risco de cair de uma montanha, pois nunca escalaria uma.

Havia quem dissesse que lhe faltava um pouco de espírito aventureiro. Tim não via sentido em lhes sugerir que expedições intrépidas por terras exóticas e por mares nunca antes navegados eram objetivos de crianças que engatinham em comparação com as aventuras que nos aguardam nos 20 centímetros entre o ouvido direito e o esquerdo.

Seria considerado um tolo se fizesse essa observação. Afinal, não passava de um pedreiro, um empilhador de tijolos. Ninguém esperava que ele pensasse muito.

Hoje em dia, as pessoas evitam pensar, especialmente sobre o futuro. Preferem o conforto das convicções cegas às ideias claras.

Outros o acusavam de ser antiquado. Culpado da acusação.

O passado era rico de belezas conhecidas e uma olhada para trás era compensadora. Ele era um homem esperançoso, mas não presunçoso o bastante para supor que a beleza também está no futuro desconhecido.

Um cara interessante entrou na taberna. Era alto, embora não tanto quanto Tim; forte, mas não descomunal.

Seu jeito, mais que sua aparência, era o que o tornava interessante. Entrou como um animal fugindo do seu predador, olhando para trás pela porta até ela se fechar, e depois analisou cautelosamente o local, como se não confiasse na promessa de refúgio.

Quando o recém-chegado se aproximou e sentou-se no bar, Tim olhou para seu copo de Pilsen como se fosse um cálice sagrado, como se estivesse remoendo sobre o profundo significado de seu conteúdo. Ao assumir uma atitude devocional em vez de uma pose de solitário mal-humorado, ele permitia aos estranhos conversarem com ele sem incentivá-los.

Se as primeiras palavras do recém-chegado fossem as de um fanático, de um maluco político ou do tipo errado de palhaço, Tim podia mudar sua postura nostálgica ou de reverência espiritual para uma de silêncio amargo ou de violência por pouco reprimida. Poucas pessoas fariam mais de duas tentativas para quebrar o gelo quando a única resposta fosse um frio glacial.

Tim preferia a contemplação silenciosa nesse altar, mas também curtia o tipo certo de conversa. O tipo certo era incomum.

Quando se inicia uma conversa, pode ser difícil dar-lhe um ponto final. Mas quando o outro cara fala primeiro e revela sua natureza, é mais fácil calar-lhe a boca.

Aplicado no sustento dos filhos ainda não concebidos, Rooney chegou.

— O que vai querer?

O estranho pôs um envelope grosso sobre o bar, deixando a mão esquerda em cima.

— Talvez... hãã... um chope.

Rooney esperou, as sobrancelhas se ergueram.

— Sim. Certo. Um chope — disse o recém-chegado.

— Eu tenho Budweiser, Miller Lite e Heineken.

— Certo. Bem... então... acho que quero... Heineken.

A voz dele era tão fina e tensa quanto o fio de um telefone. As palavras se empoleiravam, como pássaros, em intervalos discretos, ressonantes com uma nota resoluta que podia ser desânimo.

Quando Rooney voltou com a bebida, o estranho já havia colocado o dinheiro sobre o bar.

— Pode ficar com o troco.

Sem dúvida, uma segunda rodada estava fora de questão.

Quando Rooney se afastou, o estranho agarrou o copo com a mão direita. Não tomou nem um gole.

Tim era uma ama de leite. Este era o apelido zombeteiro que Rooney lhe dera devido a sua habilidade de beber lentamente apenas dois chopes ao longo de toda uma noite. Às vezes pedia gelo para avivar a bebida morna.

Mesmo que a pessoa não seja de beber muito, quer tomar o primeiro gole do chope enquanto ele está bem gelado.

Como um franco-atirador mirando o alvo, Tim se concentrou em sua Budweiser, mas, como um bom atirador, sua visão periférica também era aguçada. Podia ver que o estranho ainda não tinha levantado seu copo de Heineken.

O cara não parecia ser um frequentador de tabernas e evidentemente não queria estar ali, naquela noite, naquela hora.

Por fim ele disse:

— Cheguei cedo.

Tim não tinha certeza se isso era uma tentativa de puxar conversa.

— Creio — disse o estranho — que todo mundo quer chegar cedo, avaliar as coisas.

Tim estava com um pressentimento ruim. Não o tipo de vibração *cuidado-ele-é-um-lobisomem*, só uma sensação de que o cara podia ser um tédio.

— Saltei de um avião com o meu cachorro — disse o estranho.

Por outro lado, a melhor esperança de uma conversa de bar memorável é ter a boa sorte de encontrar um excêntrico.

Tim se animou. Virando-se para o paraquedista, disse:

— Qual era o nome dele?

— De quem?

— Do cachorro.

— Larry.

— Nome engraçado para um cachorro.

— É o nome do meu irmão.

— E o que o seu irmão achou disso?

— Ele morreu.

— Sinto muito — disse Tim.

— Faz muito tempo.

— Larry gostava de paraquedismo?

— Ele nunca fez isso. Morreu com 16 anos.

— Quero dizer Larry, o cachorro.

— Sim. Ele parecia gostar. Só contei isso porque estou com um nó na garganta, como eu ficava quando saltava.

— Foi um dia ruim, hein?

O estranho franziu o cenho.

— O que você acha?

Tim fez que sim.

— Dia ruim.

Ainda com o cenho franzido, o paraquedista disse:

— Você *é* ele, não é?

A arte da conversa de bar não é como tocar Mozart ao piano. É estilo livre, jazz improvisado. Os ritmos são instintivos.

— Você é ele? — perguntou o estranho de novo.

— Quem mais eu poderia ser? — disse Tim.

— Você parece tão... comum.

— Faço o possível. — Tim o assegurou.

O paraquedista o olhou atentamente por um segundo e depois baixou os olhos.

— Não consigo imaginar que seja você.

— Não é nada fácil — disse Tim, num tom menos jocoso, e franziu o cenho ao perceber uma nota de sinceridade em sua voz.

Finalmente o estranho pegou a bebida. Levando-a aos lábios, derramou chope sobre o bar e depois engoliu ruidosamente metade do conteúdo do copo.

— De qualquer maneira, estou passando por uma fase — disse Tim mais para si mesmo do que para o interlocutor.

Esse cara acabaria percebendo seu engano e, em seguida, Tim fingiria que ele também se confundira. Enquanto isso, ele se divertia um pouco.

Escorregando o envelope pelo bar, o cara disse:

— Metade está aí. Dez mil. O restante quando ela sumir.

Ao terminar de falar, o estranho se virou sobre o banco, pôs-se de pé e se dirigiu à porta.

Quando Tim estava a ponto de chamar o homem de volta, o significado terrível daquelas dez palavras se esclareceu: *Metade está aí. Dez mil. O restante quando ela sumir.*

Primeiramente o espanto, e depois um medo incomum lhe sufocaram a voz. O paraquedista estava determinado a saltar para fora do bar. Cruzou rapidamente o salão, passou pela porta e caiu na noite.

— Ei, espera aí — disse Tim, baixo demais e tarde demais. — Espere.

Quando se passa os dias andando de skate, deixando um rastro tão fino quanto o fio de uma teia de aranha, não se está acostumado a gritar ou perseguir estranhos com mente assassina.

Quando Tim se deu conta de que a perseguição era obrigatória e se levantou do banco, uma corrida bem-sucedida já não era possível. A presa já percorrera muito chão.

Ele se sentou novamente e tomou o chope num único e longo gole. A espuma grudou nas laterais do copo. Aquelas formas efêmeras que nunca lhes tinham parecido misteriosas antes agora eram estudadas por ele como se tivessem um grande significado.

Sentindo-se desorientado, ele olhou para o envelope, que parecia trazer tantos presságios quanto uma bomba caseira.

Levando dois pratos de cheeseburger com fritas, Liam Rooney servia um jovem casal. Não havia garçonetes numa segunda-feira sem movimento.

Tim levantou o braço para chamar a atenção de Rooney. O dono da taberna não notou, retornando à outra extremidade do salão.

O envelope ainda tinha um significado agourento, mas Tim já começava a duvidar de ter entendido direito o que se passara entre ele e o estranho. Um cara com um cachorro paraquedista chamado Larry não iria pagar para matar alguém. Tudo aquilo era um mal-entendido.

O restante quando ela sumir. Isso podia significar um monte de coisas. Não queria necessariamente dizer "quando ela estiver *morta*".

Decidido que o mundo logo entraria no eixo, Tim abriu o envelope, levantou a aba e espiou seu interior. Tirou um maço de notas de 100 dólares, atadas por um elástico.

Talvez o dinheiro não fosse sujo, mas foi assim que lhe pareceu. Devolveu-o imediatamente ao envelope.

Além do dinheiro, havia uma foto 5x7, possivelmente tirada para uma carteira de habilitação ou para um passaporte. Ela parecia ter menos de 30 anos e era atraente.

Havia um nome atrás da foto: LINDA PAQUETTE. Embaixo do nome havia um endereço em Laguna Beach.

Embora tivesse acabado de tomar um chope, a boca de Tim estava seca e acre. Seu coração batia devagar, mas muito forte, ribombando em seus ouvidos.

Olhando para a foto, ele se sentiu irracionalmente culpado, como se tivesse participado, de alguma forma, da elaboração de um plano para matar a mulher. Pôs a foto de lado e afastou o envelope.

Outro homem entrou no bar. Era quase do tamanho de Tim, e tinha cabelo castanho cortado rente como o dele.

Rooney chegou com um chope e disse a Tim:

— Você fica dando mau exemplo indo nesse passo, não vai mais ficar feito móvel aí parado. Será um freguês de verdade.

Uma sensação persistente de ter sido flagrado num sonho retardou o pensamento de Tim. Ele pretendia contar a Rooney o que acabara de acontecer, mas sua língua parecia presa.

O recém-chegado se aproximou, sentando-se onde o paraquedista havia se sentado, deixando um banco vazio entre ele e Tim.

— Budweiser — pediu a Rooney.

Enquanto Rooney foi pegar a bebida, o estranho olhou fixamente para o envelope e depois encontrou o olhar de Tim. Ele tinha olhos castanhos, assim como Tim.

— Chegou cedo — disse o matador.

CAPÍTULO 2

A VIDA DE UM HOMEM PODE DAR UM GIRO DE 180 GRAUS em apenas poucos minutos. Nem um minuto é isento de potencial para uma importante mudança, e cada tique do relógio pode ser a voz do destino sussurrando uma promessa ou um aviso.

Quando o matador disse "Você chegou cedo", Tim Carrier percebeu que o relógio da Budweiser estava cinco minutos atrasado, e fez uma conjetura educada.

— Você também.

O eixo se movera. A porta ficou aberta e nunca mais poderia ser fechada.

— Já não tenho certeza de querer contratá-lo — disse Tim.

Rooney trouxe o chope do matador e em seguida foi atender um pedido na outra extremidade do bar.

Uma proeza da luz, refletindo o mogno, deu ao conteúdo do copo uma tonalidade avermelhada.

O estranho lambeu os lábios rachados e bebeu. Estava com muita sede.

Ao largar o copo, disse amigavelmente:

— Você não pode me contratar. Não sou empregado de ninguém.

Tim pensou em se desculpar e ir até o banheiro. Podia usar seu celular para chamar a polícia.

Temeu que o estranho pudesse interpretar sua saída como um convite para pegar o envelope e ir embora.

Levar o envelope ao lavatório também não seria uma boa ideia. Supondo que Tim quisesse privacidade para a transação, o cara poderia segui-lo.

— Não posso ser contratado e também não estou vendendo coisa alguma — disse o matador. — É você que vende para mim, e não o contrário.

— É mesmo? O que estou vendendo?

— Um conceito. O conceito do seu mundo profundamente modificado por uma... alteração.

O rosto da mulher da foto surgiu na mente de Tim.

Suas opções não estavam claras. Precisava de tempo para pensar, então disse:

— O vendedor estabelece o preço. Foi *você* quem deu o preço... vinte mil.

— Isso não é o preço. É uma contribuição.

Aquela conversa não fazia menos sentido do que uma típica conversa de bar, e Tim encontrou seu ritmo.

— Mas pela minha *contribuição* eu tenho o seu... serviço.

— Não. Eu não vendo nenhum serviço. Você é que recebe a minha graça.

— Sua graça.

— É. Uma vez que eu aceite o conceito que você está vendendo, o seu mundo será profundamente modificado pela minha graça.

Levando em conta sua tonalidade comum, os olhos castanhos do matador eram mais cativantes do que deveriam ser.

Quando ele se sentou ao bar, seu rosto parecera duro, mas aquela fora uma primeira impressão enganosa. Uma covinha lhe adornava o queixo redondo. Faces lisas e rosadas. Nenhuma ruga de riso. Nenhum sulco na testa.

Seu meio sorriso caprichoso sugeria que ele podia estar se lembrando de seu conto de fadas favorito na infância. Sua expressão ausente, como se ele não estivesse inteiramente conectado ao momento, parecia estar perpetuamente distraída.

— Esta não é uma transação comercial — disse o homem sorridente. — Você me chamou e eu sou a resposta às suas preces.

O vocabulário com que ele discutia seu trabalho podia ser uma indicação de cautela, uma técnica para evitar que se incriminasse. Mas ao ser proferido com um sorriso persistente, seus amáveis eufemismos eram inquietantes, para não dizer assustadores.

Quando Tim abriu o envelope, o matador avisou:

— Aqui não.

— Fique frio. — Tim retirou a foto do envelope, dobrou-a e a pôs no bolso da camisa. — Mudei de ideia.

— Sinto saber disso. Estava contando com você.

Escorregando o envelope em frente ao banco vazio entre eles, Tim disse:

— Metade do acordo. Para não fazer nada. Chame de taxa para não matar.

— Você nunca seria ligado a isso — disse o matador.

— Eu sei. Você é bom. Tenho certeza de que é bom nisso. O melhor. É só que não quero mais.

Sorrindo e sacudindo a cabeça, o matador disse:

— Se é isso que você quer, tudo bem.

— Não quero mais.

— Mas queria. Ninguém chega ao ponto de querer e depois mudar de ideia. A mente de um homem não funciona assim.

— Reconsiderei — disse Tim.

— Numa coisa dessas, a reconsideração sempre chega *depois* que um homem consegue o que quer. Ele se permite certo remorso para se sentir melhor consigo mesmo. Conseguiu o que queria e fica bem consigo mesmo e, depois de um ano, é apenas uma coisa triste que aconteceu.

O olhar castanho o perturbava, mas Tim não ousava desviar os olhos. Uma falta de objetividade podia inspirar uma súbita suspeita no matador.

Um motivo para que aqueles olhos fossem cativantes ficou claro. As pupilas estavam extremamente dilatadas. O lago negro no centro de cada íris parecia se igualar à área colorida circundante.

A luz daquela extremidade do bar era reduzida, mas as pupilas do matador estavam tão dilatadas quanto normalmente ficariam na escuridão total.

A fome em seus olhos, a sede por luz, possuía a gravidade de um buraco negro no espaço, de uma estrela em colapso.

Os olhos de um homem cego podem ficar perpetuamente dilatados assim. Mas o matador não era cego, não à luz, embora talvez o fosse à outra coisa.

— Pegue o dinheiro — disse Tim.

Aquele sorriso.

— É *metade* do dinheiro.

— Para não fazer nada.

— Ah, eu fiz um serviço.

Tim franziu o cenho.

— O que foi que você fez?

— Eu lhe mostrei o que você é.

— É? O que eu sou?

— Um homem com a alma de um assassino, mas o coração de um covarde.

O matador pegou o envelope, levantou-se do banco e foi embora. Tendo sucesso em se passar pelo homem com o cachorro chamado Larry, tendo salvo, por enquanto, a vida da mulher na foto, tendo evitado o confronto violento que poderia ter acontecido se o matador tivesse se dado conta de que havia algo errado, Tim deveria estar aliviado. Mas em vez disso, sua garganta se apertou e seu coração inchou até parecer que lhe comprimia os pulmões, dificultando a respiração.

Uma breve tontura lhe fez sentir como se girasse lentamente sobre o banco do bar. A vertigem ameaçava virar enjoo.

Ele percebeu que não conseguiria se sentir aliviado porque aquele incidente não chegara ao fim. Não precisava de folhas de chá para ler o futuro. Previu claramente as perspectivas de tragédia.

Apenas com uma passada de olhos nas lajotas de um pátio ou na entrada de carros, ele conseguia classificar a configuração do pavimento: elo contínuo, elo em contrapartida, caça à lebre, trama de obstáculos... A configuração do caminho à sua frente era caótica. Ele não podia adivinhar aonde levaria.

O matador caminhou num passo leve que só alguém que não fosse consciente da existência da gravidade conseguiria dar, e saiu para o abraço da noite.

Tim cruzou a taberna apressado, abriu cuidadosamente uma fresta da porta e espiou lá fora.

Atrás do volante de um sedã branco estacionado na esquina, um pouco escondido pelo para-brisa que refletia o sinal de neon azul da taberna, sentava-se o homem sorridente. Ele mexia no maço de notas de 100 dólares.

Tim tirou seu celular fininho do bolso da camisa.

No carro, o matador abriu a janela, pendurou um objeto no vidro e subiu o vidro da janela para mantê-lo no lugar.

Sentindo cegamente o teclado no celular, Tim começou a discar o número da polícia.

O objeto preso entre a moldura da janela e o vidro era um sinalizador luminoso de emergência, que começou a brilhar assim que o carro saiu do meio-fio.

— Um *policial* — sussurrou Tim, hesitando antes de discar a próxima.

Arriscou-se a dar um passo para fora enquanto o sedã se afastava da taberna e conseguiu ver o número da placa atrás do veículo que sumia.

O concreto sob seus pés parecia não ser mais firme que a superfície da água de um lago. Às vezes, uma libélula skatista, evitando pássaros e morcegos, é devorada por um peixe faminto que a ataca por baixo.

CAPÍTULO 3

SOB A LUZ DOURADA QUE VINHA DE UMA LUMINÁRIA EM FORma de dragão, um simples gradil de ferro protegia os degraus de concreto. O concreto fora trabalhado com uma guia de madeira quando fresco e, em consequência, algumas quinas estavam quebradas e alguns degraus estavam tão rachados que pareciam cerâmica craquelê.

Como muitas coisas na vida, o concreto é implacável.

O dragão de bronze ainda brilhava, mas estava esverdeado nas extremidades, serpenteando contra um fundo luminoso de lentes de mica laqueadas.

Banhada pela luz avermelhada, a porta de alumínio também parecia ser de cobre. Atrás dela, a porta interna estava aberta e dava para uma cozinha de onde vinham aromas de canela e café forte.

Sentada à mesa, Michelle Rooney ergueu a cabeça quando Tim chegou.

— Você é tão silencioso que eu o *senti* chegando.

Ele deixou a porta externa fechar atrás dele.

— Eu quase entendo o que você quer dizer.

— A noite lá fora se aquietou à sua volta, do jeito que uma selva faz quando um homem passa por ela.

— Não vi nenhum crocodilo — disse ele, mas então pensou no homem a quem entregara os 10 mil dólares.

Ele se sentou à mesa de fórmica azul-clara diante de Michelle e examinou o desenho no qual ela trabalhava. Sob seu ponto de vista, estava de cabeça para baixo.

A voz abafada mas adorável de Martina McBride subiu do jukebox da taberna lá embaixo.

Quando Tim reconheceu o desenho, enxergando o panorama de silhuetas de árvores, perguntou:

— O que vai ser?

— Um abajur. Bronze e vitrais.

— Você ainda vai ficar famosa, Michelle.

— Eu pararia imediatamente se achasse isso.

Ele olhou para a mão esquerda dela, com a palma para cima, no balcão perto da geladeira.

— Quer uma xícara? — perguntou ela, apontando para a máquina de café perto do fogão. — Está fresco.

— Parece a tinta de uma lula espremida.

— Quem em sã consciência vai querer dormir?

Ele encheu uma caneca e voltou para a mesa com ela.

Como acontecia com muitas outras cadeiras, essa lhe parecia mobília de brinquedo. Michelle era mignon e aquele tipo de cadeira parecia grande para ela, mas era Tim quem se sentia como se fosse uma criança brincando de tomar café com os amiguinhos.

Essa percepção tinha menos a ver com cadeiras do que com Michelle. Às vezes, totalmente sem intenção, ela o fazia se sentir como um garoto desajeitado.

Ela segurava o lápis com a mão direita, mantendo o bloco firme com parte de seu antebraço esquerdo.

— O tempo estimado para o preparo do bolo — disse ela, apontando o forno com o queixo — é de dez minutos.

— O cheiro está ótimo, mas não posso ficar.

— Não finja que tem uma vida.

Uma sombra dançou pela mesa. Tim olhou para cima. Uma borboleta amarela esvoaçava pelas patas prateadas das gazelas saltitantes do pequeno lustre de bronze perto de Michelle.

— Ela entrou à tarde — disse Michelle. — Deixei a porta aberta por um tempo para ver se saía, mas parece estar se sentindo em casa aqui.

— E por que não estaria?

Um galho de árvore suspirou sua existência entre a ponta do lápis e o papel.

— Como é que você conseguiu subir as escadas carregando tudo isso? — perguntou Michelle.

— Tudo o quê?

— Tudo que o deixava tão pesado.

O azul da mesa era de um céu claro e sua sombra parecia voar sobre ele, um gracioso mistério.

— Não voltarei aqui por um tempo — disse ele.

— Como assim?

— Algumas semanas, talvez um mês.

— Não estou entendendo.

— Preciso tratar de um negócio.

A borboleta encontrou um poleiro e fechou as asas. Como se fosse o reflexo escuro de uma vela acesa tremeluzindo, a sombra sumiu tão repentinamente quanto uma chama cujo pavio é comprimido.

— Um negócio — ecoou ela. O lápis caiu silencioso sobre o papel.

Quando sua atenção se desviou da mesa, pousando em Michelle, encontrou-a olhando para ele. Os olhos dela eram de um azul convincente.

— Se um homem vier aqui procurando alguém com a minha descrição, querendo um nome, diga apenas que você não faz a menor ideia de quem eu seja.

— Que homem?

— Qualquer homem. Qualquer um. Liam dirá: "Um cara grande no último banco? Nunca o vi antes. Um tipo metido a esperto. Não gostei dele."

— Liam está sabendo do que se trata?

Tim deu de ombros. Ele não dissera a Liam mais do que pretendia dizer a Michelle.

— Não muito. É sobre uma mulher, só isso.

— Por que esse cara que veio ao bar subiria aqui?

— Talvez não suba. Mas pode ser meticuloso. De qualquer forma, você pode estar lá embaixo quando ele vier.

O olho esquerdo dela, o artificial, o cego, pareceu penetrá-lo mais completamente que o direito, como se possuísse um poder adivinhatório.

— Não tem nada a ver com uma mulher — disse ela.

— Tem sim.

— Não do modo como você está querendo que eu acredite. Isso é encrenca.

— Não é encrenca. É apenas algo constrangedor.

— Não. Você nunca se constrange. Nem com um amigo.

Ao procurar a borboleta, ele a localizou, pousada na corrente que sustentava o candelabro em forma de gazela, lentamente movimentando as asas no ar quente vindo das lâmpadas incandescentes.

— Você não tem o direito — disse ela — de passar por isso sozinho, seja o que for.

— Você está fazendo tempestade em copo d'água — garantiu ele. — É só um negócio pessoal constrangedor. Vou dar um jeito nisso.

Eles ficaram sentados em meio ao silêncio do lápis parado, da ausência de música no jukebox da taberna lá embaixo, nenhum som saindo pela garganta da noite lá fora.

Então ela disse:

— O que há agora, você virou um lepidopterologista?

— Nem sei o que isso significa.

— Colecionador de borboletas. Tente olhar para mim.

Ele tirou os olhos da borboleta.

— Estou fazendo uma luminária para você — disse Michelle.

Ele olhou para o desenho de árvores estilizadas.

— Não essa. Outra. Já está em processo.

— Como é?

— Ficará pronta no fim do mês, então você verá.

— Certo.

— Volte para vê-la.

— Claro. Virei aqui para isso.

— Venha aqui para isso — disse ela, esticando o coto do braço esquerdo para pegá-lo.

Ela parecia estar segurando-o firme, como se com dedos fantasmas, e beijou as costas da mão dele.

— Obrigada pelo Liam — disse ela, baixinho.

— Foi Deus quem te deu o Liam, não eu.

— Obrigada pelo Liam — insistiu.

Tim beijou o topo de sua cabeça inclinada.

— Eu queria ter uma irmã e queria que fosse você. Mas você está interpretando mal essa encrenca toda.

— Nada de mentiras — disse ela. — Evasivas, se tiver que ser assim, mas mentiras não. Você não é um mentiroso, e eu não sou nenhuma tola.

Ela ergueu a cabeça e encontrou os olhos dele.

— Tá certo — disse ele.

— E eu não reconheço uma encrenca das grandes quando a vejo?

— Sim — admitiu ele —, você reconhece.

— O bolo deve estar pronto.

Ele olhou de relance para a prótese sobre o balcão perto da geladeira, a palma da mão voltada para cima, os dedos relaxados.

— Deixe que eu tire do forno para você.

— Eu consigo. Nunca uso a mão quando estou assando alguma coisa. Se queimasse, eu iria sentir.

Usando luvas de forno, ela transferiu o bolo para uma grade de esfriar.

Quando Michelle acabou de tirar as luvas e se virou, Tim já estava perto da porta.

— Estou louco para ver a luminária — disse ele.

Como suas glândulas e dutos lacrimais não haviam se lesionado, tanto o olho vivo quanto o morto brilharam.

Tim saiu para o patamar, mas, antes que a porta externa se fechasse, Michelle disse:

— É de leões.

— O quê?

— A luminária. É de leões.

— Aposto que vai ficar fantástica.

— Se eu fizer direito, você vai ter uma ideia do grande coração que eles têm, de sua coragem.

Ele fechou a porta externa e desceu os degraus, parecendo não fazer qualquer barulho no concreto rachado.

Ao deslizar pela rua, percebeu que o tráfego certamente não estava tranquilo, mas Tim permaneceu surdo para seu coro.

Os faróis vinham e os semáforos iam como um peixe luminoso em um abismo oceânico.

À medida que se aproximava dos degraus inferiores, os sons da cidade começaram a lhe chegar aos ouvidos, baixinho a princípio, mas depois alto, e cada vez mais alto. A maioria dos sons era produzida por máquinas que, no entanto, tinham um ritmo selvagem.

CAPÍTULO 4

A MULHER MARCADA PARA MORRER MORAVA NUM MODESTO bangalô nas colinas de Laguna Beach, numa rua sem aparência endinheirada, mas que, mesmo assim, estava sendo ocupada pelos emergentes. Comparados às estruturas antigas, os terrenos abaixo tinham tal valor que cada casa vendida seria derrubada, independente de seu estado e encanto, a fim de abrir espaço para uma nova residência.

O sul da Califórnia estava descartando todo o seu passado. Quando o futuro provasse ser um lugar cruel, não mais existiriam evidências de um passado melhor, e, assim, a perda seria menos dolorosa.

A casinha branca, acomodada sob altos eucaliptos, era cheia de charme, mas para Tim o local parecia estar à mira de um ataque, lembrando mais uma casamata que um bangalô.

Luzes acesas iluminavam as janelas. Cortinas finas davam certo mistério aos cômodos internos.

Ele estacionou seu Ford Explorer do outro lado da rua, a quatro casas da propriedade de Linda Paquette.

Tim conhecia aquele lugar: tinha três anos, estilo *Craftsman*, com paredes laterais de pedra e cedro. Ele fora o mestre de obras daquela construção.

O caminho de entrada era de lajotas irregulares, delimitado por uma fileira dupla de seixos. Tim não havia gostado dessa combinação, mas a executara com esmero e precisão.

Proprietários de casas no valor de 3 milhões de dólares raramente pedem conselhos sobre o projeto a um pedreiro. Arquitetos nunca o fazem.

Ele tocou a campainha uma vez e parou para escutar o leve sussurro das palmeiras.

O fluxo que vinha do mar era mais uma premonição do que realmente uma brisa. A suave noite de maio respirava tão superficialmente quanto um paciente anestesiado à espera de uma cirurgia.

A luz da varanda se acendeu, a porta se abriu, e Max Jabowski disse:

— Timothy, meu velho! Que surpresa.

Se bom humor pudesse ser pesado e medido, o de Max provavelmente seria maior que a casa.

— Entre, entre.

— Não quero incomodar — disse Tim.

— Bobagem. Como você poderia ser intruso num lugar que construiu?

Ao abraçar o ombro de Tim, Max parecia tê-lo transferido da varanda para o vestíbulo por meio de algum poder de levitação.

— Só preciso de um minuto do seu tempo, senhor.

— Você quer tomar uma cerveja, ou outra coisa?

— Não, obrigado, estou bem. Gostaria de conversar sobre uma vizinha sua.

— Conheço todos nesta quadra e na seguinte. Sou presidente da associação do bairro.

Era isso que Tim esperava.

— Gostaria de uma xícara de café? Tenho uma daquelas máquinas que fazem uma xícara por vez de qualquer coisa, de cappuccino a café preto.

— Não, muito obrigado, é muita gentileza sua. Ela mora no 1425, o bangalô entre os eucaliptos.

— Linda Paquette. Não sabia que ela iria construir. Parece uma pessoa sensata. Acho que você gostaria de trabalhar com ela.

— O senhor conhece o marido dela, sabe o que ele faz?

— Ela não é casada. Mora sozinha.

— Então é divorciada?

— Não que eu saiba. Ela vai demolir ou reformar?

— Não é nada disso — disse Tim. — É uma questão pessoal. Eu gostaria que o senhor falasse com ela a meu respeito, que lhe desse referências.

As sobrancelhas cerradas de Max se ergueram e seus lábios elásticos se abriram num sorriso de prazer.

— Já fui um monte de coisas na minha vida, mas nunca um cupido.

Embora devesse ter previsto a reação de Max às perguntas que fizera, Tim ficou surpreso. Não namorava ninguém havia muito tempo. Achava que havia perdido o brilho nos olhos e que parara de produzir os feromônios sutis que podiam confundi-lo com um homem ainda no jogo.

— Não, não. Não é isso.

— Ela é um colírio para os olhos — disse Max.

— Verdade, não é isso. Eu não a conheço e nem ela me conhece, mas temos... um conhecido em comum. Tenho notícias dele. Acho que ela gostaria de saber.

O sorriso elástico afrouxou um pouco. Max não queria se desfazer de sua imagem como cupido.

As pessoas viam filmes demais. Acreditavam que um relacionamento arquitetado aguardava cada bom coração. Por causa dos filmes, as pessoas acreditavam numa porção de outras coisas improváveis também, algumas até perigosas.

— É um negócio triste — disse Tim. — Uma notícia deprimente.

— Sobre seu conhecido em comum.

— É. Ele não está nada bem.

Isso não podia ser considerado mentira, o paraquedista não estava doente fisicamente, mas sua condição mental era suspeita; e sua saúde moral caíra de cama.

A menção à morte relaxou todo o prazer do sorriso de Max Jabowski. A boca se encolheu para um sorriso discreto e ele acenou com a cabeça.

Tim esperava que Max lhe perguntasse o *nome* desse tal conhecido. Teria que dizer que preferia não revelar sua identidade por medo de alarmar a mulher antes que ele pudesse estar ao seu lado para confortá-la.

A verdade era que ele não tinha nome algum para dar.

Max não perguntou nada, poupando Tim de recorrer à mentira. As sobrancelhas cerradas moviam-se agora sobre olhos solenes. Mais uma vez, ele ofereceu café e então saiu, e foi ligar para a mulher.

O vestíbulo, com seu teto rebaixado e suas paredes cobertas por painéis de madeira, era escuro. Em contraste, o piso de calcário era tão claro que o apoio por ele oferecido parecia ilusório, como se a pessoa que pisasse ali pudesse cair a qualquer momento, como um homem que dá um passo para fora de um avião em movimento.

Duas pequenas cadeiras ladeavam um console, acima do qual havia um espelho pendurado.

Ele não olhou para o próprio reflexo. Se encontrasse seus olhos, veria a verdade nua e crua, que preferia continuar sem ver.

Observado diretamente, seu olhar lhe diria o que estava por vir. Era a mesma coisa que vinha sempre em sua direção, que sempre viria, bastava ele estar vivo.

Ele precisava se preparar para isso, mas não precisava demorar-se ali.

De algum lugar da casa, veio a voz abafada de Max, falando ao telefone.

Tim estava parado no centro do vestíbulo, ereto, como se suspenso pelo teto escuro, como o badalo de um sino, com o vazio abaixo, na expectativa silenciosa do badalo seguinte.

Max voltou e disse:

— Ela está curiosa. Eu nem falei muito sobre você, só dei algumas referências.

— Obrigado e me desculpe pelo incômodo.

— Não é incômodo nenhum, mas é um tanto peculiar.

— É mesmo. Eu sei.

— Por que seu amigo não ligou para a Linda e deu as referências ele mesmo? Ele não precisaria contar a ela o motivo de sua vinda, a má notícia.

— Ele está muito mal e bastante confuso — disse Tim. — Ele sabe o que deveria fazer, mas não sabe como.

— Acho que é isso que eu mais temo — disse Max. — A mente indo embora, a perda de controle.

— É a vida — disse Tim. — Todos nós passaremos por isso.

Eles apertaram as mãos e Max o acompanhou até a varanda.

— Ela é uma boa mulher. Espero que não seja muito doloroso para ela.

— Farei o máximo que puder por ela — disse Tim.

Ele retornou ao Explorer e dirigiu até o bangalô de Linda.

Os tijolos em zigue-zague do caminho de entrada haviam sido colocados sobre um leito de areia. Havia um cheiro de eucalipto no ar, e as folhas secas estalavam sob os pés.

Gradualmente, a urgência tomou conta dele. O tempo pareceu se acelerar e ele teve um pressentimento de que algo ruim ia acontecer mais cedo do que esperava.

Quando chegou ao último degrau, a porta se abriu e Linda o cumprimentou.

— Você é o Tim?

— Sou. Srta. Paquette?

— Pode me chamar de Linda.

Sob a luz da varanda, os olhos dela eram de um verde egípcio.

— Sua mãe deve ter passado nove meses bem difíceis, carregando você por aí.

— Eu era menor na época.

Ao abrir caminho para ele entrar, Linda disse:

— Abaixe a cabeça e entre.

Ele atravessou o vão da porta e depois disso nada mais foi o mesmo.

CAPÍTULO 5

UMA COR DE MEL DOURADA ESCORRIA PELAS PAREDES E O piso de madeira, tão lustroso e aconchegante, fazia a humilde sala de estar parecer espaçosa, de uma grandiosidade discreta.

Construído na década de 1930, o bangalô tinha sido mantido com cuidado. Ou havia sido restaurado. A pequena lareira e os candeeiros de parede que a ladeavam eram simples, mas elegantes exemplos do estilo art déco.

O teto branco brilhante era muito baixo para Tim, mas não desagradável. O lugar passava mais a sensação de aconchego que de claustrofobia.

Linda tinha muitos livros. Com uma única exceção, suas lombadas eram os únicos objetos decorativos do cômodo, uma tapeçaria abstrata de palavras e cores.

A exceção era a imagem de 3,50x1,20m de uma televisão com uma tela cinza.

— Arte moderna me desconcerta — disse Tim.

— Isso não é arte. Mandei fazer numa copiadora. Para me lembrar de por que não tenho uma TV.

— Por quê?

— Porque a vida é muito curta.

Tim deu uma olhada na foto, depois disse:

— Não entendi.

— Mas vai acabar entendendo. Uma cabeça tão grande como a sua deve ter alguns miolos dentro.

Ele não tinha certeza se o jeito dela era parte de seu charme ou de uma petulância que beirava à grosseria.

Ou ela podia ser meio maluca. Hoje em dia tem um monte de gente assim.

— Linda, o motivo que me traz aqui...

— Venha comigo. Estou trabalhando na cozinha. — Ela foi na frente, atravessando a sala. — Max me garantiu que você não é do tipo que irá me apunhalar pelas costas e estuprar meu cadáver.

— Peço a ele que lhe dê referências minhas e é isso que ele diz?

Enquanto ele a seguia por um corredor, ela falava por cima do ombro.

— Ele me disse que você é um talentoso mestre de obras e um homem honesto. Tive que espremer o resto dele. Ele realmente não quis se comprometer com suas possíveis tendências homicidas e necrófilas.

Havia um carro estacionado na cozinha.

A parede que separava a cozinha da garagem com espaço para dois carros tinha sido removida. O piso de madeira fora estendido até a garagem, assim como o teto branco.

Três refletores posicionados com precisão exibiam um Ford preto 1939.

— Sua cozinha é na garagem — disse ele.

— Não, não. Minha garagem é na cozinha.

— Qual é a diferença?

— Muita. Vou tomar um café. Aceita? Creme? Açúcar?

— Preto, por favor. Por que guarda o carro na cozinha?

— Gosto de olhar para ele enquanto estou comendo. Não é lindo? O Ford Coupe 1939 é o carro mais lindo já fabricado.

— Nem vou argumentar a favor do Ford Pinto.

Ao servir café numa caneca, ela disse:

— Não é um clássico. Ele sofreu modificações. Motor desmontado, suspensão recalibrada, todo tinindo com detalhes maneiros.

— Você mesma o reformou?

— Um pouco. Quem fez a maior parte foi um cara em Sacramento, um gênio.

— Deve ter custado uma grana.

Ela serviu o café.

— Por que eu devia poupar para o futuro?

— Que futuro você tem em mente?

— Se eu conseguisse responder a essa pergunta, talvez abrisse uma poupança.

A alça da caneca dele era um papagaio de cerâmica e trazia o nome BALBOA ISLAND. Parecia antiga, como um souvenir da década de 1930.

A caneca dela tinha duplo sentido, pois era também a cabeça do presidente Franklin Delano Roosevelt mordendo sua famosa piteira.

Ela foi até o Ford 1939.

— Isto é a minha vida.

— Sua vida é um carro?

— É uma máquina de esperança. Ou uma máquina do tempo que nos leva de volta a uma época em que as pessoas achavam mais fácil ter esperança.

No chão, num aparador de óleo, havia um vidro com líquido para polimento de cromo e alguns panos. Os para-choques, a grade e os acabamentos brilhavam como mercúrio.

Ela abriu a porta do motorista e, segurando a caneca de café, sentou-se atrás do volante.

— Vamos dar um passeio.

— Eu tenho uma coisa muito importante para falar com você.

— Um passeio virtual. Só uma viagem imaginária.

Quando ela fechou a porta, Tim deu a volta e entrou pelo lado do passageiro.

Por causa do teto rebaixado, o espaço era inadequado para um homem alto como ele. Tim escorregou para baixo no assento, segurando a caneca de papagaio com as duas mãos.

Naquele interior comprimido ele se agigantava ainda mais em relação à mulher, como se fossem um elfo e um *troll*.

Em vez de estofado de pelo de cabra, comum na década de 1930, ele se sentava sobre couro preto. Os indicadores reluziam num painel enquadrado em aço.

Do outro lado do para-brisa estava a cozinha. Surreal.

A chave estava na ignição, mas Linda não ligou o motor para esse passeio virtual. Talvez quando esvaziasse a caneca, ligaria o Ford e iria até a máquina de café perto do forno.

Ela sorriu para ele.

— Não é legal?

— É como estar num cinema drive-in, assistindo a um filme sobre uma cozinha.

— Os cinemas drive-in acabaram há anos. Você não sente que isso é como demolir o Coliseu em Roma para construir um shopping?

— Talvez não tanto.

— É. Você tem razão. Nunca houve um cinema drive-in onde dessem cristãos para os leões comerem. Mas então, sobre o que você queria falar?

O café estava excelente. Ele deu um gole, soprou e tomou outro gole, procurando a melhor maneira de explicar sua missão.

Ao estalar as folhas de eucalipto quando seguia pelo caminho de entrada, ele tinha um discurso preparado. Mas, ao encontrá-la, percebeu que ela era diferente de tudo que ele podia esperar. A abordagem planejada parecia errada.

Ele sabia pouco de Linda Paquette, mas sentiu que ela não precisava ter uma mão para segurar quando recebesse a má notícia, e que, de fato, um excesso de preocupação podia lhe parecer condescendência.

Optando por uma forma direta, ele disse:

— Alguém quer vê-la morta.

— Qual é a piada? — perguntou ela, sorrindo de novo.

— Ele está pagando 20 mil para isso.

Ela continuava intrigada.

— Morta em que sentido?

— Morta no sentido de levar um tiro na cabeça, morta para sempre.

Sucintamente, ele contou o que aconteceu na taberna: primeiro, sendo confundido com o matador. Depois, com o contratante do matador e, por fim, a descoberta de que o matador era um policial.

A princípio ela ouviu tudo boquiaberta, mas o espanto logo sumiu. Seus olhos verdes se anuviaram, como se as palavras dele remexessem num sedimento há tempos acomodado naqueles laguinhos antes límpidos.

Quando Tim acabou, ela permaneceu sentada em silêncio, bebericando o café, com o olhar fixo num ponto além do para-brisa.

Ele esperou, mas não conseguiu se conter.

— Você acredita em mim, não é?

— Já conheci muitos mentirosos, e você não se parece com nenhum deles.

Os refletores, sob os quais o carro brilhava, mas também sob os quais era obscurecido, não iluminavam muito seu interior. Embora o rosto dela estivesse levemente sombreado, seus olhos captavam luz e a refletiam.

— Você não parece surpresa com o que lhe contei — disse ele.

— Não.

— Então... sabe quem ele é, aquele que quer você morta?

— Não faço ideia.

— Um ex-marido? Um namorado?

— Nunca fui casada, e não tenho namorado no momento, e nunca tive nenhum que fosse louco.

— Alguma disputa no trabalho?

— Trabalho por conta própria. Em casa.

— O que você faz?

— Tenho me perguntado muito sobre isso ultimamente — disse ela. — Como era o cara, o que lhe deu o dinheiro?

A descrição não mexeu com ela, que balançou a cabeça.

— Ele tem um cachorro chamado Larry. Uma vez saltou de paraquedas com ele. Tinha um irmão chamado Larry também, que morreu com 16 anos.

— Um cara capaz de dar ao cachorro o nome do irmão morto... eu saberia quem é, mesmo que ele nunca tivesse me falado de Larry ou Larry.

Tim não imaginara a possibilidade daquele desenrolar dos acontecimentos.

— Mas o paraquedista não pode ser um estranho — disse ele.

— Por que não?

— Porque ele a quer morta.

— As pessoas são assassinadas por estranhos o tempo todo.

— Mas ninguém *contrata* alguém para matar uma total estranha. — Ele pegou uma foto dobrada, no bolso da camisa. — Onde ele conseguiu isso?

— É a foto da minha carteira de habilitação.

— Então trata-se de alguém que tem acesso aos arquivos de fotos digitais do Departamento de Veículos a Motor.

Ela devolveu a foto. Tim a pôs de volta no bolso antes de se dar conta de que pertencia mais a ela do que a ele.

— Você não conhece ninguém que gostaria de vê-la morta — disse ele — e mesmo assim não está surpresa.

— Tem gente querendo *todo mundo* morto. Quando a gente já não se surpreende tanto com isso, nossa capacidade de se espantar diminui.

Direta e intensamente, seu olhar verde parecia filetar os pensamentos alinhados dele e embrulhá-los como camadas de tecido dissecado, mesmo que de algum modo fosse um olhar convidativo, em vez de frio.

— Estou curiosa — disse ela — sobre o jeito como você lidou com isso.

Assumindo o comentário como reprovação ou desconfiança, ele disse:

— Não vejo nenhuma outra opção.

— Você poderia ter ficado com os 10 mil.

— Alguém teria vindo atrás de mim.

— Talvez não. Mas agora, com certeza alguém virá. Você poderia simplesmente ter entregado minha foto e o dinheiro para o matador e saído de cena, deixando as coisas se desenrolarem como deveriam se você não estivesse lá.

— E aí... para onde eu iria?

— Iria jantar. A um cinema. Iria para casa dormir.

— Você teria feito isso? — perguntou ele.

— Não estou interessada em mim. Estou interessada em você.

— Não sou um cara interessante.

— Não do modo como você se apresenta. O que você esconde é o que o torna interessante.

— Contei tudo a você.

— Sobre o que aconteceu no bar. Mas não sobre você.

O espelho retrovisor estava apontado para a direção dele. Ele evitara os próprios olhos encontrando os dela. Agora olhava para seu estreito reflexo, desviando o olhar para o papagaio estrangulado em sua mão direita.

— Meu café está frio — disse ele.

— O meu também. Quando o matador saiu da taberna você podia ter chamado a polícia.

— Não depois de ver que ele era um policial.

— A taberna é em Huntington Beach, e eu estou em Laguna Beach. Ele pertence à outra jurisdição.

— Não sei qual é a jurisdição dele. O carro era um sedã comum. Ele poderia muito bem ser um policial de Laguna Beach.

— Então, o que fazer agora, Tim?

Ele precisava olhar para ela, mas estava com medo e não sabia por que ou como, nos poucos minutos do encontro, ela se tornara foco de necessidade ou medo. Ele nunca se sentira assim antes e, embora milhares de canções e filmes o tivessem programado para chamar aquilo de amor, ele sabia que não era isso. Ele não era do tipo que se apaixonava à primeira vista. Além disso, o amor não trazia consigo esse elemento de terror mortal.

— A única prova que posso oferecer à polícia é a sua foto, mas isso não é uma prova de fato — disse ele.

— O número da placa do sedã — lembrou ela.

— Isso não é uma prova, é apenas uma pista. Conheço alguém que pode conseguir rastreá-lo para mim e obter o nome dele. Alguém em quem posso confiar.

— E aí?

— Ainda não sei. Vou pensar em algo.

O olhar dela, que não se desviara dele, possuía a força gravitacional de duas luas e, inevitavelmente, o fluxo de sua atenção era empurrada na direção dela.

Olho no olho novamente, ele disse a si mesmo para lembrar esse momento, esse nó apertado de terror que era ao mesmo tempo um nó frouxo de exaltação feérica. Quando ele se desse conta do que exatamente era aquilo, entenderia o motivo para estar subitamente se retirando da vida que sempre conhecera e buscara para uma vida nova, ainda imprevisível, que podia lhe proporcionar um arrependimento desesperado.

— Você deveria sair desta casa ainda hoje — disse ele. — Vá para um lugar onde nunca esteve antes. Sem amigos ou parentes.

— Você acha que o matador virá até aqui.

— Amanhã, depois de amanhã, mais cedo ou mais tarde, assim que ele e o cara que o contratou se derem conta do que aconteceu.

Ela não parecia estar com medo.

— Está bem — disse ela.

Sua serenidade o deixou perplexo.

O telefone celular tocou.

Linda pegou a caneca das mãos dele, e ele atendeu a ligação.

— Ele acabou de sair daqui. Veio perguntar quem era o grandão no último banco — disse Liam Rooney.

— Já? Droga. Achei que fosse levar um ou dois dias. Foi o primeiro ou o segundo cara?

— O segundo. Olhei para ele com mais atenção dessa vez. Tim, o cara é um louco. Um tubarão usando sapatos.

Tim se lembrou do vago sorriso persistente do matador, os olhos dilatados, famintos de luz.

— O que está havendo? — perguntou Liam.

— É uma mulher — disse Tim, como dissera antes. — Vou cuidar disso.

Em retrospectiva, o matador se deu conta de que algo não fora bem contado naquele encontro da taberna. Provavelmente tinha ligado para o paraquedista.

Pelo para-brisa, a cozinha parecia quente e aconchegante. Numa parede havia uma grade com facas penduradas.

— Você não pode me dar um gelo desses — disse Rooney.

— Não é em você que estou pensando — disse Tim, abrindo a porta e saindo do cupê. — Estou pensando em Michelle. Fique fora disso, por ela.

Com as duas canecas de café, Linda saiu do Ford pela porta do motorista.

— Há quanto tempo exatamente o cara foi embora? — perguntou Tim a Rooney.

— Esperei uns cinco minutos para te ligar, no caso de ele voltar e me ver ao telefone e ficar imaginando coisas. Ele parece o tipo que sempre soma dois mais dois certinho.

— Preciso ir — disse Tim, desligando e colocando o celular no bolso.

Enquanto Linda levava as canecas para a pia, Tim escolheu uma faca da grade na parede. Passou pela faca de açougueiro, pegando uma que fosse menor e tivesse a ponta mais afiada.

A autoestrada Pacific Coast oferecia a rota mais rápida da taberna Lamplighter até aquela rua em Laguna Beach. Mesmo numa noite de segunda-feira, o tráfego era imprevisível. De um ponto a outro, a viagem podia levar cerca de quarenta minutos.

Além do sinalizador luminoso portátil, o sedã podia ter uma sirene. Nos últimos quilômetros, ela não seria usada; eles nunca ouviriam o matador chegar.

Virando-se da pia, Linda viu a faca na mão fechada de Tim. Ela não entendeu mal aquilo nem precisou de explicação.

— Quanto tempo temos? — perguntou.

— Você consegue fazer uma mala em cinco minutos?

— Em menos.

— Então faça.

Ela olhou para o Ford 1939 de relance.

— Chama muita atenção — disse Tim. — Você deve deixá-lo.

— É meu único carro.

— Eu a levo a qualquer lugar que queira ir.

Seu olhar verde era tão afiado quanto um caco de vidro.

— Por que você vai se meter nisso? Agora que já me contou, podia se mandar.

— Esse cara vai querer acabar comigo também, se conseguir meu nome.

— E você acha que eu vou entregar você quando ele me achar.

— Você entregando ou não, ele vai descobrir. Preciso saber quem ele é, e o mais importante, preciso saber quem o contratou. Talvez você descubra quando tiver mais tempo de pensar no assunto.

Ela balançou a cabeça.

— Não há ninguém. Se a única coisa que prende você aqui é a chance de que eu descubra quem me quer morta, então não há nada.

— Há algo — discordou ele. — Vamos, ponha na mala o que vai precisar.

Ela olhou de novo para o Ford 1939.

— Vou voltar para pegá-lo.

— Quando isso acabar.

— Vou andar por todos os cantos com ele, para qualquer lugar onde ainda reste algo daquele tempo, algo que eles não demoliram ou profanaram.

— Os bons velhos tempos — disse Tim.

— Eram bons e maus. Mas eram diferentes. — Ela saiu para fazer a mala.

Tim apagou as luzes da cozinha. Saiu pelo corredor, foi até a sala e apagou as luzes de lá também.

Na janela ele puxou uma cortina e ficou observando uma cena que tinha se passado tão imóvel quanto uma aldeia em miniatura num globo de vidro usado como peso para papéis.

Ele também tinha ficado dentro de uma redoma de vidro por muito tempo, por escolha própria. De vez em quando erguia um martelo para estilhaçar alguma coisa, mas nunca dera o golpe por não saber o que queria do outro lado do vidro.

Tendo se extraviado de algum desfiladeiro próximo, talvez estimulado pela lua redonda que surgia, um coiote subia a ladeira suave da rua. Ao passar pela luz do poste, os olhos brilharam prateados, como se estivessem com catarata, mas, na sombra, seu olhar era luminoso e avermelhado, nada cego.

CAPÍTULO 6

COMO QUE SEGUINDO O RASTRO DO COIOTE, AGORA FORA de vista, Tim foi para o norte. Virou à esquerda no semáforo e desceu rumo à autoestrada Pacific Coast.

Olhava a todo momento pelo espelho retrovisor. Ninguém os seguira.

— Onde você quer ficar? — perguntou ele.

— Vou pensar nisso mais tarde.

Ainda de calças jeans e um blusão azul-escuro, ela acrescentara um casaco de veludo cotelê bege. Levava a bolsa no colo e uma valise no assento de trás.

— Mais tarde quando?

— Depois de visitarmos o cara em quem você pode confiar, o que pode rastrear o número da placa.

— Eu estava pensando em ir até ele sozinho.

— Eu não estou apresentável?

Ela não estava tão bonita como parecia na foto, mas, de algum modo, lhe parecia mais atraente. O cabelo, de um castanho tão escuro que parecia preto, estava mais curto e propositadamente despenteado quando ela posara para a câmera.

— Totalmente apresentável — garantiu ele. — Mas com você junto ele vai ficar desconfiado. Vai querer saber mais sobre de que se trata.

— Então a gente fala para ele aquilo que parecer melhor.

— Esse não é um cara para quem eu minto.

— Há algum?

— Um o quê?

— Deixa pra lá. Deixe comigo. Eu invento algo que ele vai gostar.

— De jeito nenhum — disse Tim. — Com esse cara a gente anda na linha.

— Quem é ele? Seu pai ou coisa parecida?

— Devo muito a ele. É um cara honesto. Pedro Santo. Pete. É detetive da divisão de roubos e homicídios.

— Então iremos à Polícia, afinal?

— Não oficialmente.

Seguiram para o norte pela costa. O tráfego em direção ao sul estava tranquilo. Alguns carros passaram por eles em excesso de velocidade, mas nenhum tinha um sinalizador luminoso.

A oeste, as ribanceiras lotadas de casas desciam até a baixada desabitada. Além da vegetação rasteira da costa e das praias largas, o horizonte era negro no céu do Pacífico.

Iluminada pela lua sentinela, a orla encrespada pela arrebentação e um pontilhado decorativo por onde as ondas margeavam sugeriam bordados de lençóis elegantes sob os quais o mar se revirava inquieto durante o sono.

Após um longo silêncio, Linda declarou:

— O fato é que não sou muito chegada a policiais.

Ela olhava fixamente para a frente, para a estrada, mas iluminados pelos faróis que passavam, seus olhos, que nem piscavam, pareciam estar concentrados em outra cena.

Ele esperou que ela continuasse, mas quando ela caiu no silêncio de novo, ele disse:

— Há algo que eu deveria saber? Você já esteve metida em alguma encrenca?

Ela piscou.

— Eu não. Sou tão direita quanto um prego novo que nunca viu um martelo.

— Por que isso me soa como se tivesse havido um martelo, talvez um monte deles, mas que você não se dobrou?

— Não sei. Não faço ideia de por que isso soa desse jeito para você. Talvez você esteja sempre deduzindo significados ocultos onde não há nada implícito.

— Sou apenas um pedreiro.

— A maioria dos mecânicos que conheço pensa com mais profundidade que qualquer professor universitário que já encontrei. Eles têm que ser assim. Vivem no mundo real. Os pedreiros devem ser iguais.

— Há uma razão para que nos chamem de cabeça-dura.

Ela riu.

Na Estrada Newport Coast, ele virou à direita, em direção ao centro. O terreno adiante subia, deixando para trás o mar comprimido sob o peso crescente da noite.

— Conheço um carpinteiro — disse ela — que adora metáforas porque acha que a própria vida é uma delas, cheia de mistérios e significados ocultos. Você sabe o que é uma metáfora?

— Meu coração é um caçador solitário que caça num morro solitário.

— Nada mau para um cabeça-dura.

— Não é minha. Ouvi em algum lugar.

— Você com certeza se lembra de onde foi. Do jeito que disse, você sabe. De qualquer modo, se esse Santo for perspicaz, vai notar que não gosto de policiais.

— Ele é perspicaz, mas não há nada nele que alguém não goste.

— Tenho certeza de que é um ótimo cara. Não é culpa dele se às vezes a lei não tem humildade.

Tim analisara as palavras com cuidado, mas elas acabaram não fazendo muito sentido.

— Talvez seu amigo seja um escoteiro com um distintivo — disse ela —, mas os policiais me assustam. Aliás, não só eles.

— Você quer me contar do que se trata?

— Não se trata de nada. É assim que eu sou.

— Precisamos de ajuda e Pete Santo pode nos ajudar.

— Eu sei. Só estou dizendo.

Quando chegaram ao topo do último de uma série de morros, Orange County cintilava lá embaixo, uma grande panóplia de milhões de luzes, um desafio para as estrelas, que ficavam pálidas diante desse deslumbramento.

— Parece tão formidável, tão sólido, tão duradouro — disse ela.

— O quê?

— A civilização. Mas é tão frágil quanto vidro. — Ela olhou para ele de relance. — Melhor eu ficar quieta. Você deve estar achando que sou caso perdido.

— Não — disse Tim. — Vidro faz sentido para mim. Vidro faz perfeito sentido.

Eles seguiram por quilômetros sem dizer uma palavra e, depois de algum tempo, ele percebeu que o silêncio deles ficara confortável. A noite lá fora era uma máquina de esquecimento esperando para ser acionada, mas ali no Explorer, uma paz fez residência temporária no coração dele, dando-lhe a sensação de que algo bom podia acontecer, algo até excelente.

CAPÍTULO 7

DEPOIS DE CAMINHAR POR TODO O BANGALÔ, ACENDENDO as luzes com determinação conforme andava, Krait voltou ao quarto.

A simples colcha branca de chenile estava tão esticada quanto na cama de um soldado. Nenhuma dobra estragava a borda de franjas.

Krait estivera em casas onde as camas ficavam por fazer e os lençóis raramente eram trocados. O desleixo o ofendia.

Se permitissem o uso de armas, uma pessoa desleixada podia ser morta a poucos metros de distância. E importaria menos se o alvo não trocava a roupa de baixo diariamente.

Muitas vezes, no entanto, o contrato especificava estrangulamento, facada, paulada ou outro método mais íntimo de execução. Se a vítima se revelasse uma relaxada, uma tarefa potencialmente agradável podia se tornar um trabalho de mau gosto.

Quando uma pessoa é atacada por trás, por exemplo, em desespero, ela tenta bater no agressor e o cegar. É fácil manter os olhos a salvo, mas a vítima pode bater na sua cara, agarrar seu queixo, passar os dedos pelos seus lábios e, se você desconfiar que ela é do tipo que nem sempre lava as mãos depois de usar o toalete, às vezes pode questionar se o bom pagamento e os muitos benefícios do serviço realmente compensam o lado negativo.

O armário de Linda Paquette era pequeno e arrumado. Ela não tinha muitas roupas.

Krait gostou da simplicidade do armário. Ele próprio sempre fora uma pessoa de gostos simples.

Ele tirou algumas caixas da prateleira, que ficava acima das roupas penduradas. Nenhuma delas continha algo esclarecedor.

Curiosidade sobre o alvo era proibida. Teoricamente, ele não devia saber mais sobre ela do que nome, endereço e aparência.

Geralmente, ele respeitava tal critério num serviço. Mas os acontecimentos na taberna exigiam novas regras para esse projeto.

Ele esperava encontrar fotos de família e amigos, lembranças dos anos escolares, de viagens de férias e de romances passados. Não havia nenhuma foto na cômoda, nem algum traço de pó, nem nas mesinhas de cabeceira bem lustradas.

Parecia que ela havia se livrado do passado. Krait não sabia por que fizera isso, mas aprovava. Conseguia lidar melhor com pessoas que estavam à deriva, sozinhas.

Esperavam dele que o cenário deixado desse a impressão de assalto seguido de estupro e morte, de tal forma que a polícia viesse a acreditar que aquilo não passara de um ataque de um psicopata sexual, e que Linda fora uma vítima escolhida ao acaso.

Os detalhes desse tipo de assassinato invariavelmente eram deixados para ele. Ele tinha muita engenhosidade para criar reconstituições capazes de convencer os melhores policiais.

Abriu as gavetas da cômoda, buscando pelas fotos e itens pessoais reveladores que não descobrira no armário.

Apesar da proibição, Krait fora contaminado pela curiosidade. Queria saber por que o grandalhão do bar tinha bancado o estraga-prazer. O que aquela mulher teria feito para que aquele rato de bar se arriscasse desse jeito?

O serviço de Krait costumava ser tiro certo. Um homem inferior, incapaz de apreciar as nuances sutis dessa profissão, ficaria entediado após alguns anos. Krait achava seu trabalho gratificante, em parte por causa da mesmice reconfortante de seus serviços.

Depois da limpeza, a familiaridade era a qualidade que Krait mais valorizava em qualquer experiência. Quando encontrava um filme de que gostasse, ele o assistia uma ou duas vezes por mês, ou até duas vezes numa noite. Geralmente, comia a mesma coisa no jantar durante uma ou duas semanas.

Mesmo com toda a variedade de aparência, as pessoas eram tão previsíveis quanto o enredo de um filme que ele aprendera de cor. Um homem que Krait admirava dissera certa vez que os seres humanos são ovelhas e, na maioria das vezes, era verdade.

Mas na experiência de Krait, considerando seu trabalho mais intimamente, os seres humanos eram inferiores às ovelhas. As ovelhas eram dóceis, sim, mas vigilantes. Ao contrário de muitas pessoas, as ovelhas sempre estavam cientes da existência de predadores e ficavam atentas ao odor e movimentos dos lobos.

Os americanos contemporâneos eram tão prósperos, tão alegremente distraídos por tal riqueza de entretenimentos que relutavam a diminuir sua diversão e reconhecer que existia qualquer coisa com presas afiadas e apetites ferozes. Se vez ou outra se deparassem com um lobo, jogavam-lhe um osso e se convenciam de que era um cachorro.

Negavam ameaças reais concentrando-se nos menos prováveis dos apocalipses: um asteroide imenso atingindo a Terra, furacões gigantescos com o dobro do tamanho do Texas, a implosão da civilização pelo bug do milênio, usinas nucleares abrindo buracos que atravessam o planeta, um novo Hitler surgindo de repente das tropas dos infelizes tele-evangelistas mal penteados.

Krait achava as pessoas mais parecidas com vacas do que com ovelhas. Movimentava-se em meio a elas como se fosse invisível. Elas pastavam sonhadoras, confiantes na segurança do rebanho, mesmo quando ele as abatia uma a uma.

Seu trabalho era seu prazer, e ele teria ambos em abundância até o dia em que um matador mais bombástico pusesse fogo no rebanho, pondo-o em debandada, aos milhares, penhasco abaixo. Então o gado ficaria cauteloso e, por algum tempo, Krait teria mais dificuldade no serviço.

Ele queria saber mais sobre a mulher, Linda Paquette, pois através dela esperava descobrir mais sobre o homem que interviera para poupá-la da execução. Logo teria um nome para aquele intruso, mas ainda não o tinha.

Encontrou apenas roupas nas gavetas da cômoda, mas elas lhe diziam coisas sobre Linda. Ela tinha diversas meias de várias cores, mas só dois pares de nylon. Suas roupas íntimas eram de algodão, parecidas com cuecas masculinas, sem renda ou outros enfeites.

A simplicidade daquelas roupas o encantou.

E cheiravam tão bem. Ele imaginou que sabão ela usava, esperando que fosse uma marca ecológica.

Depois de fechar a última gaveta, olhou para o seu rosto no espelho sobre a cômoda e gostou do que viu. Nenhum rubor lhe subira às faces. Sua boca não estava apertada de tensão nem frouxa de desejo.

O reflexo de um quadro no espelho chamou sua atenção. Com um sorriso vacilante, ele se virou e dirigiu o olhar para a imagem real.

Como ele não notou aquela pintura assim que entrou no quarto? Nenhum outro quadro adornava as paredes, e os únicos outros itens decorativos em cima das duas mesinhas de cabeceira eram um relógio luminoso e um velho rádio Motorola, ambos da década de 1930, e feitos de baquelita.

Ele não se sentiu insultado com o relógio ou com o rádio, mas a pintura, uma impressão barata, o deixou envergonhado. Retirou-a da parede, quebrou o vidro no pé da cama e arrancou a pintura da moldura.

Depois de dobrar a folha três vezes, colocou-a num bolso interno do casaco. Ele o guardaria até encontrar a mulher.

Depois de tirar-lhe toda a roupa e privar-lhe de suas defesas, ele lhe enfiaria o rolo de papel pela goela, fecharia sua boca e insistiria para que ela o engolisse, deixaria que o cuspisse de volta só para poder enfiá-lo em outro lugar, e depois em outro, e enfiaria outras coisas também, enfiaria tudo que quisesse até que ela lhe implorasse para matá-la.

Infelizmente, vivia numa época em que tais medidas às vezes eram necessárias.

Retornando ao espelho, ele gostou do que viu, como antes. A julgar pelo seu reflexo, ele tinha um coração puro e seus olhos eram cheios de caridade.

Aparência é importante. Na verdade, tudo que importa é a aparência. E o trabalho dele.

Entre os produtos de beleza bem ordenados no banheiro, ele não encontrou nada de interessante, a não ser um protetor labial de uma marca que ele nunca tinha usado.

Ultimamente a umidade andava baixa, e seus lábios estavam constantemente rachados. O produto que geralmente usava não estava ajudando muito.

Ele cheirou o produto e não detectou nenhum perfume forte, lambeu e sentiu um sabor agradável de laranja. Passou nos lábios, que imediatamente se resfriaram, e colocou o tubo no bolso.

Na sala, pegou das prateleiras alguns dos livros antigos de capa dura da coleção de Linda. As sobrecapas eram singulares, mas coloridas, e todos eram livros de ficção de autores populares das décadas de 1920 e 1930: Earl Derr Biggers, Mary Roberts Rinehart, E. Phillips Oppenheim, J. B. Priestley, Frank Swinnerton... Com exceção de Somerset Maugham e P. G. Wodehouse, a maioria estava esquecida.

Krait podia ter levado um livro que parecesse interessante, mas esses autores estavam todos mortos. Quando lia um livro que expressava pontos de vista inadequados, Krait às vezes se sentia obrigado a procurar o autor e corrigi-lo. Nunca lia livros de autores mortos porque a satisfação de uma discussão cara a cara com um autor vivo não se comparava à exumação e profanação do cadáver.

Na cozinha, encontrou duas canecas sujas de café dentro da pia e parou por um instante, analisando-as.

Organizada como era, Linda não teria deixado aquilo assim, a menos que tivesse um motivo urgente para sair de casa. Ela tivera companhia para o café. Talvez a companhia a convencera a não lavar as canecas para não demorar.

Além do que as canecas sugeriam, Krait se interessou na que tinha uma alça de papagaio. Achou-a encantadora. Lavou-a, enxugou-a e a embrulhou num pano de prato para levá-la consigo.

Faltava uma faca na grade da cozinha, e aquilo também era interessante.

Tirou da geladeira o resto de uma torta caseira de creme com canela. Cortou uma fatia generosa e serviu-a num prato. Pôs o prato e um garfo na mesa da cozinha.

Serviu uma xícara de café da jarra que estava aquecida na cafeteira. Ainda não tinha ficado amargo. Pingou-lhe leite.

Sentado à mesa, analisou o Ford 1939 enquanto comia a torta e bebia o café. O creme da torta estava excelente. Ele precisaria se lembrar de cumprimentá-la por isso.

Assim que terminou de comer, o celular vibrou. Tinha acabado de receber uma mensagem de texto.

Mais cedo, quando voltara à taberna Lamplighter, tentando descobrir o nome do grandalhão no último banco, o bartender alegara não saber.

Mas, cinco minutos depois de Krait ter saído da espelunca, Liam Rooney ligara para alguém. Nessa mensagem havia o número chamado e o nome da pessoa a quem o telefone pertencia — Timothy Carrier.

Aparecia na tela o endereço de Carrier também, mas Krait duvidava que fosse de utilidade imediata. Se Carrier era o rato de bar e se ele havia se apressado indo até Laguna Beach para avisar a mulher, não seria ingênuo de voltar para casa.

Além do nome e do endereço, Krait quis saber a ocupação desse cara. Carrier era empreiteiro licenciado.

Krait salvou as informações e o fone vibrou de novo. Uma foto do pedreiro apareceu com nitidez e ele não teve dúvida de que se tratava do homem da taberna.

Krait fazia o serviço sujo sozinho, mas tinha um incrível apoio tecnológico e acesso a informações.

Ele pôs o telefone no bolso sem salvar a foto. Talvez precisasse saber mais sobre Carrier, mas não agora.

Restava uma última xícara de café na jarra e ele o adoçou e acrescentou uma porção generosa de leite. Bebeu ainda sentado à mesa.

Apesar da ousadia com que a cozinha e a garagem tinham sido combinadas, o espaço era aconchegante.

Ele gostava de todo o bangalô, sua simplicidade harmoniosa. Qualquer um podia morar ali e ninguém saberia quem a pessoa realmente era.

Mais cedo ou mais tarde ele estaria à venda. Adquirir a propriedade de uma pessoa que ele assassinara seria muito arriscado, mas a ideia o agradou.

Krait lavou sua xícara, o prato, o garfo, a jarra de café e a caneca que fora usada por Linda ou pela visita. Secou tudo e guardou. Enxaguou a pia de aço inoxidável e depois a enxugou com papel toalha.

Logo antes de sair, ele foi até o Ford, abriu a porta do motorista, recuou um pouco para que não respingasse nele, abriu o fecho das calças e urinou dentro do veículo. Aquilo não o agradou, mas era necessário.

CAPÍTULO 8

PETE SANTO MORAVA NUMA CASA MODESTA COM UMA CA-chorra tímida chamada Zoey e um peixe morto chamado Lucille.

Belamente empalhada e montada, Lucille, um peixe-espada, ficava pendurada sobre a escrivaninha do gabinete.

Pete não era pescador. O peixe-espada viera com a casa quando ele a comprou.

O nome foi inspirado em sua ex-mulher, que se divorciara dele após dois anos de casamento, quando percebeu que não iria mudá-lo. Ela queria que ele largasse a polícia para ser corretor de imóveis, para se vestir com mais estilo, e queria que ele fizesse uma plástica na cicatriz.

O casamento acabou quando ela comprou um par de mocassins com franjas e ele se recusou a usar. Ele não queria usá-lo, e ela não ia devolvê-lo para a loja. Ela tentou pôr um deles no triturador de lixo. A conta do desentupidor foi altíssima.

Agora, enquanto a Lucille de dentes afiados o espiava lá de cima com um olhar penetrante, Pete estava diante da escrivaninha, examinando o site do Departamento de Veículos a Motor que aparecia na tela do computador.

— Se você não pode *me* contar do que se trata, a quem poderia?

— Ninguém. Ainda não. Talvez em um dia, ou dois, quando as coisas... se esclarecerem — disse Tim.

— Que coisas?

— As que não estão claras.

— Ah. Agora ficou claro. Quando as coisas que não estão claras se esclarecerem, aí você pode me contar.

— Talvez. Olha, eu sei que isso pode te colocar numa roubada.

— Isso não importa.

— É claro que sim — disse Tim.

— Deixa disso. Não importa. — Pete se sentou diante do computador. — Se eles me tirarem da polícia, eu viro corretor de imóveis.

Ele digitou seu nome, o número do seu crachá e o código de acesso e, com isso, os registros do Departamento de Veículos a Motor se renderam a ele como uma virgem em sua noite de núpcias.

Zoey, uma labradora preta e acanhada, observava de trás de uma poltrona enquanto Linda se agachava e, com arrulhos e declarações de amor, tentava fazer a cachorra chegar mais perto.

Pete digitou o número da placa que Tim lhe dera, e o sistema revelou que a placa havia sido emitida para um Chevrolet branco, registrado em nome de Richard Lee Kravet e não tinha nada a ver com o departamento policial.

— Você o conhece? — perguntou Pete.

Tim fez que não.

— Nunca ouvi falar. Achei que o carro seria um sedã, e da polícia.

— Esse cara que você está procurando — disse Pete, surpreso — é um policial? Estou rastreando um policial para você?

— Se é um policial, é dos maus.

— Olhe para mim. Pense no que estou fazendo para você. Estou usando o poder policial para uma investigação particular. *Eu* sou um mau policial.

— Se esse cara for um policial, é realmente mau. Na pior das hipóteses, Pete, você é um policial travesso.

— Richard Lee Kravet. Não o conheço. Se ele tem alguém que o protege, não acho que seja um dos nossos.

Pete trabalhava no departamento policial de Newport Beach, mas morava nos arredores do município, mais próximo de Irvine que de Newport Beach. Mesmo antes de divórcio, não podia bancar uma casa na cidade onde servia.

— Dá para me conseguir a carteira de habilitação do cara? — perguntou Tim.

— Claro, por que não? Mas quando eu for corretor de imóveis, vou usar o sapato que quiser.

Se arrastando sobre a barriga, Zoey dera meia-volta na poltrona. O rabo batia no chão, em resposta aos chamados de Linda.

A única luminária deixava a maior parte do gabinete na penumbra, e a luz do monitor fazia com que o rosto de Pete parecesse de lata. Sua cicatriz lisa brilhava como uma solda malfeita.

Ele era bonito o suficiente para que um traço de tecido pálido, que fazia uma curva da orelha até o pescoço, não o deixasse feio. Uma cirurgia plástica reduziria ou até eliminaria o desfiguramento, mas ele escolhera não se submeter ao bisturi.

Uma cicatriz nem sempre é um defeito. Às vezes pode ser a redenção inscrita na carne, a lembrança de algum sofrimento ou de algo perdido.

A carteira de habilitação apareceu na tela. Na foto, o matador tinha um sorriso de Mona Lisa.

Pete a imprimiu e a entregou a Tim.

Segundo a licença, Kravet tinha 36 anos. Seu endereço era em Anaheim.

Com as patas para o ar, Zoey ronronava como um gato enquanto Linda fazia carinho em sua barriga.

Tim ainda não tinha nenhuma prova de que aquele homem era o matador de aluguel. Richard Kravet negaria cada detalhe do encontro na taberna.

— E agora? — perguntou Pete.

Enquanto acariciava o cachorro, Linda olhou para Tim. Seus olhos verdes, embora continuassem sendo poços de mistério, demonstravam para ele o nítido desejo de manter o assunto apenas entre eles dois, pelo menos por enquanto.

Ele conhecia Pete há mais de 11 anos, e Linda por menos de duas horas mas, mesmo assim, preferiu a discrição que mudamente ela lhe pedia.

— Obrigado, Pete. Você não tinha obrigação de me quebrar esse galho.

— Isso é o que eu mais gosto de fazer.

Isso era verdade. Pete Santo sempre fora de se arriscar, mas nunca de modo imprudente.

Quando Linda se levantou, Pete lhe perguntou:

— Faz tempo que você e Tim se conhecem?

— Não muito — disse ela.

— Como foi que se conheceram?

— Tomando um café.

— Tipo no Starbucks?

— Não. Não foi lá — disse ela.

— Paquette. É um nome incomum.

— Não na minha família.

— É adorável. P-a-c-k-e-t-t-e.

Ela não corrigiu a grafia.

— Então você é do tipo forte e quieta.

Ela sorriu.

— E você está sempre querendo descobrir alguma coisa.

A tímida Zoey acompanhou Linda por todo o caminho até a porta da frente.

Um coral oculto de sapos, vindo de vários pontos do jardim, se harmonizava.

Linda fez um carinho de leve atrás das orelhas da cachorra, beijou-a na cabeça e atravessou o gramado até o Explorer estacionado na entrada da garagem.

— Ela não gosta de mim — disse Pete.

— Ela gosta de você. Só não gosta de policiais.

— Se você casar com ela, será que vou ter que mudar de emprego?

— Não vou casar com ela.

— Acho que ela é do tipo que não deixa você conseguir nada sem uma aliança.

— Não quero nada. Não há nada entre nós.

— Mas haverá — previu Pete. — Ela tem algo mais.

— O quê?

— Não sei. Mas com certeza tem alguma coisa.

Tim observou Linda entrando no Explorer. Assim que ela fechou a porta, ele disse:

— Ela faz um ótimo café.

— Aposto que sim.

Embora os sapos ocultos continuassem a coaxar enquanto Linda caminhava entre eles, ficaram em silêncio quando Tim pôs o pé na grama.

— Classe — disse Pete. — Isso faz parte do algo mais. — E quando Tim começou a se afastar, Pete acrescentou — *Sangfroid*.

Tim parou, olhou para o detetive ali atrás.

— *Sang* o quê?

— *Sangfroid*. É francês. Confiança, porte, firmeza.

— Desde quando você sabe francês?

— Desde quando um professor universitário, que ensinava literatura francesa, matou uma garota com um formão. Desmembrou-a com um cortador de pedra.

— Cortador de pedra?

— Era escultor também. Ele quase se safou porque tinha *sangfroid*. Mas eu o peguei.

— Tenho certeza de que Linda não desmembrou ninguém.

— Só estou dizendo que ela é confiante. Mas se um dia ela quiser *me* desmembrar, não me importo.

— Compadre, você me decepciona.

Pete sorriu.

— Sabia que havia algo entre vocês.

— Não há nada — garantiu Tim e entrou no Explorer em meio ao silêncio dos sapos.

CAPÍTULO 9

ENQUANTO TIM DAVA RÉ PARA SAIR DA ENTRADA DA GARAgem, Linda disse:

— Ele é bem legal para um policial. A varanda dele é uma graça.

— Ele também tem um peixe morto com o nome da ex-mulher.

— Bem, talvez ela fosse um peixe frio.

— Ele diz que não se importaria se você quisesse desmembrá-lo — disse Tim virando para a rua.

— O que ele quis dizer com isso?

— Quis fazer uma piada de mau gosto.

— Que piada?

Surpreso de ter tocado no assunto, ele imediatamente desconversou.

— Deixa pra lá.

— Como assim, desmembrar?

O celular tocou, poupando-lhe de responder. Achando que pudesse ser Rooney com mais notícias, Tim atendeu no terceiro toque. O visor não revelava o número que chamava.

— Alô?

— Tim?

— Sim?

— Ela está aí com você?

Tim não respondeu.

— Diga-lhe que ela faz uma excelente torta de creme.

Evocados pela voz, surgiram-lhe na memória aqueles olhos incrivelmente dilatados, famintos por luz.

— O café também não é ruim — disse Richard Lee Kravet. — E gostei tanto da caneca com alça de papagaio que a trouxe comigo.

Aquele bairro residencial tinha pouco trânsito; no momento, nenhum. Tim parou no meio da rua, meia quadra depois da casa de Pete Santo.

O matador conseguira o nome de Tim com alguém que não era Rooney. Como ele conseguira o número do telefone que não constava da lista era um mistério.

Embora não conseguisse ouvir a conversa, Linda sabia quem estava na linha.

— Estou de volta no jogo, Tim, não graças a você. Me deram outra foto dela para substituir a que você pegou.

Linda pegou a impressão da carteira de habilitação de Kravet e segurou-a próxima à janela, analisando seu rosto sob a luz de um poste próximo.

— Antes do golpe de misericórdia — disse Kravet —, querem que eu a estupre. Ela parece ser uma gracinha. Foi por isso que você me dispensou com metade da minha grana? Viu a foto da gata e quis estuprá-la você mesmo?

— Acabou — disse Tim. — Você já não pode pôr o plano em ação.

— Como assim... vocês nunca mais vão para casa? Vão fugir para sempre?

— Nós vamos à polícia.

— Isso não é problema para mim, Tim. Você devia ir à polícia agora mesmo. É o mais certo a fazer.

Tim pensou em dizer *Eu sei que você é um policial, vi quando saiu da taberna e pegou o carro, agora sei o seu nome*, mas revelar isso diminuiria o valor da informação.

— Por que está fazendo isso, Tim? O que ela representa para você?

— Admiro o *sangfroid* dela.

— Não banque o tolo.

— É uma palavra francesa.

— Passe a noite com ela, se quiser. Aproveite um pouco. Divirta-se. Depois a deixe em casa de manhã. Começo dali e esqueço sua interferência para sempre.

— Vou pensar na sua sugestão.

— É melhor você fazer mais do que isso, Tim. É melhor entrar num acordo comigo e me convencer que pretende fazer isso mesmo. Porque já estou chegando, sabe.

— Divirta-se procurando a agulha no palheiro.

— O palheiro não é tão grande como você pensa, Tim. E você é muito maior que uma agulha. Eu te encontrarei logo. Antes que você possa imaginar... e então nenhum acordo será possível.

Kravet desligou.

Imediatamente Tim pressionou o botão que ligava automaticamente para o último número que o chamou, mas o celular de Kravet estava protegido contra retorno de chamada.

Adiante, um carro atravessou o sinal vermelho, rugindo pelo cruzamento. Ao pular em uma vala, os faróis varreram o para-brisa do Explorer e desceram.

Tim tirou o pé do freio, acelerou e girou o volante, saindo do meio da rua, na expectativa de que o veículo tentasse bloqueá-lo.

O carro passou em disparada, as luzes traseiras diminuindo no espelho retrovisor. Tendo virado para o meio-fio, Tim freou subitamente, logo antes do cruzamento.

— O que foi aquilo? — perguntou Linda.

— Achei que pudesse ser ele.

— Aquele carro? Como poderia ser ele?

— Sei lá. Não podia ser mesmo, acho.

— Você está bem?

— Sim. Claro. — Uma brisa súbita sacudiu o fícus que cobria o poste de luz, e as sombras das folhas enxamearam o para-brisa como borboletas negras. — Se eles vendessem *sangfroid* em lojas de conveniência, eu iria parar e comprar um engradado.

CAPÍTULO 10

A RESIDÊNCIA EM ANAHEIM REVELOU-SE UMA ESTRUTURA de apenas um andar, datada da década de 1950. Beirais com entalhes ornamentais, persianas rococó e a porta modelo alpino não conseguiam convencer que essa casa de rancho californiano pertencesse à Suíça, nem a qualquer outro lugar.

Penetrando os galhos de dois enormes pinheiros, o luar pintava manchas espalhadas de gelo falso no telhado envelhecido de cedro cinza, mas nenhuma lâmpada iluminava as janelas.

Ladeando a casa de Kravet havia uma pequena casa espanhola e um chalé estilo New England. As luzes do chalé estavam acesas, mas a casa parecia vazia, com janelas escuras e jardim precisando de cuidados.

Tim passou duas vezes em frente à casa de Kravet e depois estacionou na esquina da rua transversal.

Comparou a hora em seu relógio com a da caminhonete. Ambos marcavam 9h32.

— Acho que vou precisar de uns 15 minutos — disse ele.

— E se ele estiver lá dentro?

— Sentado no escuro? Não. Provavelmente está à espreita perto da minha casa, ou lá dentro fazendo uma busca.

— Ele pode voltar. Você não devia entrar sem uma arma.

— Eu não tenho uma arma.

Ela tirou uma pistola da bolsa.

— Vou com você.

— De onde tirou isso?

— Da gaveta da minha mesinha de cabeceira. É uma Kahr K9 semiautomática.

Algo estava para acontecer. Aquilo que sempre o perseguia, a coisa da qual não havia como escapar.

A taberna era um lugar que sempre fora adequado para ele, onde não passava de outro cara num bar, onde era o menor homem no salão, sob a perspectiva da porta de entrada. Mas naquela noite tinha sido o lugar certo na hora errada.

Tinha arrumado um jeito de viver nos trilhos, andando por um caminho conhecido, rumo a um futuro previsível. A coisa que o seguia, no entanto, não era apenas seu passado, mas também seu destino, e os trilhos que o distanciavam dele também o levavam a ele de modo inexorável.

— Não quero matá-lo — disse Tim.

— Nem eu. A arma é só por garantia. Precisamos achar algo nesse lugar que faça os policiais enforcá-lo.

Aproximando-se para ver melhor a pistola, ele disse:

— Não estou familiarizado com esta arma. — Ela não usava perfume, mas tinha um leve cheiro do qual ele gostava. Cheiro de cabelo limpo, de pele bem-cuidada.

— Oito tiros de 9 milímetros. Ação suave — disse ela.

— Já usou?

— Em tiro ao alvo.

— Você não tem medo de ninguém e, mesmo assim, guarda uma pistola ao lado da cama.

— Eu disse que não conheço ninguém que gostaria de me ver morta — corrigiu ela. — Mas não conheço todo mundo.

— Você tem licença para porte de arma?

— Não. Você tem licença para arrombar a casa?

— Acho que você não devia entrar comigo.

— Não vou ficar sentada aqui sozinha, com ou sem a arma.

Ele suspirou.

— Não é exatamente a atitude que você tem...

— O que é que eu tenho, exatamente?

— Alguma coisa — disse ele e saiu do Explorer.

Ele abriu a porta de trás e tirou uma lanterna do compartimento raso em que ficava o macaco do carro.

Eles foram juntos até a casa de Kravet. A vizinhança estava quieta. Um cachorro latiu, a distância.

Iridescentes como a pele de uma serpente, finas meadas de nuvens prateadas descascavam a face de uma lua em mudança de pele.

Um muro definia o limite da propriedade entre a casa escura e a alpina. Um portão abria a passagem à garagem.

Num leve farfalhar repentino dos pinheiros, a brisa inconstante sacudiu agulhas secas que caíram no caminho de concreto.

Na porta lateral que dava para a garagem, Tim acendeu a lanterna por tempo suficiente para confirmar a ausência de ferrolho.

Linda segurou a lanterna apagada enquanto ele enfiou um cartão de crédito para tentar abrir a porta, abrindo rapidamente o trinco simples.

Na garagem para dois carros, com a porta fechada atrás deles, Linda acendeu a lanterna de novo. Não havia nenhum veículo.

— Alvenaria não é a sua única habilidade — sussurrou ela.

— Todo mundo sabe destrancar uma porta.

— Eu não.

É bem provável que a porta da frente e a dos fundos tivessem ferrolhos, mas a porta entre a garagem e a casa só tinha uma fechadura barata. Muita gente acha que apenas aparentar segurança já é o suficiente.

— Quanto tempo de cadeia a gente pega por roubo? — perguntou ela.

— Isso é arrombamento, não roubo. Uns dez anos, acho.

A fechadura abriu e ela disse:

— Vamos andar rápido.

— Primeiro, é preciso ter certeza de que não vamos dar de cara com um pit bull.

Pegando a lanterna da mão dela, ele abriu a porta. Pôs o raio de luz pela fresta, mas não viu nenhum olho de animal brilhando.

A cozinha não era o que ele esperava. A lanterna iluminou cortinas de chintz, um conjunto de latas pintadas com motivos de ursos de pelúcia e o relógio de parede em forma de gato exibia uma cauda balançante como pêndulo.

Na sala de jantar, a toalha de mesa de linho era arrematada com renda. Um prato com frutas de cerâmica estava no centro da mesa.

Mantas de lã coloridas protegiam o sofá da sala. Um par de poltronas reclináveis bastante usadas se postava diante de uma TV de tela grande. Os quadros eram reproduções de pinturas de crianças de olhos grandes, bem populares na época em que Tim nasceu.

Virando para seguir a curva da luz, Linda disse:

— Será que um matador iria morar com os pais?

No quarto maior, havia um acolchoado com estampa de rosas, flores de seda e um toucador com pentes e escovas de madrepérola. No armário, roupas masculinas e femininas.

O segundo quarto era uma combinação de quarto de costura e escritório. Numa gaveta da escrivaninha, Tim encontrou um talão de cheques e várias contas, de telefone, luz, TV a cabo, esperando pelo pagamento.

Linda sussurrou:

— Você ouviu alguma coisa?

Ele apagou a lanterna. Ficaram no escuro, tentando escutar.

A casa estava mais silenciosa do que nunca, com um ocasional clique ou estalo. Nenhum dos pequenos ruídos parecia ser mais que as dores de uma velha estrutura se acomodando.

Convencido de que nada no silêncio o escutava, Tim acendeu a lanterna de novo.

No escuro, Linda tinha tirado a pistola da bolsa.

Examinando o talão de cheques, Tim descobriu que a conta estava em nome de Doris e Leonard Halberstocks. As contas vencidas também pertenciam aos Halberstocks.

— Ele não mora aqui — disse Tim.

— Talvez morasse antes.

— É mais provável que nunca tenha visto este lugar.

— Então o que estamos fazendo aqui?

— Arrombando a propriedade alheia.

CAPÍTULO 11

LINDA DIRIGIA ENQUANTO TIM ESTAVA SENTADO COM A bolsa dela aberta no colo, a arma ali dentro. Ele falava ao telefone com Pete Santo.

Voltando ao banco de dados do Departamento de Veículos a Motor enquanto conversavam, Pete disse:

— Na verdade, o carro registrado no nome de Kravet não está no endereço de Anaheim. Nesse caso, é Santa Ana.

Tim repetiu o endereço em voz alta enquanto o anotava na cópia da habilitação de Kravet.

— Não é mais real que o outro.

— Você já pode me dizer do que se trata? — perguntou Pete.

— Não é nada que tenha acontecido em sua jurisdição.

— Eu me vejo como um detetive do mundo.

— Ninguém foi morto — disse Tim e mentalmente acrescentou *ainda*.

— Lembre-se, estou na divisão de *roubo* e homicídio.

— A única coisa que foi roubada foi uma caneca de café com alça de papagaio.

Franzindo o cenho, Linda declarou:

— Adorava aquela caneca.

— Que foi que ela disse? — perguntou Pete.

— Que adorava aquela caneca.

— Você quer que eu acredite que isso tem a ver com uma caneca de café roubada? — disse Pete.

— E uma torta de creme.

— Só tinha metade — disse ela.

Ao telefone, Pete quis saber:

— Que foi que ela disse?

— Ela disse que só tinha metade da torta.

— Mesmo assim não está certo — disse ela.

— Ela está dizendo — relatou Tim — que mesmo tendo apenas a metade, não está certo.

— Não é só o custo dos ingredientes — disse ela.

— Não é o custo dos ingredientes — repetiu Tim a Pete.

— Ele também roubou minha mão de obra e a sensação de segurança.

— Ele também roubou a mão de obra dela e a sensação de segurança.

— Então você quer que eu acredite — disse Pete — que isso tem a ver apenas com o roubo de uma caneca de café e meia torta de creme?

— Não. Tem a ver com outra coisa completamente diferente. A caneca e a torta são apenas crimes associados.

— O que é a outra coisa completamente diferente?

— Não tenho permissão para dizer. Ei, há alguma maneira de saber se Kravet tem outra carteira de habilitação sob um nome diferente?

— Que nome?

— Não sei. Mas se o endereço em Anaheim era falso, talvez o nome também seja. O Departamento de Veículos a Motor tem algum programa de reconhecimento facial que possa procurar em seus arquivos por uma repetição da imagem de Kravet?

— Estamos na Califórnia, cara. O departamento nem consegue manter os banheiros limpos.

— Às vezes — disse Tim — acho que se *O incrível Hulk* tivesse feito mais sucesso na TV e ficado no ar por mais alguns anos, talvez Lou Ferrigno fosse até governador. Não seria legal?

— Acho que eu confiaria no Lou Ferrigno — disse Pete.

— Ele está dizendo que confiaria no Lou Ferrigno — diz Tim a Linda.

— Eu também — disse Linda. — Ele tem humildade.

— Ela disse que Lou Ferrigno tem humildade — falou Tim.

— Provavelmente porque ele teve que superar a surdez e uma obstrução da fala para se tornar ator — disse Pete.

— Se Lou Ferrigno fosse governador, o estado não estaria falindo, os banheiros do Departamento de Veículos a Motor estariam limpos *e* você teria aquele programa de reconhecimento facial. Mas como ele não é o governador, não há outro modo de você tentar descobrir se Kravet tem uma habilitação com outro nome?

— Estive pensando nisso enquanto falávamos sobre Lou Ferrigno — disse Pete.

— Estou impressionado.

— Estava também coçando as orelhas da Zoey do jeito que ela gosta.

— Você realmente é o máximo.

— Há algo que posso tentar. Talvez funcione. Mantenha seu celular carregado e eu ligo de volta.

— Falou, *holy one*.

Assim que Tim desligou, Linda quis saber:

— *Holy one?*

— *Holy one* quer dizer "sagrado". Como o nome dele é Santo, às vezes nós o chamamos assim.

— Nós?

Tim deu de ombros.

— Alguns de nossos amigos.

Enquanto Tim falava ao telefone, Linda tomara o rumo de Santa Ana. Em dez minutos chegariam ao endereço onde, segundo o Departamento de Veículos a Motor, o Chevy sedã registrado em nome de Kravet podia ser encontrado.

— Você e Santo — disse ela — já passaram por alguma coisa juntos.

— A gente se conhece há bastante tempo.

— É, mas já passaram por alguma boa juntos também.

— Não foi na faculdade. Nenhum de nós dois frequentou a faculdade.

— Eu não achei que fosse na faculdade.

— Também não foi uma relação gay experimental.

— Tenho certeza de que não foi uma relação gay experimental.

Ela parou no sinal vermelho e virou aquele olhar verde analítico para ele.

— Lá vem você de novo com essas coisas — disse ele.

— Que coisas?

— Esses olhos. Esse olhar. Quando você fere alguém com esse olhar, devia haver um médico por perto para costurar o ferimento.

— Eu feri você?

— Não mortalmente.

O sinal não abriu. Ela continuou a olhar fixamente para ele.

— Certo — disse ele. — Uma vez eu e Pete fomos a um show do Peter, Paul and Mary. Foi um inferno. E passamos por aquele inferno juntos.

— Se vocês não gostam de Peter, Paul and Mary, por que foram ao show?

— Pete estava saindo com uma garota, Barbara Ellen, que adorava *retro folk*.

— E com quem você estava saindo?

— A prima dela. Foi só aquela noite. Um inferno. Eles cantaram "Puff, the Magic Dragon" e "Michael, Row the Boat Ashore", além de "Lemon Tree" e "Tom Dooley". Não paravam. Tivemos sorte de sair de lá com a cabeça sã.

— Não sabia que Peter, Paul and Mary ainda faziam shows. Nem sabia que estavam todos ainda vivos.

— Eles eram "covers" do Peter, Paul and Mary. Sabe, como a *Beatlemania*. — Ele olhou para o semáforo. — Um carro podia enferrujar esperando que o sinal abrisse.

— Qual era o nome dela?

— De quem?

— Da prima com quem você estava saindo.

— Ela não era *minha* prima. Era prima da Barbara Ellen.

— Então, qual era o nome dela? — insistiu Linda.

— Susana.

— Ela veio do Alabama com um banjo no colo?

— Só estou te contando o que aconteceu. Foi você quem perguntou.

— Deve ter sido verdade. Você não podia ter inventado.

— É muito estranho, não é?!

— O que estou dizendo — disse ela — é que eu acho que você não conseguiria inventar nada.

— Tá certo então. Agora você sabe o que une Pete e eu, aquela noite infernal. Eles cantaram "If I Had a Hammer" *duas vezes.* — Ele apontou para o semáforo. — Ficou verde.

— Vocês passaram por alguma coisa juntos, mas não foi só a *PeterPaulandMarymania* — disse ela atravessando o cruzamento.

Ele decidiu partir para a ofensiva.

— Então como é que você ganha a vida, além de trabalhar por conta própria em casa?

— Sou escritora.

— O que você escreve?

— Livros.

— Que tipo de livros?

— Livros tristes, deprimentes, idiotas, viscerais.

— Algo para ler na praia. Eles foram publicados?

— Infelizmente. E os críticos os adoram.

— Eu conheceria algum título?

— Não.

— Quer tentar?

— Não. Não vou mais escrever esses livros, especialmente se acabar morta, mas mesmo que não acabe, vou escrever outro tipo de coisa.

— O que vai escrever?

— Algo que não seja cheio de raiva. Algo em que as frases não gotejem amargura.

— Ponha esse título: "As frases não gotejam amargura." Eu compraria um livro assim na hora. Você escreve sob o nome Linda Paquette ou usa um pseudônimo?

— Não quero mais falar sobre isso.

— Quer falar sobre o quê?

— Nada.

— *Eu* não fiquei de boca calada para *você.*

Ela lhe lançou um olhar de lado, erguendo uma sobrancelha.

Eles rodaram em silêncio por um tempo por uma área onde as prostitutas se vestiam um pouco menos desavergonhadamente que a Britney Spears, onde os bêbados viciados em vinho se sentavam encostados nas paredes dos prédios em vez de ficarem estatelados na calçada. Depois chegaram a uma área mais perigosa, onde nem os jovens de gangues se aventuravam em seus carros rebaixados e Cadillac Escalades cintilantes.

Passaram por prédios de apenas um andar, que eram umas pocilgas, e por pátios cercados que serviam de depósito, por negociantes de ferro-velho, prováveis operadores de desmontes, e por um bar esportivo de janelas pintadas de preto que parecia incluir brigas de galo em sua definição de *esportivo* antes que Linda parasse no meio-fio em frente a um terreno baldio.

— De acordo com os números dos prédios ao lado — disse ela — este é o endereço no registro daquele Chevy.

Uma cerca de arame protegia um terreno baldio cheio de erva daninha.

— E agora? — perguntou ela.

— Vamos comer alguma coisa.

— Ele disse que nos encontraria antes que pudéssemos imaginar — lembrou-lhe ela.

— Matadores de aluguel são cheios de conversa mole.

— O que você sabe a respeito de matadores de aluguel?

— Eles bancam os durões, estilo "aqui-vai-o-lobo-maugrandão". Você disse que não tinha comido. Eu também não comi nada. Vamos jantar.

Ela foi para uma área de classe média em Tustin. Ali, os bêbados viciados em vinho tragavam seu veneno em bares, onde era seu lugar, e as prostitutas não eram incentivadas a se exibirem seminuas em público, como se fossem divas da música pop.

A lanchonete ficava aberta a noite inteira, o ar cheirava a bacon e batata frita, além do bom aroma de café.

Eles se sentaram a uma mesa com janela, de onde podiam ver o Explorer no estacionamento. O trânsito passava na rua lá atrás e a lua silenciosamente se afogava num súbito mar de nuvens.

Ela pediu um cheeseburger com bacon e fritas, e um bolinho amanteigado para comer enquanto esperava seu pedido.

Depois de pedir seu cheeseburger com bacon e maionese e recomendar que as fritas fossem bem passadas, Tim disse a Linda:

— Na boa forma em que você está, eu tinha certeza de que pediria uma salada.

— Claro. Vou comer uma rúcula para ficar em paz comigo mesma enquanto alguns terroristas podem me vaporizar a qualquer momento com uma bomba.

— Será que uma lanchonete dessas tem rúcula?

— Hoje em dia há rúcula por todo canto. Chega a ser mais fácil de conseguir do que doença venérea.

A garçonete voltou com uma soda limonada para Linda e uma coca-cola para Tim.

Lá fora, um carro entrou no estacionamento, passou pelo Explorer e estacionou na extremidade mais longínqua do terreno.

— Você deve se exercitar — disse Tim. — O que faz para se exercitar?

— Fico me remoendo.

— Isso queima calorias, é?

— Se a gente pensar em como o mundo está desabando, é fácil fazer o coração bater a 130 por segundo e mantê-lo assim por horas.

Os faróis do carro recém-chegado se apagaram. Ninguém saiu.

O bolinho amanteigado foi servido, e Tim ficou observando-a comer enquanto bebericava sua coca-cola. Ele desejou ser um bolinho amanteigado.

— Isso está até parecendo um encontro, não é?

— Se isso parece um encontro para você — disse ela —, sua vida social é ainda mais patética que a minha.

— Não sou orgulhoso. Gosto disso, de jantar com uma garota.

— Não me diga que é assim que você consegue encontros. A velha artimanha "um-matador-de-aluguel-está-atrás-de-você-venha-comigo-imediatamente".

Até os hambúrgueres e as fritas chegarem, ninguém tinha saído do carro parado no estacionamento.

— Namorar não é fácil — disse Tim. — Encontrar alguém, quero dizer. Todo mundo quer falar sobre *American Idol* e pilates.

— E eu não quero ouvir um cara falar de suas meias de marca e sobre o que ele pensa em fazer com o cabelo.

— Tem cara que fala sobre isso? — perguntou ele, duvidando.

— E sobre o lugar onde ele depila o peito. Quando finalmente decidem chegar em você, a sensação é de estar rechaçando sua amiga.

A distância e as sombras impediam que Tim visse quem estava no carro. Talvez só fosse um casal descontente discutindo antes de um jantar tardio.

Após uma conversa agradável e uma boa refeição, Tim disse:

— Vou precisar da sua arma.

— Se você não tiver dinheiro, eu pago. Não há motivo para sair daqui atirando.

— Bem, pode haver — disse ele.

— Você se refere ao Chevy sedã branco no estacionamento.

— Imagino que escritores sejam bom observadores — disse Tim, surpreso.

— Não na minha experiência. Como foi que ele nos achou? Será que o filho da puta estava em algum lugar quando a gente parou em frente ao terreno baldio? Deve ter nos seguido de lá.

— Não consigo ver o número da placa. Talvez não seja ele. Só um carro parecido.

— É. Claro. Talvez seja Peter, Paul and Mary.

— Você tem que sair antes de mim, mas pela porta dos fundos, pela cozinha.

— É isso que *eu* costumo dizer a um cara com quem estou saindo.

— Há um beco atrás da lanchonete. Vire à direita e corra até o fim da quadra. Te apanho lá.

— Por que não saímos os dois pelos fundos e deixamos a caminhonete?

— A pé estamos mortos. E roubar um carro só piora nossa situação.

— Então você simplesmente vai disputar com ele a tiros?

— Ele não sabe que vi o carro dele. Acha que não sabemos que está aqui. Quando ele não vir você saindo comigo, vai pensar que foi ao banheiro e sairá a qualquer momento.

— E o que ele vai fazer quando você sair sem mim?

— Talvez venha aqui procurar por você. Talvez me siga. Não sei. O que eu *sei* é que se sairmos juntos pela porta da frente, ele atira em nós dois.

Enquanto pensava na situação, ela mordia o lábio inferior.

Tim percebeu que estava olhando fixamente para os lábios dela. Ao erguer os olhos, ele viu que ela estava observando seu olhar, então disse:

— Se você quiser, posso morder isso por você.

— Você não vai atirar nele — disse ela —, então por que não posso levar a pistola comigo?

— Não vou *começar* o tiroteio. Mas se ele abrir fogo contra mim, gostaria de ter uma opção, além de jogar meus sapatos nele.

— Eu realmente gosto desta pistolinha.

— Prometo que não vou quebrá-la.

— Você sabe como usar uma pistola?

— Não sou um desses caras que depilam o peito.

Relutante, ela lhe passou a bolsa por cima da mesa.

Tim pôs a bolsa no banco ao lado dele, olhou em volta para ter certeza de que nenhum dos poucos fregueses nem a garçonete olhavam para ele, pegou a pistola e a prendeu no cinto, embaixo da camisa havaiana.

O olhar dela já não estava afiado, mas solene e astuto como o mar, e ele teve a impressão de que, naquele momento, ela o viu de uma outra forma.

— Eles ficam abertos 24 horas — disse ela. — A gente podia ficar aqui até ele ir embora.

— A gente podia dizer que ele não está realmente lá, que é outra pessoa, que não tem nada a ver conosco. A gente podia ir até a porta e simplesmente sair e acabar com isso. Várias pessoas fariam isso.

— Não muitos em 1939 — disse ela.

— Que pena que o seu Ford não é uma máquina do tempo de verdade.

— Eu voltaria para lá. Jack Benny no rádio, Benny Goodman do Empire Room do Waldorf-Astoria...

— Hitler na Tchecoslováquia e na Polônia — lembrou-lhe ele.

— Eu voltaria para tudo.

A garçonete perguntou se queriam mais alguma coisa e Tim pediu a conta.

Ninguém saíra do Chevy branco ainda. O tráfego diminuíra na rua. O céu cheio de nuvens extinguira a lua.

Quando a garçonete trouxe a conta, Tim havia separado o dinheiro pronto para pagá-la e a gorjeta.

— Vire à direita no beco — lembrou ele a Linda. — Corra até o fim da quadra. Fique atenta a mim vindo pela rua principal.

Eles se levantaram. Ela pôs a mão no braço dele e, por um momento, ele achou que ela fosse beijá-lo no rosto, mas então ela se virou.

Sob a camisa, ele sentia a arma fria encostada em sua barriga.

CAPÍTULO 12

QUANDO TIM CARRIER EMPURROU A PORTA DE VIDRO E SAIU da lanchonete, todo o ar parecia ter escapado da noite, deixando um vácuo que não conseguia ampará-lo.

Ao longo da rua, as palmeiras ruidosas estremeciam numa brisa refrescante que desfazia a impressão de má ventilação.

Quando sua respiração ficou mais forte, ele se sentiu preparado.

Sua paralisia não fora causada pelo medo de Kravet, mas pelo pavor do que viria depois de lidar com ele. Ao longo dos anos, ele fora bem-sucedido na busca pelo anonimato. Dessa vez podia não sair conforme o esperado.

Fingindo tranquilidade, sem mostrar interesse pelo Chevy distante, ele foi direto para o Explorer. Atrás do volante, quando as luzes internas se apagaram, ele olhou uma vez para o veículo suspeito.

Ele conseguia observar melhor daquele ângulo, podia ver um homem dentro do carro, a mancha cinzenta de um rosto. Não estava próximo o bastante para perceber qualquer detalhe e não podia saber se aquele era o homem a quem entregara 10 mil dólares na taberna.

Tim tirou a pistola do cinto e deixou-a sobre o assento do passageiro.

Deu partida no motor, mas não acendeu os faróis. Devagar, ele contornou o restaurante, como se pretendesse pegar Linda perto da entrada.

Pelo espelho retrovisor, ele viu a porta do motorista do Chevy se abrir. Um homem alto saiu.

Enquanto o Explorer se aproximava e começava a estacionar perto do restaurante, o homem do Chevy se aproximou. Mantinha a cabeça abaixada, como se estivesse pensando.

Quando o cara saiu das sombras e ficou sob as luzes do estacionamento, comprovou ser do tamanho e do tipo físico que combinavam com o matador.

Tim freou, aparentemente esperando por Linda, mas de fato atraindo seu adversário para o mais distante que ele ousasse ficar de seu Chevrolet. Se Tim demorasse demais, o pistoleiro podia subitamente correr a toda velocidade até o Explorer e matá-lo ali mesmo, no assento do motorista.

A saída do estacionamento estava logo adiante. Talvez Tim tivesse esperado um pouco mais do que deveria quando ligou os faróis, pisou com força no acelerador e saiu correndo para a rua.

O destino joga pesado, então é claro que o tráfego tranquilo abruptamente se complicou. Três veículos vinham do leste a toda velocidade em direção a ele.

Esperando um tiro, vidros estilhaçados e uma bala na cabeça, Tim continuou concentrado e a toda velocidade, mas se deu conta de que o instante perdido na curva à direita faria com que um ou todos os veículos o atingissem por trás.

Ouviu-se o ruído de freios, buzinas, os faróis pareceram chamuscá-lo. Em vez de virar para a direita, ele cruzou direto as duas faixas que rumavam para leste.

Agora sem freadas bruscas, mas com uma prolongada reprovação de buzinas, dois carros e um caminhão passaram atrás dele. Nem um veículo sequer beijou o para-choque do Explorer, mas o sopro turbulento dos carros o fustigou.

Quando ele pegou a pista que seguia para oeste, o tráfego estava a uma distância segura, mas se aproximava velozmente. Ao virar para oeste, ele olhou para o sul e viu que Kravet voltara correndo para o Chevrolet. O matador estava no assento do motorista, fechando a porta.

Tim continuou no sentido oeste, passando de uma faixa para outra até virar para o leste, seguindo o fluxo do tráfego com que quase colidira. Ao se aproximar do cruzamento seguinte, olhou pelo retrovisor, depois pelo espelho lateral e viu o Chevy saindo do estacionamento.

Sem respeitar os sinais de trânsito, Tim dobrou a esquerda, dirigiu uns poucos metros para o norte numa ruela de antigas casas de dois andares, fez uma curva em U e estacionou no meio-fio. Parou de frente para uma avenida mais larga do que a de onde viera, deixou o motor ligado e apagou os faróis.

Agarrou a pistola, abriu a porta, saiu da caminhonete e se preparou para atirar, com as duas mãos na arma.

O motor do Chevy, fora de vista, mas a caminho, soava mais poderoso que um sedã comum, confirmando que fora aprimorado para perseguições e, apesar do que afirmava o Departamento de Veículos a Motor, podia ser uma máquina perigosa.

Surgiu o brilho dos faróis e, em seguida, o Chevy passou pela esquina.

À queima-roupa, correndo o risco de ser pego, Tim deu três tiros, mirando não no para-brisa nem na janela do motorista, mas no pneu dianteiro, enquanto o carro passava a toda velocidade por ele, dando em seguida mais dois tiros no pneu de trás. Viu a borracha dianteira estourar e talvez tivesse atingido o outro pneu também.

Surpreso, sem dúvida esperando ser atingido também, o motorista perdeu o controle. O sedã subiu no meio-fio, arrancou um hidrante e bateu com um estrondo numa cerca de madeira, fazendo chover as estacas pontiagudas e uma concentração descontrolada de rosas de trepadeira. Um poderoso jato de água irrompeu do fosso onde estava o hidrante, projetando-se na noite em colunas de uns 9 metros.

Quando o Chevy finalmente parou no gramado, Tim pensou em ir até lá e abrir a porta do motorista. Kravet podia estar atordoado, ligeiramente desorientado. Talvez ele conseguisse tirá-lo do carro e desarmá-lo, antes que ele acabasse com eles.

Tim não queria matar Kravet. Precisava saber quem o contratara. Linda nunca estaria a salvo até saber a identidade do homem que pusera o dinheiro sobre o bar.

Um tira corrupto que aceitava trabalhar como matador por baixo dos panos devia ser muito durão para abrir o bico com uma simples ameaça. Mas se o cano quente de uma pistola estivesse esticando uma de suas narinas até quase rasgá-las e se, olho no olho, ele tivesse instinto suficiente para ler corretamente a capacidade de violência do adversário, talvez cuspisse o nome. Afinal de contas, ele não era um homem honrado.

Logo depois que o Chevy tombou no jardim de uma casa, as luzes da varanda se acenderam. Um homem barbudo com uma barriga de cerveja saiu pela porta de frente.

A água esguichava com tanta pressão e caía de volta na calçada em cascatas tão ruidosas que uma sirene de polícia não seria audível até que o carro chegasse à meia quadra da cena.

Pisando em torrentes de água espumante, Tim se apressou até o Explorer.

Pôs a pistola no assento do passageiro. Segundo Linda, ela tinha um pente de oito disparos. Ele dera cinco.

Não se requer apenas coragem para uma implementação bem-sucedida de qualquer estratégia, mas também uma ação calculada e econômica.

Enquanto dirigia para o cruzamento próximo, Tim viu o Chevy tentando dar marcha a ré no gramado. As rodas de trás cuspiam rajadas de terra, lama, pétalas de rosa branca. Parecia que o carro estava com dificuldade para ganhar tração.

Com pelo menos um pneu furado e outros danos, o Chevy não estava em condições de realizar uma perseguição de sucesso.

Além de uma ação calculada e econômica, no entanto, um homem inteligente espera pelo inesperado.

Em vez de passar pelo cruzamento à plena vista de Kravet e ir para o sul, onde Linda esperava, Tim virou à esquerda. Acendeu os faróis e correu no sentido leste por duas quadras, fez uma curva que o deixou fora da vista de Kravet e só então virou à direita numa rua transversal.

Continuou olhando pelo espelho retrovisor e estava alerta, mas sua mente não parava de pensar no tiroteio, naqueles cinco tiros precisos.

A pistola tinha um gatilho escorregadio de ação dupla, dando a impressão de que quebraria sob o peso de meros três quilos.

O peso da mola de recuo parecia ter uns sete quilos, bom o suficiente para munição de pressão padrão.

A peça ficara notavelmente confortável em seu punho.

Ele não sabia o que pensar daquilo.

Disse a si mesmo que não teria sido qualquer arma que o teria servido de modo tão agradável, que o crédito pertencia inteiramente a essa ótima arma compacta, mas sabia que estava mentindo.

CAPÍTULO 13

CAMINHANDO PARA OS FUNDOS DA LANCHONETE, LINDA olhou para trás apenas uma vez e viu a porta da frente se fechar atrás de Tim depois que ele deu um passo noite adentro.

Embora só o conhecesse há algumas horas, a ideia de nunca mais vê-lo lhe tirou a respiração.

Ele escolhera ajudá-la quando podia tê-la deixado aos lobos. Ela não tinha motivo para achar que agora ele escolheria sair de sua vida do mesmo modo inesperado como entrara.

Nenhum motivo, além da experiência. Mais cedo ou mais tarde, todo mundo ia embora. Ou caíam por uma rachadura do piso em um buraco no chão ou eram puxados aos gritos pela mesma e, incapazes de se segurar rapidamente, sumiam.

Depois de algum tempo, a gente consegue se convencer de que a solidão é melhor, que ficar sozinho é o ideal para a reflexão, é até mesmo um tipo de liberdade.

Uma vez convencida, seria tolice abrir a porta para deixar alguém entrar, especialmente se esse alguém quisesse ir fundo. Estaríamos arriscando o equilíbrio tão duramente adquirido, a tranquilidade que se chamava de *paz*.

Ela não achava que ele seria ferido, não aquela noite, não quando estava de prontidão. Ele tinha jeito de quem sabia das coisas, de quem não seria morto facilmente.

Mesmo assim, ela estava preparada para ir até o fim do beco e esperar, e esperar, e nunca mais vê-lo.

Quando chegou à porta da cozinha, ela se abriu em sua direção. Uma garçonete saiu equilibrando uma bandeja cheia de pratos de comida num braço.

— Cozinha, querida — avisou ela. — Só funcionários.

— Desculpe, eu estou procurando o toalete.

— É ali — disse a garçonete, apontando para uma porta à direita.

Linda entrou num lavatório que cheirava a desinfetante de pinho e toalhas de papel molhadas. Esperou um instante, saiu dali e entrou na cozinha, onde os odores eram notavelmente melhores.

Passando por fornos, por um grande fogão, por uma série de fritadeiras cheias de óleo quente, sorrindo para um cozinheiro, dando um aceno de cabeça para outro, ela atravessou dois terços da cozinha antes que um homem de orelhas com grandes lóbulos puxasse um longo armário com rodinhas, quase batendo nela.

Ela não teria notado o tamanho dos lóbulos se ele não estivesse usando brincos: uma rosinha mínima de prata na orelha esquerda e um rubi na direita.

Não fosse por isso, ele parecia um fisiculturista obcecado por limpeza e exímio conhecedor de cada detalhe dos filmes de Quentin Tarantino: bombado, superlimpo e nerd. Pendurado em sua camisa branca, um crachá declarava DENNIS JOLLY/GERENTE NOTURNO.

— O que está fazendo aqui? — perguntou ele.

Como ele bloqueava a passagem estreita impedindo-a de escapar, ela disse:

— Estou procurando pela porta dos fundos.

— Só é permitida aos funcionários.

— Sei. Entendo. Desculpe a invasão. Só vou usar a porta dos fundos e vou embora.

— Não posso lhe deixar fazer isso, moça. Você terá que sair da cozinha.

Apesar dos brincos e da gravata vermelha, ele conseguia parecer sério e autoritário.

— É exatamente o que quero fazer. Quero sair da cozinha pela porta dos fundos — disse ela.

— Moça, terá que sair pelo lugar por onde entrou.

— Mas a porta dos fundos está mais perto. Se eu voltar pelo caminho por onde entrei, vou demorar mais para chegar à cozinha do que se eu simplesmente usar a porta dos fundos.

Àquela altura, Tim já devia ter saído do estacionamento. Se Kravet não seguisse o Explorer, se entrasse na lanchonete procurando por Linda, ele já deveria estar perto.

— Se você não tiver dinheiro para pagar a conta, não vamos fazer um escândalo — disse o gerente.

— O cara com quem estou saindo está pagando a conta. Ele acha que estou no toalete. Não quero sair da lanchonete com ele. Quero ir embora sozinha.

A cara rosada de Dennis Jolly empalideceu, e seus olhos claros se arregalaram, alarmados.

— Ele é violento? Não quero que ele volte aqui zangado procurando por você.

— Olhe só para você. Bombado do jeito que é, conseguiria lidar com qualquer um.

— Não conte comigo. Por que eu teria que lidar com qualquer um?

Ela mudou de tática.

— Mas não é isso, ele não é violento. Só me dá arrepios. Cheio de mãos. Não quero mais entrar no carro dele. Só me deixe sair pela porta dos fundos.

— Se ele vier aqui e você não estiver, ele vai ficar uma fera com a gente. Você tem que sair por onde entrou.

— Qual é a sua? — exigiu ela.

— Então ele é cheio de mãos — disse Dennis Jolly. — Se não é violento, se é só isso, deixe que ele a leve para casa, ele dá umas bolinadas, um amasso, não é nada.

— Como assim, não é nada?

Ela olhou para trás. Nenhum sinal de Kravet.

Se não saísse logo dali, não estaria esperando por Tim quando ele passasse pelo fim do beco.

— Não é bem assim — repetiu.

— Quando ele a deixar em casa, você pode dar o fora nele, aí ele não fica uma fera *conosco*.

Ela deu um passo à frente e ficou com o rosto perto do dele, agarrou-o pelo cinto e, talvez num segundo, tirou a ponta da alça do cinto...

— Ei!

... puxou o pino para fora do furo e liberou o cinto da fivela.

Dando tapinhas nas mãos dela ele disse:

— Pare, que droga você está fazendo, ei!

Ele recuou, mas ela avançou agressivamente, achou a lingueta do fecho e, num puxão, abriu a braguilha das calças dele.

— Não, ei, ei.

Linda ficou com o rosto junto ao dele enquanto ele tropeçava para trás, pressionando-o ao longo da passagem estreita, agarrando a mão dele enquanto ele tentava fechar as calças.

— Então, qual é o problema? — forçou ela, cuspindo saliva com o *p* de *problema*. — Só quero dar uma bolinadinha. É tímido,

Denny? É só uma bolinadinha. Não é nada. Tenho certeza de que não é nada. Tenho certeza de que vai ser um *pequeno* amasso. Você está com medo de que eu nem sequer consiga encontrá-lo, Denny?

O gerente noturno bateu numa estante e uma pilha de pratos escorregou para o chão, fazendo o barulho alto de porcelana grossa e barata caindo no chão.

Forçando a mão protetora dele, tentando enfiar a sua dentro das calças, ela disse:

— Alguém já o amarrou, Denny? Você vai gostar. Deixa eu fazer isso.

Cara vermelha, assustado, andando para trás freneticamente, o físico supermusculoso trabalhando contra — um excesso de touros enfiados no confinamento de um curral de rodeio —, ele tropeçou e caiu.

Resistindo à vontade de dar um bom chute no Sr. Jolly, Linda pisou entre suas pernas abertas e depois sobre ele e correu rumo aos fundos da cozinha.

— Sua cadela louca! — gritou ele com a voz aguda e vacilante de um adolescente.

Três portas encaravam o vestíbulo e a lógica sugeria que a da parede de trás seria a da saída. Em vez disso, lá estava um frigorífico.

A porta à esquerda revelava um pequeno escritório apinhado. A da direita dava num compartimento de serviço com uma pia.

Dando-se conta do engano, ela voltou à primeira porta, puxou-a e entrou no frigorífico, que na verdade era um cômodo refrigerado para receber os alimentos. Uma porta na extremidade dava acesso ao beco.

Duas caçambas de lixo ladeavam a entrada dos fundos. Não cheiravam tão bem quanto o bacon, os hambúrgueres e os bolinhos amanteigados.

Aqui e ali, uma lâmpada de segurança gradeada acima de uma porta derramava uma poça de luz sobre a calçada, mas, na maior parte de seu comprimento, o beco se afunilava por sombras profundas, parecendo um corredor polonês.

Desconcertada pelo confronto na cozinha, ela correu meia dúzia de passos antes de perceber que fora para a esquerda e não para a direita. Virou-se, encarando a outra extremidade do beco.

Ao passar pela porta da cozinha da lanchonete, ouviu um carro entrando no beco, atrás dela.

Atravancada pelas caçambas, a passagem de serviço só acomodava um veículo. Ela saiu do caminho para deixá-lo passar.

O barulho do motor estava estranho, sacudia com batidas e zunidos, mas isso não era o pior de tudo.

Ela olhou para trás e viu um carro com um único farol, inclinado porque um ou dois pneus do lado do motorista estavam furados. Trapos de borracha batiam, a borda de uma roda de aço arranhava o asfalto, o chassi saltava sobre molas estouradas e algo, talvez um amortecedor, se arrastava pelo pavimento, gerando rajadas de faíscas que voavam como bombinhas por baixo do veículo.

Sob a luz de uma das lâmpadas de segurança, ela reconheceu o Chevrolet sedã branco.

Como Tim fizera isso ela não sabia, mas sabia que tinha sido ele. Ele achou que tivesse deixado o Chevy totalmente fora de combate, mas sobrara uma vida coxa e alquebrada na antiga ignição.

Kravet se dera conta do truque. Sabia que ela tinha saído por trás da lanchonete e viera atrás dela.

Quando Linda se virou para a entrada da cozinha, Dennis Jolly escancarou a porta, o pescoço grosso, ainda mais grosso de indignação, as joias minúsculas cintilando em seus grandes lóbulos.

Se ela tentasse voltar para o restaurante, ele a bloquearia e até poderia lhe criar um grande problema ali com a intenção de lhe mostrar o quanto estava bravo.

— Se ele vir você — avisou ela — vai estourar seus miolos.

O tom da voz dela, o alto apreço de Jolly pela própria pele e o estardalhaço infernal do Chevrolet convenceram o gerente noturno a voltar para a cozinha.

Como o pálido cavalo do Apocalipse, o sedã bramia e dava estocadas, cuspindo faíscas, e Linda corria.

CAPÍTULO 14

A BOLSA A TIRACOLO PENDURADA NO BRAÇO DIREITO, BRAÇO esquerdo se movimentando ritmicamente como que para empurrá-la para a frente, Linda corria.

Provavelmente não teria escapado de um carro em bom estado, mas podia tentar fugir do Chevy aleijado. De qualquer modo, não havia opção.

Deveria tentar entrar pela porta dos fundos de alguma das lojas ao longo do beco? A maioria era de estabelecimentos comerciais ou escritórios. Aqui, uma lavanderia a seco. Lá, um salão de beleza. Estariam fechados a essa hora. Mas algum restaurante e dois ou três bares ainda estavam abertos às 22h, ou até às 23h.

Se ela entrasse num lugar com muita gente reunida, Kravet não iria segui-la, não iria matar todo mundo num bar só para pegá-la. Seria arriscado demais. O bartender poderia ter uma arma.

Um freguês poderia estar armado. A câmera de segurança poderia registrar tudo. Kravet recuaria e esperaria.

Mas se ela parasse em alguma loja e encontrasse a porta trancada, estaria morta. O sedã estava bem perto dela. Ela não tinha como passar despercebida. Ela seria perseguida e morta, manchando a parede de um prédio.

A julgar pelo barulho, o Chevy estava ganhando vantagem sobre ela. Ela estivera uns dez metros à frente, agora estava uns seis, no máximo.

A extremidade sul do beco era um caminho perigoso, e suas pernas estavam pesadas, desajeitadas. Ela imediatamente se arrependeu de ter comido o cheeseburger com bacon.

Amassada sob seus pés, uma lata vazia de refrigerante prendeu no sapato por um, dois, três passos, atrapalhando sua rápida caminhada, até se soltar e sair quicando fazendo barulho.

O barulho do Chevrolet se desmantelando intensificava-se atrás dela e, a qualquer momento, ela esperava sentir o para-choque dianteiro torto lhe cutucar as pernas. Depois de um barulho ensurdecedor, o tumulto parou abruptamente com um guincho agudo de metal dilacerando metal. Talvez o carro tivesse batido numa das caçambas.

Como se a rajada de som a impelisse para a frente, suas pernas ficaram mais leves e os pés pareciam ter asas.

Mesmo com todo aquele barulho, a proximidade diminuiu e ela se deu conta de ter sentido um cheiro de motor queimado por um instante, fumaça de óleo como o hálito de um dragão atrás dela, mas agora passara.

Ousando olhar sobre o ombro enquanto corria, ela viu que o carro tinha batido numa caçamba, ficando preso. Kravet tentou acelerar para soltá-lo, mas as rodas de metal da grande lata de lixo esburacaram o asfalto. Arrastada pela distância de um prédio, a tampa da caçamba foi batendo para cima e para baixo como a boca de um crocodilo. A caçamba espalhou lixo no chão, arrancou grandes porções de reboco, soltou o marco de uma porta.

Ao correr, deixando o carro para trás, ela estava mais segura a cada passo, ou era o que dizia a si mesma. Fora do beco, numa nova rua, ela quase colidiu com um carro na pista mais próxima das duas que seguiam para oeste.

Olhou para leste, desesperada para localizar o Explorer, que não aparecia no fluxo esparso do tráfego.

Atrás dela, no beco, os guinchos e as batidas de destruição silenciaram subitamente. Kravet desistira do sedã.

Agora ele estaria vindo a pé. Teria uma arma. Atiraria nela pelas costas.

Próxima ao meio-fio, Linda correu para leste, na esperança de ver o Explorer aparecer diante dela.

CAPÍTULO 15

KRAIT QUASE A ATROPELOU, E DEPOIS A CAÇAMBA. Um homem inferior, cujas emoções não fossem primorosamente equilibradas pelo intelecto, podia ter sucumbido à ira. Em fúria, ele podia ter atirado na mulher pelo para-brisa, embora o ângulo e a distância não fossem muito favoráveis para um tiro certeiro.

Se Krait não tivesse sido feito para esse trabalho, de toda forma, teria caído nele de modo tão natural como uma semente cai de um galho no solo da floresta. Nenhum homem inferior poderia ter se dado tão bem naquele serviço como Krait há muito provava ter, e ele não acreditava que outro homem pudesse ser tão bom quanto ele.

Na verdade, houve momentos em que ele se perguntou se era realmente um homem, pois era capaz de afirmar, estritamente baseado em análise racional e lógica, aplicando critérios de julgamento justos e honestos, que ele estava à parte da humanidade e superior a ela.

Esse não era um desses momentos.

Quando o carro parou, Krait virou a chave na ignição, mas o motor não desligou. Estranhamente, o dano rompera essa função do sistema elétrico.

Subiu um cheiro de gasolina. Sem dúvida, o motor arriado ou um fio em curto-circuito conspirariam de algum modo para incendiar o Chevrolet.

Ele suspirou, aborrecido com que o universo tivesse se organizado de tal modo a frustrar sua vontade. Bem, ninguém lhe prometera um mar de rosas: na verdade, era bem o contrário.

Como a caçamba estava presa ao carro, Krait não conseguia sair pelo lado do motorista. Ao deslizar pelo banco e tentar a porta do passageiro, descobriu que estava emperrada, talvez porque a armação tivesse amassado com a batida.

Ele podia ter pulado para o assento de trás e tentado outra porta; no entanto, tinha experiência suficiente para saber quando o cosmos estava lhe dando uma péssima ajuda. Aquela porta também estaria emperrada e então ele já estaria pegando fogo, o que seria irônico e divertido para alguns, mas um nítido impedimento para a realização de sua missão.

Pegando a SIG P245, ele deu três tiros no para-brisa, que se quebrou e se dissolveu como uma folha de gelo. A arma estava carregada com munição .45 ACPs, então um disparo poderia viajar o comprimento do beco e atingir a garganta de um cafetão, de uma jovem mãe ou de um padre que estivessem passando, dependendo da sorte de cada um.

Colocando a arma no coldre, cuidadoso com as mãos, vitais para seu trabalho, ele se contorceu para passar pelo painel e sair do Chevy, escorregando pelo capô com o máximo de dignidade que conseguiu reunir.

A mulher chegara ao fim do beco e virara à esquerda ou à direita, e estava fora de vista.

A passos rápidos, Krait foi atrás dela, mas não correu. Uma perseguição que exigisse corrida provavelmente estava perdida.

Além disso, uma pessoa em disparada não parecia ser uma pessoa controlada. Podia até dar a impressão de estar em pânico.

As aparências podem não condizer com a realidade, mas muitas vezes são uma alternativa convincente. Podem-se manipular as aparências na maior parte do tempo, mas os fatos são o que são. Quando eles são muito pronunciados, pode-se contar uma versão divertida da situação e cobri-los do modo como se cobre uma velha torradeira com uma capa estampada de gatinhos. Aparências eram a moeda corrente na profissão de Krait.

A passos rápidos, mas sem correr, com seu sorriso estampado no rosto, ele chegou ao fim do beco e pisou na calçada da rua principal. Olhou para a direita, para a esquerda e viu o Explorer na esquina. A mulher estava entrando nele.

À distância de uns 15 metros, com a SIG P245, ele conseguia pelo menos acertar os números de um alvo numa linha de tiro.

O Explorer devia estar a uns 25 metros de distância, 30 talvez, então ele andou rapidamente pela calçada, se aproximando do alvo.

A P245 tinha um pente de seis tiros. Sobraram três disparos, sem munição sobressalente.

Como o combinado foi que ele fizesse o assassinato da mulher parecer consequência de violência sexual, ele não tinha a intenção de atirar nela. Por isso não vira razão para guardar mais munição.

A situação mudara.

Ele se aproximara uns 20 metros quando evidentemente foi visto. A caminhonete deu marcha a ré, fazendo a curva para a rua e seguiu para o leste em alta velocidade.

Se houvesse tráfego proveniente do oeste atrás de Carrier, este teria colidido com ele ou pelo menos batido em algum carro. Mas essa noite, a infinita roda do cosmos evoluía em harmonia com ele, que deu marcha a ré por todo o caminho até o cruzamento, onde fez uma perigosa curva e saiu em disparada para o sul na rua transversal, ficando fora de vista.

Esses acontecimentos não geraram nem sequer um rosnado de ira ou um xingamento por parte de Krait. Frustrado, mas sorrindo, ele pôs a pistola no coldre de novo e continuou a passos largos pela calçada, mas não tão rápido como antes.

Se ele ficara à parte da humanidade e numa categoria superior, como em outros dias sugeriam as evidências, mesmo assim tinha um lugar legítimo neste pobre mundo. Na verdade, ocupava uma posição privilegiada. Às vezes pensava em si mesmo como pertencente a uma realeza secreta.

Como um importante príncipe da terra, ele tinha a obrigação de se comportar de acordo com a posição, de modo sempre decoroso e elegante, com estilo, graça e confiança discreta, irradiando todo o tempo uma aura de poder e propósito inflexível.

Mudou de direção, indo para o sul, e atravessou o cruzamento. Sua intenção não era seguir o Explorer a pé, mas simplesmente se distanciar do beco onde o sedã ardia, como uma alma em danação eterna.

Quando a polícia encontrasse o carro, talvez dessem uma busca pelas quadras próximas, procurando por pedestres suspeitos. Embora fosse imune a autoridade deles, Krait preferia não complicar sua situação estando ligado àquilo.

Surgiu o som de sirenes a leste.

Sem correr, nunca, Krait apertou o passo, andando com tranquila confiança. Queixo erguido, ombros para trás, peito para a frente, ele caminhava com a postura de um príncipe numa noite constitucional. Nada lhe faltava além de uma bengala com o topo de prata e um séquito de servidores para completar o quadro.

Ele seguiu por quase uma quadra enquanto as sirenes soavam mais altas e mais próximas e então, quando entrava na quadra seguinte, elas ficaram em silêncio.

Finalmente, estava numa vizinhança de respeitáveis casas de dois andares. Nessa agradável noite no sul da Califórnia, com suas chaminés vitorianas de tijolos expostos e telhados íngremes, as casas passavam a sensação de estar no lugar errado na hora errada.

Krait parou sob os galhos floridos de um jacarandá na entrada de uma garagem, onde quatro exemplares de um jornal local estavam espalhados em sacos plásticos transparentes.

Geralmente, quando alguém sai de férias sem lembrar de combinar a entrega dos jornais, um vizinho os apanha, para que eles não se acumulem, evitando que assaltantes reconheçam um alvo fácil. O fato de ninguém ter feito isso sugeria que as pessoas dessa residência não moravam ali há tempo suficiente para terem estabelecido laços com seus vizinhos, ou que não eram muito queridos.

Em qualquer um dos casos, a casa oferecia um santuário onde Krait podia se refrescar e reequipar. Precisava dessas acomodações por algumas horas apenas, e havia pouca chance de os proprietários voltarem durante aquele breve período.

Se retornassem, daria um jeito neles.

Reuniu os jornais, levando-os para a varanda.

Painéis de treliça entremeada com jasmim de florescência noturna protegiam a varanda dos vizinhos. O perfume dessas flores era muito forte para um homem de gostos simples, mas a tela verde lhe era conveniente.

Com uma lanterninha, ele examinou o interior da casa por um dos vidros da porta da frente. Não encontrou nenhuma indicação de sistema de alarme.

De um coldre menor que o da pistola, ele tirou um abridor de fechaduras restrito às forças policiais.

Se ele tivesse que escolher entre ficar sem uma pistola ou sem esse instrumento, teria entregado a arma sem hesitar. Em menos de um minuto, às vezes até menos, um instrumento daqueles conseguia abrir o ferrolho mais perfeito já fabricado.

Uma arma não era o único instrumento com que ele conseguia realizar uma tarefa. Podia matar com uma vasta coleção de armas, com uma porção de objetos comuns que a maioria das pessoas não consideraria uma arma, sem esquecer a mola de aço do interior de um suporte para rolo de papel higiênico e, é claro, simplesmente as próprias mãos.

Aquela ferramenta, no entanto, não só facilitava o trabalho de Krait, como também lhe permitia entrar *em todo lugar*, direito e poder não menos completo que o de qualquer rei antigo antes do advento do parlamento, quando nenhuma porta do reino podia ser bloqueada para Sua Majestade.

Ele era tão sentimental em relação àquele instrumento quanto um homem inferior seria em relação à querida mãe idosa ou à progenitora de seus filhos.

Krait não tinha lembrança de uma mãe. Se tivesse tido uma, ela devia estar morta, mas ele tendia a encorajar a ideia de que, além de todos os modos que o tornavam diferente da humanidade e superior a ela, podia também ter vindo ao mundo por uma rota diferente daquela que todo ser humano percorre.

Ele não sabia qual seria essa rota especial. Não perdera tempo pensando nisso, pois afinal de contas, não era biólogo nem teólogo.

Quanto às crianças, ele as achava incoerentes, incompreensíveis, chatas e fundamentalmente inexplicáveis. Os adultos perdiam um tempo considerável cuidando delas e, como eram pequenas, fracas e ignorantes, não tinham nada para contribuir com a sociedade.

Krait não guardava qualquer lembrança da infância. Sua esperança sincera era de não ter tido uma, pois lhe revoltava a ideia de um pequeno Krait com piolhos e coqueluche, brincando numa caixa de areia com caminhões de plástico, sem três dentes e com o nariz escorrendo.

Após abrir a fechadura comum e o ferrolho, ele entrou na casa, escutou o vazio por um instante e depois chamou:

— Tem alguém em casa?

Esperou por uma resposta, mas não teve nenhuma. Fechou a porta e acendeu duas luminárias da sala.

A decoração era muito ornamentada para seu gosto e feminina demais. Sua preferência pela simplicidade era tão grande que ele poderia ter sido feliz como monge, num mosteiro espartano, com a exceção de não permitirem aos monges que matassem pessoas.

Antes de se empenhar totalmente nessa residência, Krait andou pela sala, passando os dedos pelo topo dos marcos das portas e sobre as superfícies mais altas das mobílias maiores, satisfeito por descobrir que elas estavam tão limpas como as que podiam ser facilmente vistas.

Ao examinar as almofadas do sofá e o estofado da poltrona para ver se encontrava sinais de descoloração provocada por oleosidade capilar e suor, não encontrou nada. Não descobriu uma única mancha de comida ou bebida.

Com a lanterninha, olhou embaixo do sofá e da mesa ao lado. Sem sujeira.

Satisfeito que a dona da casa correspondesse a seus padrões de limpeza, Krait relaxou no sofá e apoiou os pés na mesa de centro.

Após enviar uma mensagem de texto codificada que sucintamente explicava sua situação, ele pediu um novo meio de transporte, um novo e significativo arsenal e um número modesto de instrumentos de alta tecnologia que podiam ser úteis a partir de agora, uma vez que aquela atribuição ficara mais complexa.

Ele deu o endereço de onde estava se refugiando temporariamente e pediu que lhe dessem uma estimativa do tempo de entrega, assim que possível.

Depois ele tirou a roupa e as levou para a cozinha.

CAPÍTULO 16

UM CÉU SOMBRIO E UM VENTO QUE SOPRAVA CADA VEZ MAIS forte adentravam a noite. Tim dirigia sem destino em mente, embora, ao costurar as ruas, evitando as avenidas mais movimentadas, ele seguisse gradativamente rumo ao sul e em direção à costa.

Sem demonstrar ansiedade, Linda lhe contou sobre Dennis Jolly e seus grandes lóbulos, o Chevy autodestrutivo e sua necessidade de ir ao banheiro.

Pararam num posto de gasolina, encheram o tanque e foram ao banheiro. Na loja de conveniência ao lado, ele comprou um pacotinho de pastilhas mastigáveis sabor baunilha.

Tim precisava daquilo, mas Linda não aceitou a bala. Sua calma imperturbável intrigava Tim.

Voltando à estrada, ele contou a ela sobre o Chevy, o hidrante, a cerca de estacas e a aparição do barbudo com barriga de cerveja.

— Você atirou nos pneus? — perguntou ela.

— Num deles, talvez em dois. — respondeu Tim.

— Ali mesmo, numa via pública?

— Do jeito que aconteceu, não tive tempo de fechar a rua.

— Incrível.

— Nem tanto. Em muitos lugares do planeta, há mais tiroteio nas ruas que gente dirigindo carros.

— De onde um pedreiro comum tira a coragem de se meter na frente do carro de um assassino e atirar nos pneus?

— Não sou um pedreiro comum. Sou um pedreiro *excelente*.

— Você é algo mais, não sei bem o quê — disse ela, tirando o pente da pistola que ele pegara emprestada.

— Então estamos no mesmo time — disse ele. — Me diz o título de um dos livros que escreveu.

— *Desespero.*

— É um dos seus títulos?

— É.

— Me dê outro.

— *Câncer implacável.*

— Outro.

— *O desesperançado e o morto.*

— Vou adivinhar... estavam na lista dos mais vendidos.

— Não, mas venderam bem. Tenho um público fiel.

— Qual é a taxa de suicídio dos seus leitores? Não entendo. Você disse que escreve livros dolorosos, idiotas e viscerais. Mas quando olho para você, não vejo uma depressiva crônica.

Reabastecendo o pente com munição de 9 milímetros que havia guardado na bolsa, ela disse:

— Não sou depressiva. Só costumava achar que deveria ser.

— Por que achava isso?

— Porque estava andando com uns universitários que amavam a perdição. E por causa de tudo o que aconteceu.

— Tudo o quê?

Em vez de responder, ela disse:

— Teve uma época em que eu tinha tanta raiva, tanta amargura, que nem havia espaço para depressão.

— Depois parece que você transferiu a *raiva* para os seus livros.

— Havia um pouco de raiva neles, mas a maior parte era angústia, tormento, infelicidade e um tipo de dor inflamada.

— Ainda bem que não saíamos naquela época. Dor a respeito de quê?

— Continue dirigindo — disse ela.

Ele continuou, mas disse:

— Agora que não vai mais escrever livros angustiados, infelizes e inflamados, o que vai escrever?

— Não sei. Ainda não decidi. Talvez uma história sobre um pedreiro que perde a cabeça num show de Peter, Paul and Mary.

O celular de Tim tocou. Ele hesitou, achando que podia ser Kravet, mas era Pete Santo.

— Ei, Porteiro, você se meteu num mundo esquisito.

— Não me chame de Porteiro. O que é esquisito?

— Sabe como os caras que usam várias identidades falsas geralmente mantêm as mesmas iniciais para o primeiro nome e o sobrenome?

Parando no meio-fio em um bairro residencial, Tim respondeu:

— Sim.

— Então, criei um perfil para fazer busca nos registros do Departamento de Veículos a Motor com as iniciais *R* e *K*. Usei outras características da licença de Kravet também, como sexo masculino, cabelos e olhos castanhos, 1,80m, data de nascimento.

— Conseguiu alguma coisa?

— Uns vinte nomes. Nove é o que estamos procurando. Na foto aparece o mesmo cara, o seu cara com aquele sorrisinho arrepiante. Robert Krane, Reginald Konrad, Russell Kerrington...

— Você acha que algum desses pode ser o nome verdadeiro?

— Vou pesquisar em todos os bancos de dados, locais, estaduais e nacionais da Polícia, ver se algum deles aparece com algum tipo de distintivo. Esse cara *tem* que estar conectado a algum lugar.

— Por quê?

— É aí que fica estranho. Segundo o Departamento de Veículos a Motor, essas habilitações foram pedidas em nove agências diferentes de um lado a outro do estado. Mas todas elas têm a mesma foto, e não nove diferentes.

Enquanto Tim assimilava aquelas informações, Linda se virou para olhar pela janela de trás, como se fosse mais fácil encontrá-los enquanto estivessem parados.

— Então o cara está trabalhando com alguém de dentro do Departamento de Veículos a Motor? — perguntou Tim.

— Quando esse crápula quer uma identidade falsa, ele não vai ao Departamento de Veículos a Motor. Ele compra com um falsário. Serve para um monte de coisas, mas não para tudo. Digamos que o parem por excesso de velocidade. Se o guarda que o estiver multando verificar sua habilitação, o Departamento de Veículos a Motor não terá nada. Não passa de um trabalho de falsário sem raízes.

— Mas essas nove habilitações têm raízes. Elas se sustentam.

— Com certeza. E até cantam o hino nacional. Então ele tem alguém no Departamento de Veículos a Motor ou consegue fazer uma mutreta ele mesmo.

— Mutreta?

— Dá um jeito, insere registros falsos.

— Eu devia fazer um desses cursos para aperfeiçoamento de vocabulário.

— Poupe sua grana e faça um transplante de personalidade primeiro — disse Pete. — E tem mais. A Califórnia fez um novo acordo de acesso ao Departamento de Veículos a Motor com alguns estados vizinhos. Esse Kravet Krane Konrad, seja ele quem for, possui três habilitações em Nevada e duas no Arizona, com nomes diferentes, mas todas com a mesma foto.

— Bem, é uma foto bonita — disse Tim.

— É mesmo — concordou Pete.

— Aquele sorriso.

— Aqueles olhos. O que está rolando, compadre?

— Já falamos sobre isso. Caneca de papagaio, torta de creme.

— Essas habilitações, falsificar os registros do Departamento de Veículos a Motor... isso é delito grave. Sabendo disso agora, não posso ignorar isso para sempre, nem mesmo por você.

Provavelmente Richard Lee Kravet não era o verdadeiro nome do assassino, então o Chevy incendiado no beco não seria facilmente relacionado a ele sob sua verdadeira identidade. De qualquer modo, o carro destroçado não era prova de nada, além de imprudência na direção.

— Talvez se você conseguir descobrir a verdadeira identidade dele, o nome de batismo do cara, onde ele realmente trabalha, talvez então eu possa te contar a história.

— Sempre "talvez". Só estou te avisando, vou segurar essa para você, mas não até o dia do Juízo Final.

— Obrigado, Pete. Ligue quando tiver alguma novidade — disse Tim.

— Já vi que vou ficar nisso até altas horas. Já liguei dizendo que estou doente e não vou trabalhar amanhã.

— Não importa a hora, se conseguir algo, ligue.

— Ela ainda está com você?

— Está. Ela come cheeseburger com bacon e detesta rúcula.

— E *American Idol*... ela gosta?

— Não assiste.

— Falei para você que ela era diferente, não falei? Pergunte a ela qual é seu filme favorito de todos os tempos.

— Pete quer saber qual é o seu filme favorito de todos os tempos.

— Fico entre *Duro de matar* e *Chamas da vingança*, a versão com o Denzel Washington.

Tim repetiu a resposta dela e Pete disse:

— Seu filho da puta sortudo.

CAPÍTULO 17

NA ÁREA DE SERVIÇO, KRAIT ENCONTROU CABIDES PARA suas calças, sua camisa e seu casaco. Pendurou-os nos puxadores dos armários da cozinha.

Trajando apenas as cuecas, meias e sapatos, ele fechou as venezianas das janelas da cozinha. Não aprovava pessoas que se exibiam.

Encontrou também uma escova de roupas com cerdas duras e outra com cerdas macias. A descoberta de uma esponja para roupas o encantou.

Os donos da casa pareciam ser tão exigentes em relação à condição de suas roupas quanto eram com a limpeza da residência.

Antes de ir embora ele certamente ficaria tentado a lhes deixar um bilhete declarando sua aprovação, mas também uma dica. Havia atualmente no mercado produtos de limpeza não tóxicos, produtos biodegradáveis de limpeza a seco para o uso doméstico, e ele não notou nenhum na casa. Ele tinha certeza de que gostariam dos produtos recomendados.

Usando a esponja levemente molhada e depois cada escova de acordo com a exigência de cada tecido, ele logo acabou de limpar suas roupas.

Como a área de serviço era pequena, ele montou a mesa de passar ferro na cozinha. Os donos da casa tinham um ferro a vapor versátil e de ótima qualidade.

Certa vez ele usou esse mesmo modelo de ferro a vapor para torturar um jovem antes de matá-lo. Infelizmente, o esplêndido eletrodoméstico ficou arruinado no final da sessão.

Quando acabou de passar as roupas, saiu à procura de graxa preta para calçados, uma escova adequada e uma flanela. Encontrou um conjunto para lustrar sapatos embaixo da pia da cozinha.

Depois de guardar tudo que usara em seus lugares, ele se vestiu e subiu em busca de um espelho de corpo inteiro. Encontrou um no quarto principal.

Sua aparência o agradou. Podia se passar por um professor, vendedor, ou qualquer homem sério.

Os espelhos o intrigavam. Tudo ficava ao contrário num espelho, o que lhe sugeria alguma verdade misteriosa sobre a vida, que ele ainda não conseguira descobrir.

Certa vez lera uma entrevista com uma escritora que declarou que a personagem fictícia com quem mais se identificava era a jovem Alice, de Lewis Carroll. Ela acreditava que *era* a Alice em espírito.

Como ela tinha muitas opiniões lamentáveis, Krait a visitou certa noite. A escritora era bem pequena, mignon. Foi fácil pegá-la e jogá-la de encontro a um espelho de corpo inteiro para ver se ela magicamente atravessaria e sumiria no País das Maravilhas.

De fato, ela não era Alice. O vidro se estilhaçou. Como ela não conseguiu atravessar o espelho, ele passou algum tempo atravessando os fragmentos do espelho *nela*.

Só quando o celular vibrou foi que Krait percebeu que estava diante desse espelho em particular há mais de um ou dois minutos.

Uma mensagem de texto o informou que seu pedido seria entregue por volta das 2h da madrugada.

Segundo seu relógio, faltava uma hora e cinquenta minutos.

A impaciência não o perturbou. Ele viu aquilo como uma oportunidade de aproveitar a visita à família que, sem saber, lhe proporcionara abrigo.

Começou por vistoriar os armários do banheiro principal. Lá ele notou com satisfação que compartilhava uma série de preferências de marcas com aquelas pessoas: pasta de dentes, antiácidos, um analgésico...

Cada vez que encontrava um produto que achava ruim, ele o jogava na cesta de lixo.

Em duas gavetas na cômoda do quarto principal, Krait encontrou uma sexy coleção de lingeries. Interessado, desdobrou cada peça, examinou-a e dobrou novamente.

Não desaprovou a descoberta. Se as pessoas comuns tinham direito a alguma coisa, era a expressão irrestrita de sua sexualidade.

Por um instante, Krait pensou em expressar sua sexualidade diretamente numa das peças mais provocantes e depois devolvê-la à gaveta, mas decidiu se poupar para Paquette.

Na extremidade oposta ao quarto dos pais, no corredor do segundo andar, estava o da filha. Imediatamente notou que aquele cômodo pertencia a uma adolescente.

As roupas da menina, o modo como tinha decorado o quarto e o gosto para música, como personificado na pequena coleção de CDs, sugeria que ela não era uma adolescente rebelde.

Krait não aprovava sua aparente submissão total à mãe e ao pai.

Por mais inescrutáveis e chatas que fossem as crianças, ele conseguia ver um propósito nelas. O desprezo e a animosidade entre as gerações forneciam ferramentas para formar e controlar uma sociedade.

Uma gaveta da mesinha de cabeceira continha, entre outras coisas, um diário com capa de couro fechado a chave. Krait arrebentou a fechadura.

O nome da menina era Emily Pelletrino. Sua letra era bem-feita e graciosa.

Krait leu algumas páginas, depois um parágrafo aqui e ali, mas não encontrou nenhuma revelação que precisasse ser guardada a chave. Emily achava que seus pais eram involuntariamente engraçados, mas os amava e respeitava. Ela não usava drogas. Aos 14 anos, tudo indicava que ainda era virgem. Ela parecia dedicada a conseguir notas altas na escola.

Até descobrir a pudica Emily, Krait não encontrara nada na casa de que desgostasse com intensidade. Alguma coisa nela lhe pareceu presunçoso.

Depois de cumprir aquele serviço, caso sua agenda permitisse, talvez ele voltasse para essa Emily. Gostaria de levá-la para algum lugar com privacidade por uma ou duas semanas.

Depois de apresentar a menina a um regime de novas experiências, a substâncias e ideias capazes de alterar estados mentais, ele conseguiria devolvê-la à família com a certeza de que ela já não teria uma opinião tão elevada de si mesma. Teria também outra atitude em relação à mãe e ao pai e iria ajudar a corrigir a atual dinâmica incomum dessa família.

Depois, na sala, conforme Krait continuava a peregrinação ao clã dos Pelletrino, ele ouviu um carro na entrada da garagem. Ao consultar o relógio, viu que a entrega chegara na hora certa — 2h.

Ele não saiu para cumprimentar os mensageiros. Isso seria uma quebra de protocolo.

Nem foi até a janela espiar pela cortina. Não tinha interesse nos mensageiros. Eram meros lacaios, figurantes da peça.

Novamente na cozinha, Krait abriu o congelador e pegou uma porção ideal de lasanha feita em casa. Aqueceu-a no microondas e comeu-a acompanhada de uma cerveja.

A lasanha estava deliciosa. Sempre que possível, ele preferia comida caseira.

Depois de deixar tudo limpo, apagar as luzes e fechar a porta da frente, ele se dirigiu à entrada da garagem.

O Chevrolet que o esperava era azul-escuro, não branco, mas, de alguma maneira, parecia idêntico ao carro que fora forçado a abandonar no beco.

Nenhuma condição de iluminação ou ambiente poderia ter feito o simples sedã parecer esportivo. Mas sob as baixas nuvens que passavam rapidamente e as sonhadoras luzes dos postes da rua adormecida e com o vento que perseguia as pobres sombras de jacarandá pela noite, o Chevrolet parecia mais poderoso que sua versão branca, uma diferença que agradou Krait.

As chaves estavam na ignição. Uma pasta executiva estava sobre o assento do passageiro.

Ele não precisava olhar no porta-malas para saber que continha uma valise.

Às 2h32, ele não se sentia nem um pouco cansado. Na expectativa de uma longa noite com Paquette, ele dormira até as 16h do dia anterior.

Em poucos minutos, saberia onde podia achar Paquette e seu autonomeado cavaleiro. Muito antes do amanhecer, Timothy Carrier estaria tão íntimo da terra quanto todos os homens que haviam se sentado na Távola Redonda do rei Artur.

Sua ousadia e intimidade com armas de fogo intrigaram Krait, mas sem intimidá-lo. Sua autoconfiança não sumira com os recentes acontecimentos, nem sequer foi arranhada e, àquela altura, não procuraria saber mais sobre o homem.

Quanto mais descobria sobre seus alvos, mais tinha a possibilidade de saber os motivos para que alguém os quisesse mortos. Se ele soubesse demais, chegaria o dia em que iriam querê-lo morto também.

Carrier era um alvo por tabela, mas Krait ainda achava melhor operar segundo a regra usual de não fazer perguntas.

Se a mulher não estivesse morta bem antes do amanhecer, estaria sob a custódia de Krait. Ele não seria tão tolerante com ela como poderia ter sido se ela tivesse ficado em casa e recebido o que o destino lhe reservara.

Afinal de contas, por causa dela e do palerma do pedreiro, Krait perdera a caneca com alça de papagaio, que lhe fora tão especial.

Pelo menos ainda tinha o eficaz protetor labial.

Deu partida no motor. O painel se iluminou.

SEGUNDA PARTE

O lugar errado na hora certa

CAPÍTULO 18

O PEQUENO HOTEL DE CINCO ANDARES SOBRE UM PENHAS-
co ao longo da costa fora construído havia muito tempo. Trepadeiras de bougainvílea com troncos tão grossos como os de árvores
formavam cortinados de vinho e rosa sobre o caramanchão da entrada e o vento jogava confete de pétalas pelo calçamento.

À 0h15, quando Tim se hospedou no hotel, escreveu *Sr. e Sra.
Timothy Carrier*, enquanto o funcionário passava seu cartão de
crédito na máquina.

No quarto do terceiro andar, portas de correr envidraçadas
davam para uma sacada com duas cadeiras e uma mesinha de
ferro batido. Um espaço de 1 metro separava o balcão deles do
adjacente.

Sob um céu de carvão estava o mar de fuligem negra. Como
fumaça cinzenta, a espuma das ondas mais baixas perambulava
rumo à areia, se dissipando numa praia reduzida a cinzas.

Ao norte deles, o vento fazia mais barulho sacudindo as grandes palmeiras do que o provocado pela suave arrebentação.

De pé na balaustrada, observando o horizonte a oeste, que não podia ser discernido, Linda disse:

— Eles nem ligam hoje em dia.

— Quem não liga para o quê? — perguntou ele ao lado dela.

— Os recepcionistas de hotel... se um casal é mesmo casado.

— Ah, sei. Mas não pareceu certo.

— Você estava protegendo minha honra, não estava?

— Acho que você pode lidar muito bem com isso.

Ela desviou a atenção do horizonte e se voltou para ele.

— Gosto do jeito que você fala.

— Que jeito?

— Não consigo encontrar uma palavra para defini-lo.

— E você é escritora...

Deixando a sacada para o vento, eles entraram, fechando a porta de correr.

— Qual das camas você prefere? — perguntou ele.

Tirando a colcha de uma das camas, ela disse:

— Esta serve.

— Tenho certeza de que estamos a salvo aqui.

Ela franziu o cenho.

— E por que não estaríamos?

— Não paro de pensar em como ele nos encontrou na lanchonete.

— Ele deve morar perto do terreno baldio onde o carro estava registrado. Então ele apenas nos viu dando uma olhada.

— "Ele apenas"?

— Sim. Existe algo chamado azar.

— De qualquer forma — disse ele — acho que devemos estar preparados para qualquer coisa. Talvez fosse melhor dormirmos vestidos.

— Eu já pretendia dormir vestida.

— Ah! Sim. Bem, é claro.

— Não fique tão triste.

— Não estou triste. Estou arrasado.

Enquanto Linda estava no banheiro, Tim apagou a luz do teto. A luminária, na mesinha entre as camas, tinha um interruptor de três intensidades e ele a acendeu na mais suave.

Acomodado na beira da cama, ele ligou para a taberna, onde Rooney continuava seu serviço atrás do bar.

— Onde você está? — perguntou Rooney.

— Neste lado do paraíso.

— Não vai mais vir para o lado de cá?

— É disso que estou com medo. Ei, Liam, ele falou com mais alguém além de você?

— O tubarão de sapatos?

— É, ele mesmo. Ele falou com algum freguês?

— Não. Só comigo.

— Talvez tenha subido para falar com a Michelle.

— Não. Ela estava aqui comigo quando ele veio.

— Alguém lhe deu meu nome. E ele tem o número do meu celular também.

— Não aqui. O seu celular não está fora da lista?

— É o que a companhia telefônica diz.

— Tim, quem é aquele cara?

— Eu adoraria saber. Ei, Liam, estou sem prática com as mulheres, você precisa me ajudar.

— Calma aí. Você me deixou perdido agora. Mulheres?

— Me dê uma dica de algo legal para dizer para uma mulher.

— Legal? Legal em relação a quê?

— Não sei. Em relação ao cabelo dela.

— Você podia dizer "gosto do seu cabelo".

— Como foi que conseguiu que a Michelle se casasse com você?

— Eu disse a ela que se ela não aceitasse meu pedido eu me mataria.

— Ainda é cedo para isso no meu relacionamento — disse Tim. — Tenho que desligar.

Quando ela saiu do banheiro, com o rosto recém-lavado e o cabelo preso, estava radiante. Estava radiante também quando entrou no banheiro.

— Gosto do seu cabelo — disse ele.

— Do meu cabelo? Estou pensando em cortar.

— É tão brilhante e escuro, quase preto.

— Não tinjo.

— Não, é claro que não. Não quis dizer isso ou que fosse uma peruca ou nada do gênero.

— Peruca? Parece uma peruca?

— Não, não. A última coisa com que se parece é uma peruca.

Ele decidiu sair do quarto. Antes de entrar no banheiro, cometeu o erro de se virar para ela de novo e dizer:

— Quero que você saiba que não vou usar sua escova de dentes.

— Nunca me passou pela cabeça que você usaria.

— Achei que pudesse ter passado.

— Bem, agora passou.

— Se você me emprestar um pouco da sua pasta, posso usar um dos dedos como escova.

— O indicador é melhor que o polegar para isso — aconselhou ela.

Minutos depois, quando ele saiu do banheiro, ela estava deitada sobre os cobertores, olhos fechados, as mãos descansando sobre o abdome.

Sob a luz fraca, Tim pensou que ela estava dormindo. Foi para a cama dele e, o mais silenciosamente possível, sentou-se encostado na cabeceira.

— E se Pete Santo não conseguir averiguar todos aqueles nomes até encontrar o certo? — disse ela.

— Ele vai conseguir.

— E se não conseguir?

— Vamos tentar outra coisa.

— O quê?

— Pela manhã eu vou saber.

Após uns instantes de silêncio, ela falou:

— Você sempre sabe o que fazer, não é?

— Você deve estar brincando.

— Não queira me enganar.

Após um novo silêncio, Tim admitiu:

— Parece que sob muita pressão eu faço escolhas certas.

— Você já está sob muita pressão?

— Estou ficando.

— E quando você não está sob pressão?

— Aí fico sem nenhuma ideia.

O celular dele tocou. Ele o pegou rapidamente na mesinha de cabeceira, onde estava carregando.

Pete Santo disse:

— Aconteceu uma coisa engraçada.

— Bom. Eu bem podia dar uma risada. Deixe eu ligar o viva-voz. — Ele colocou o telefone na mesinha. — Pronto.

— Estou verificando esses nomes nos bancos de dados de todas as forças policiais, estaduais e nacionais — disse Pete — para ver a possibilidade de uma dessas identidades ser verdadeira e bater com algum distintivo e um emprego. Então meu telefone tocou. Era Hitch Lombard. Meu chefe.

— Seu chefe? Quando... agora mesmo, depois de meia-noite?

— Acabei de falar com ele. Hitch soube que estou de licença médica amanhã e queria saber se eu estava bem.

— Ele também faz canja de galinha para os detetives doentes?

— Bom, eu fingi acreditar que fazia sentido ele me ligar. Disse que era só um problema de estômago e então ele me perguntou em que caso eu estava trabalhando no momento. Eu disse que em uns três e os nomeei para ele, como se ele não soubesse.

— Ele saberia?

— Claro. Então ele disse que, sabendo como eu era obsessivo com os meus casos, ele apostava que eu estaria em casa, no computador, trabalhando num deles naquela hora, mesmo estando doente.

— Isso me assusta — disse Tim.

— Me assustou a ponto de eu quase cair da cadeira.

— Como é que alguém iria saber que você está pesquisando sobre Kravet e suas múltiplas personalidades?

— Deve ter alguma coisa no programa deles. Interesse no Kravet e em seus outros nomes desencadeia um alarme. Alguém é notificado.

Linda se sentou na cama e disse:

— Quem?

— Alguém muito superior a mim — disse Pete. — Alguém superior a Hitch Lombard, superior o suficiente para dizer a Hitch que me mandasse parar o que estava fazendo, e ele com certeza diria: *Claro, senhor, faço isso imediatamente, mas eu poderia dar uma puxadinha no seu saco primeiro?*

— Que tipo de cara é o Lombard? — perguntou Linda.

— Não é tão mau como parece. Mas se você estiver na rua, fica feliz que ele seja um dos caras da burocracia e não alguém que vá para a rua com você. Ele disse que quando eu estiver melhor e voltar ao trabalho, uma importante investigação estará me esperando, quer que eu dedique todo meu tempo nela.

— Quer dizer que está tirando você dos casos atuais? — perguntou Tim.

— A partir de agora, de hoje à noite — confirmou Pete.

— Ele acha que algo em um desses casos deve ter levado a Kravet.

— Ele não chegou a confirmar, mas acho que é isso. Ele nunca mencionou o Kravet, mas é isso aí.

— Talvez ele nem saiba o nome de Kravet ou nenhum dos outros nomes do cara ou do que isso se trata — disse Linda.

Pete concordou.

— Alguém em algum lugar o colocou na parede, e ele não tem como escapar. Hitch não quer saber por que eles querem que eu fique quieto, ele só tem que cumprir as ordens.

Sob a luz baixa da luminária, enquanto conversavam, Tim ficou analisando as próprias mãos. Estavam ásperas e cheias de calos.

Quando esse negócio acabasse, talvez estivessem ainda mais ásperas e duras para serem capazes de um toque suave.

— Você já ajudou bastante, Pete. Obrigado mesmo — disse ele.

— Mas ainda não acabei.

— Acabou sim. Eles estão de olho em você.

— Só tenho que mudar de tática — disse Pete.

— Falando sério, você está fora. Não vai se meter em confusão.

— Eu não me importo. Isso representa tanto para mim quanto para você.

— Como é que isso pode fazer qualquer sentido?

— Você não se lembra que nós crescemos juntos? — perguntou Pete.

— Aconteceu tão rápido, que não há muito o que esquecer.

— A gente fez toda essa jornada até aqui por nada?

— Eu não gostaria de pensar assim.

— A gente não veio até aqui só para deixar os filhos da puta de sempre continuarem por aí.

— Eles sempre vão continuar por aí — disse Tim.

— Certo. Na maioria das vezes. Mas, de vez em quando, eles precisam ver um de sua espécie se ferrar para que parem e pensem se *há* mesmo um deus.

— Já ouvi isso em algum lugar.

— Você já *disse* isso.

— Bem, não vou discutir comigo mesmo. Tá bom, a gente vai descansar um pouco.

— Talvez amanhã você possa me explicar tudo isso.

— Talvez — disse Tim e desligou.

Linda tinha se esticado na cama de novo, cabeça no travesseiro, olhos fechados, mãos descansando no abdome.

— Poesia — disse ela.

— Que poesia?

Quando ela não respondeu, ele continuou:

— O troço que aconteceu, o troço que fez você escrever livros inflamados...

— Livros cheios de dor inflamada.

— Esse troço, seja o que for... você tem a certeza de que não tem algo a ver com isso agora?

— Tenho. Já pensei no assunto a partir de uma dúzia de ângulos.

— Pense a partir do 13º.

Ele tirou a pistola dela da bolsa, deixando-a ao alcance da mão.

— Nós vamos morrer aqui? — perguntou ela, sem abrir os olhos.

— Tomara que não — disse ele.

CAPÍTULO 19

NO TERCEIRO ANDAR DO HOTEL, AQUELE QUARTO PARECIA um desfiladeiro num velho filme de faroeste. Tendo uma única saída, se a pessoa errada aparecesse, não haveria como escapar, a não ser *passando* por ela.

Um pistoleiro comum, se é que existia tal coisa, provavelmente não tentaria matar sua vítima num hotel. Preferiria acertar o alvo na rua, onde suas rotas de fuga seriam mais numerosas.

Relembrando a fome insaciável naqueles vácuos negros no centro dos olhos do matador, Tim suspeitou de que nada era comum naquele cara. Kravet não tinha limites, era capaz de qualquer coisa.

Ainda sentado na cama, Tim observava Linda deitada com os olhos fechados. Gostava de observá-la, especialmente quando não estava sendo dissecado pelo olhar dela.

Ele já vira muitas mulheres mais bonitas que ela, mas nunca uma para quem gostasse de ficar olhando.

Ele não sabia por que sentia aquilo. Não tentou compreender. Atualmente, as pessoas passavam tempo demais lutando para entender seus sentimentos e acabavam sem nenhum que fosse genuíno.

Embora um quarto de hotel no terceiro andar pudesse acabar sendo mais uma armadilha que um refúgio, ele não conseguia pensar num lugar que pudesse ser mais seguro. No momento, o mundo não era nada além de um desfiladeiro sem saída.

Seu instinto lhe dizia que quanto mais estivessem em movimento, mais seguros estariam. Mas precisavam descansar. Se retornassem à caminhonete, não chegariam a lugar algum, além da exaustão.

Ele levantou da cama o mais silenciosamente possível e ficou olhando para ela por um minuto. Então sussurrou:

— Você está dormindo?

— Não — suspirou ela. — E você?

— Vou até o corredor, ok?

— Por quê?

— Dar uma olhada.

— Para quê?

— Não sei, mas a arma está aqui na mesinha.

— Não vou atirar em você quando voltar.

— Era isso que eu esperava.

Ele saiu do quarto e deixou a porta se fechar atrás. Verificou- a para ter certeza de que estava trancada.

Sinais vermelhos nos quais se lia SAÍDA, indicando vãos de escadas, brilhavam em cada extremidade do corredor. Os elevadores ficavam na extremidade norte.

No lado oeste do corredor havia seis quartos à esquerda do deles. Sinais com avisos de NÃO PERTURBE estavam pendurados no trinco de quatro das portas.

À direita do deles havia quatro unidades. Só as duas mais próximas tinham os avisos.

Nas escadas ao sul, a porta reclamou com um leve guincho quando foi aberta. No patamar, ele prestou atenção ao murmúrio do mar pelo vão da escada em forma de concha, mas só escutou o silêncio.

Ele desceu os dois lances até o térreo. Uma porta à esquerda dava para o corredor dos quartos de hóspedes. À direita, uma porta se abria para um caminho externo e iluminado que levava à frente do hotel.

Arbustos de hibisco orlavam a calçada. Estremecendo ao vento, as grandes flores vermelhas pareciam vir na direção dele com presságios agourentos.

O caminho de pedestres passava entre o hotel e o estacionamento de três andares. Ele foi até o Explorer na garagem.

Era aconselhado a todos que chegassem ao hotel, independente da hora, que usassem o serviço de manobrista. Tim teria não só entregado as chaves do carro ao atendente, comprometendo assim sua mobilidade, como também teria poupado a caminhada em troca de um comprovante.

Entre a meia-noite e as 6h, apenas um manobrista estava de plantão. Durante essas horas calmas, ele trabalhava também como mensageiro e não estava em seu lugar habitual. Na chegada, o hóspede tinha de bater a campainha para chamar o manobrista.

Tim não fizera isso. Estacionara onde queria.

Agora, pouco antes da 1h, no Explorer, ele pegou a lanterna. Tirou um estojo de vinil com um conjunto de ferramentas do local em que deveria estar o macaco.

O vento zuniu num leve murmúrio, passando pelas laterais abertas do estacionamento, e surgiram, de vários pontos dos vãos ocos do concreto, sussurros e vozes fantasmagóricas que não passavam do vento brincando de ventríloquo.

Quando voltou ao quarto no terceiro andar, Tim trancou a porta e colocou a corrente de segurança, embora aquilo não aguentasse um único chute no caso de alguém decidido tentar arrombar. Se ele retardasse a entrada apenas um ou dois segundos, aquela poderia ser a salvação.

Ele foi até o pé da cama de Linda. Ela ainda estava deitada de costas com os olhos fechados.

— Você está dormindo? — sussurrou ele.

— Não — sussurrou ela —, estou morta.

— Preciso acender as luzes de novo.

— Vá em frente.

— Preciso verificar uma coisa.

— Tá bom.

— Vou tentar não fazer barulho.

— Você não pode incomodar uma mulher morta.

Ele ficou olhando para ela.

Depois de algum tempo, sem abrir os olhos, ela perguntou:

— É o meu cabelo outra vez?

Deixando-a com seu magnífico cabelo, Tim acendeu a luz do teto e foi até as portas da sacada.

Seu reflexo no vidro o desanimou. Parecia um urso. Um urso grande, desajeitado e desgrenhado. Não era de surpreender que ela ficasse de olhos fechados.

Cada uma das portas tinha 1,20m de largura. A da direita era fixa. Só a da esquerda corria, passando pela outra por dentro.

Como esse era um hotel fino, os donos tinham cuidado dos detalhes. O marco de metal da porta não fora montado sobre a placa de reboco, e sim preso com gesso na parede, permitindo que o papel de parede se estendesse até o vidro.

Parafusos de cabeça chata teriam estragado o visual, então a porta fixa não fora presa pelo lado de dentro.

Ele abriu a porta de correr alguns centímetros. Um vento curioso lhe deu uma fungada enquanto ele abria e fechava o trinco.

O hotel fora construído há muito tempo e essas portas estavam lá desde o primeiro dia. Como aquela época era mais inocente e a sacada ficava a uns 15 metros acima da praia, a porta não tinha uma boa fechadura.

Um simples trinco de mola conseguia manter a porta fechada. Como fechadura, no entanto, não passaria por um teste de força moderada.

Tim levantou-se, virou-se para pedir a ajuda de Linda e a descobriu atrás dele, observando.

— Então você não está morta — disse ele.

— É um milagre. O que está havendo?

— Quero ver se consigo fazer isso sem acordar ninguém.

— Eu estou acordada. Já estava bem acordada. Lembra?

— Talvez você tenha distúrbios de sono.

— Estou cuidando disso.

— Vou tentar fazer isso sem acordar o pessoal do quarto ao lado. Você me fecha ali fora na sacada?

— Claro.

Carregando a lanterna e o estojo de ferramentas, Tim foi para o lado de fora. Menos suave do que antes, o vento da noite o beliscou, como se estivesse aborrecido.

Linda fechou a porta de correr e a trancou. Ficou lá, olhando para ele.

Ele acenou para ela, e ela acenou de volta.

Ele adorou isso. Uma porção de mulheres teria gesticulado para ele se apressar ou teria colocado as mãos nos quadris, encarando-o. Ele adorou a cara de paisagem que ela tinha ao acenar.

Embora tivesse pensado em acenar de novo, ele se segurou. Mesmo uma mulher tão excepcional como essa podia ficar sem paciência.

Ele decidiu começar pela porta fixa. Com sorte, não precisaria lidar com o trinco do outro lado. Usando a lanterna, rapidamente localizou dois parafusos na parte de cima do marco e dois na vertical.

Pegou uma das três chaves de fenda Phillips do estojo. Acertou na primeira tentativa.

A armação da porta tinha uns 2 metros de altura. Mesmo tendo que trabalhar acima de sua altura, não lhe era difícil empregar sua força.

Esperava que os parafusos estivessem enferrujados por décadas de corrosão, e estava certo. Persistiu, e a cabeça do parafuso se quebrou. A haste caiu dentro da tubulação de metal maior.

O segundo parafuso também caiu, mas os dois da armação vertical estavam mais resistentes. O ruído que ele fez para arrancá-los não chamaria a atenção nem sequer de uma princesa com insônia por causa de uma ervilha oculta sob vinte colchões.

Todas as portas de correr são encaixadas em seus trilhos depois que a armação está colocada. Consequentemente, podem ser facilmente removidas. Como essas portas tinham sido fabricadas numa época inocente, exibiam reentrâncias para facilitar o trabalho de quem as montasse.

Se aquelas vidraças tivessem 1,80m de largura, ele não teria conseguido segurar uma sozinho, mas só tinham 1,20m, e ele era um grande urso desgrenhado.

Levantou a porta e o trilho de cima recuou para a brecha de instalação acima dela. Soltando-se suavemente, o trilho de baixo saiu da esteira.

Se ele inclinasse a porta em sua direção, abaixando-a devagar, a roldana superior sairia do trilho. Conseguiria tirar toda a porta de sua armação.

Mas isso só fora um teste para avaliar sua habilidade de remover a porta em relativo silêncio. Músculos contraídos, ele recolocou a porta no trilho e a deixou em sua armação onde, não estando mais fixa, podia correr para o lado com a mesma facilidade que seu par.

Juntou as ferramentas e a lanterna e fez sinal para que Linda destrancasse e o deixasse entrar.

Enquanto ela fechava a porta atrás dele, ele olhou para o relógio e disse:

— Levou uns quatro minutos.

— Imagine o quanto você vai conseguir desmontar neste lugar em uma hora.

— Suponha que você estivesse dormindo...

— Nem consigo mais imaginar isso.

— ... eu podia ter entrado pela sacada sem acordá-la e, com certeza, não teria acordado os hóspedes do quarto ao lado.

— Quando Kravet subir 15 metros da praia até aqui e entrar por esta porta, saberemos que ele é o irmão gêmeo mau do Homem-Aranha.

— Se ele nos achar com a mesma rapidez com que nos achou na lanchonete, eu prefiro que ele nos ataque logo em vez de ficar esperando no estacionamento. Vamos ficar mais vulneráveis indo para o Explorer entre todos aqueles carros, todas aquelas colunas.

— Ele não vai nos encontrar hoje à noite — disse ela.

— Não tenho tanta certeza.

— Ele não é mágico.

— É, mas você ouviu o que Pete Santo disse. Ele tem contatos.

— Nós o deixamos sem carro — disse ela.

— Eu não ficaria surpreso se ele pudesse voar. De qualquer modo, estou me sentindo melhor. Não ficaremos mais num desfiladeiro sem saída.

— Você não me entendeu e eu nem ligo. — Ela bocejou. — Venha, vamos para cama.

— Que boa ideia.

— Não foi isso que eu quis dizer — disse ela.

— Também não foi o que eu quis dizer — garantiu ele.

CAPÍTULO 20

AS CORTINAS ESTAVAM FECHADAS DIANTE DAS PORTAS DE correr. A luminária na mesa de cabeceira estava na intensidade mínima.

No chão, ao lado da cama, estava a valise de Linda, pronta para partir no caso de eles precisarem fazer uma saída rápida.

Tendo puxado a colcha para o lado, ela estava deitada de costas, a cabeça sobre um travesseiro. Não tinha tirado os sapatos.

Tim se acomodara numa poltrona. Queria dormir sentado.

Tinha arrastado a poltrona para perto da porta, de modo que pudesse acordar com qualquer barulho vindo do corredor. De onde estava podia ver as portas de correr da sacada por trás das cortinas.

Em vez de dormir com uma pistola carregada na mão, ele enfiou a arma, com o cano para baixo, entre o estofado do assento e a lateral da poltrona, de onde podia sacá-la rapidamente como se ela estivesse num coldre.

O relógio digital sobre a mesa de cabeceira marcava 1h32.

Àquela distância, no ângulo em que estava, ele não conseguia ver se os olhos de Linda estavam abertos ou fechados.

— Você está dormindo? — perguntou ele.

— Sim.

— O que aconteceu com toda a sua raiva?

— Quando foi que eu estive com raiva?

— Não me refiro a hoje. Você disse que ficou amargurada, sentiu raiva por muitos anos.

— Eles iam transformar um dos meus livros numa minissérie para a TV — disse ela após um silêncio.

— Eles quem?

— Os psicopatas de sempre.

— Que livro?

— *Verme do coração*.

— Esse é novo para mim.

— Eu estava assistindo televisão...

— Você não assiste televisão.

— Eu estava na sala de recepção de uma das redes de TV. Eles exibem os próprios programas em suas televisões o dia inteiro.

— Como é que aguentam?

— Desconfio que a recepcionista não fique muito tempo. Eu estava lá para uma reunião. E esse programa diurno de entrevistas estava sendo exibido.

— E você não podia mudar de canal.

— Nem jogar alguma coisa na tela. Tudo é macio nessas salas de recepção. Dá para imaginar por quê.

— Estou por dentro disso.

— Todos os convidados do programa estavam zangados. Até a apresentadora estava zangada por eles.

— Zangados com o quê?

— Com o fato de serem vítimas. As pessoas tinham sido injustas com eles. A família, o sistema, o país, a *vida* lhes fora muito injusta.

— Costumo assistir filmes antigos.

— Essas pessoas estavam furiosas por serem vítimas, mas se alimentavam disso. Não saberiam o que ser se não pudessem ser vítimas.

— Nasci sob uma plataforma de vidro e sempre vivi ali — disse Tim.

— Quem disse isso?

— Algum poeta, não lembro o nome. Uma garota que namorei dizia que esse era seu lema.

— Você namorou uma garota que dizia esse tipo de coisa?

— Não por muito tempo.

— Ela era boa de cama?

— Eu tinha medo de descobrir. Então você estava assistindo a essas pessoas zangadas no programa.

— É, e me dei conta de que por baixo de muita raiva crônica na verdade existe uma grande carga de autopiedade.

— Havia autopiedade sob sua raiva? — perguntou ele.

— Até então eu achava que não, mas ao reconhecê-la naquelas pessoas do programa, eu a vi em mim mesma e aquilo me enojou.

— Deve ter sido um momento importante.

— Foi. Aquelas pessoas amavam sua raiva, sempre iriam se sentir assim e, no dia em que morressem, suas últimas palavras seriam alguma bobagem relacionada à autopiedade. De repente senti muito medo de acabar assim.

— Você nunca acabaria assim.

— Ah, sim, acabaria. Estava a caminho disso, mas abri mão da minha raiva a sangue-frio.

— A gente consegue fazer isso?

— Adultos sim. Eternos adolescentes não.

— Eles fizeram a minissérie?

— Não. Eu não fiquei para a reunião.

Ele olhou para ela. Não se mexera durante a conversa. Ela estava completamente calma: era a serenidade de uma mulher que vivia acima de todas as tormentas e sombras, ou assim esperava.

Numa voz cansada, ela disse:

— Ouça o vento.

Incessante, o vento soprava pela sacada, não alto e rancoroso, mas baixo e tranquilizante, como um infinito rebanho numa jornada sem fim.

Num murmúrio que ele mal conseguiu ouvir, ela disse:

— Soa como asas que vão nos levar para casa.

Ele ficou um instante sem dizer nada. Depois sussurrou:

— Você está dormindo?

Ela não respondeu.

Ele queria ir até lá e ficar olhando para ela, mas estava cansado demais para se levantar da poltrona.

— Você é especial — disse ele.

Ele era capaz de velar o sono dela. Estava tenso demais para conseguir dormir. Sob um ou outro nome, Richard Lee Kravet estava por aí. Ele estava a caminho.

Talvez alguma droga explicasse a dilatação dos olhos de Kravet. Mas como ele conseguia consumir tanta luz e não ser meio cego?

Com a pistola comprimida entre a almofada do assento e a lateral da poltrona, com o silêncio no corredor e o vento carregando o mundo todo para a escuridão, Tim adormeceu.

Sonhou com a campina florida onde brincava quando criança, com uma floresta mágica e sombria que nunca vira na vida e com Michelle. Fragmentos de algo brilhante no olho esquerdo dela, o braço esquerdo apenas um coto ensanguentado.

CAPÍTULO 21

ÀS 3H16, KRAIT ESTACIONOU NA AUTOESTRADA PACIFIC Coast, a meia quadra do hotel.

Após enviar uma mensagem de texto pedindo informações sobre o uso recente do cartão de crédito de Timothy Carrier, que indicou o nome desse hotel, Krait abriu a pasta que fora entregue com o novo carro.

Aninhada no interior moldado em isopor estava uma pistola automática Glock 18 feita sob medida e quatro pentes carregados. Havia também dois silenciadores de última geração e uma bandoleira.

Krait tinha admiração por essa arma. Ele praticara milhares de vezes com uma delas. Para um Parabellum de 9 milímetros girando a 1.300 rpm, a Glock 18 era excepcionalmente controlável.

Os pentes especiais possibilitavam 33 disparos. Maximizavam o potencial da arma no modo automático. Ele inseriu um.

Como o cano usual fora estendido e havia uma rosca adaptada, era fácil colocar um dos silenciadores.

Ele sentiu que possuía uma espécie de parentesco com a pistola. A arma não tinha lembrança de sua fabricação, assim como Krait também não tinha lembrança de sua mãe ou de sua infância. Ambos eram limpos, implacáveis e estavam a serviço da morte.

A Glock 18 modificada servia como uma bela Excalibur para o príncipe da Terra.

Dirigindo para o sul, Krait tirara o casaco num semáforo. Agora ele tirou o coldre e guardou-o com a SIG P245 embaixo do assento do passageiro.

Colocou a nova bandoleira com o coldre adaptado para a Glock com o silenciador e o pente estendido. Depois de ajustá-lo, saiu da Chevrolet, sacudiu os ombros e ficou satisfeito com a perfeita acomodação da bandoleira.

Pegou o casaco no carro e o vestiu. Pôs a Glock no coldre, a qual ficou confortavelmente pendurada do seu lado esquerdo.

A essa hora, mesmo na autoestrada Pacific Coast, só o vento viajava. Ele respirou fundo o ar da noite. Sem as emissões mal cheirosas provocadas pelo alvoroço de veículos, o vento estava puro.

Esse era um momento em que se podia acreditar que um dia nenhum tráfego jamais iria atravessar as estradas de novo, que nenhum ser humano caminharia pelos morros da costa ou por terra alguma, em lugar algum. Com o tempo, quando os caídos já não tivessem esperança de qualquer ascensão, o vento e a chuva dariam conta de lamber todos os rastros daquilo que não tivesse sido feito pela máquina silenciosa da natureza, e a terra envolveria todos os ossos perversos para escondê-los eternamente do sol e da lua. Sob as estrelas frias ficaria uma solidão purgada de todo desejo, expectativa e esperança. O silêncio pareceria nunca ter sido quebrado por qualquer música ou gargalhada. A quietude não seria a de uma oração, nem mesmo a de uma contemplação, mas do vácuo. E então o trabalho estaria feito.

Sentado no carro escuro, Krait esperou a informação requisitada. Recebeu uma mensagem em código às 3h37.

Timothy Carrier usara seu cartão de crédito duas vezes nas últimas 12 horas, a primeira para pagar a gasolina. Mas recentemente, há menos de três horas e meia, ele o apresentara ao se registrar no hotel próximo ao ponto onde Krait estacionara.

Como o hotel pertencia a uma cadeia que possuía um sistema nacional computadorizado de reservas, as fontes de Krait tinham conseguido descobrir que o Sr. e a Sra. Timothy Carrier passavam a noite no apartamento 308.

O *Sr. e Sra.* o divertiram. Que romance turbulento.

Ao pensar neles juntos num quarto de hotel, Krait se lembrou de que lhe pediram para estuprar a mulher.

Ele queria fazer isso. Já estuprara mulheres menos bonitas que ela. Nunca tivera problema com isso, se fosse o que seus contribuintes queriam.

Ele também queria muito enfiar em cada um dos principais orifícios de Linda a reprodução da pintura que retirara da moldura no quarto dela.

Infelizmente, a dinâmica dessa missão mudara. Pela sua experiência, nas raras ocasiões em que o elemento surpresa se perdia, o sucesso só era assegurado pela aplicação implacável de uma força esmagadora.

Era bem provável que tivesse de matar Carrier para chegar até a mulher. No ataque, uma bala perdida poderia derrubá-la e, se ela gritasse, se resistisse, Krait não teria escolha, a não ser atirar para matar sem estuprá-la.

Tudo bem também. Nessas circunstâncias, aquilo era tudo o que esperava conseguir. Dois mortos a mais era um progresso em direção ao dia das estradas vazias, em direção ao silêncio do vazio.

Krait saiu do carro e trancou as portas. Não vivemos numa época honesta.

Em vez de ir direto para o hotel, ele caminhou até o estacionamento.

O Explorer estava onde ele esperava encontrá-lo: no canto sudoeste do térreo.

Se houvesse um guarda cuidando da garagem, agora estava em outro andar. O mais provável era que o hotel tivesse um sistema de câmeras de segurança, e Krait observou diversas delas.

As câmeras não o perturbaram. Imagens eletrônicas podiam se perder; sistemas podiam deixar de funcionar.

Num mundo em que o cotidiano se desconecta cada vez mais da verdade, mais pessoas aceitavam o virtual em vez do real, e todas as coisas virtuais também são maleáveis.

Da mesma forma, ele nunca se preocupou com impressões digitais ou DNA. Eram meras configurações, a primeira deixada pela oleosidade da pele, a segunda detalhada na estrutura de uma macromolécula.

Os especialistas devem ler as configurações e julgar sua utilidade como prova. Sob qualquer pressão, um especialista pode ler mal uma configuração ou até alterá-la. As pessoas em geral têm uma confiança comovente nos "especialistas".

Em vez de sair do estacionamento pela calçada paralela à entrada principal de veículos, ele optou por uma segunda saída, que o levava para um caminho iluminado ao longo do lado sul do hotel.

Hibiscos vermelhos sacudidos pelo vento orlavam o caminho. O hibisco não é uma planta venenosa.

Ocasionalmente, Krait precisava de uma planta venenosa para cumprir alguma missão. Estramônio, espirradeira e lírio-do-vale lhe tinham servido bem.

O hibisco, no entanto, não tinha qualquer valor.

Ele chegou a uma porta que se abria para um vão de escada. Subiu rumo ao terceiro andar.

CAPÍTULO 22

UM SOM DESPERTOU TIM DE SEUS SONHOS INQUIETANTES.

Há muito tempo ele aprendera que a sobrevivência podia depender de jogar o sono para o lado como se fosse um cobertor. Ao acordar num instante, sentou-se ereto na poltrona e tirou a pistola do esconderijo.

Embora estivesse atento agora, não escutou mais nada. Às vezes, o som está no sonho e nos desperta porque é o mesmo som com o qual se tinha visto alguém morrer na vida real.

O relógio digital mostrava a hora em números fluorescentes — 3h44. Devia ter dormido por duas horas.

Ele olhou para as portas da sacada.

As cortinas permaneciam imperturbadas.

Agora ele ouvia o vento impetuoso, sem bater ou espreitar, mas áspero, rítmico e tranquilizante.

Após um silêncio, Linda falou e Tim percebeu que fora sua voz enrolada pelo sono que o acordara.

— Molly — disse ela. — Ah, Molly, não, não.

Suas palavras carregavam um fardo pesado de desalento e agonia.

Dormindo, ela se virara de lado. Estava em posição fetal, os braços envolvendo um travesseiro, que ela segurava firme contra o peito.

— Não... não... ah, não — murmurou e depois suas palavras se dissolveram num lamento pouco audível, um lamento de aflição penetrante que não era choro, mas pior.

Levantando-se da poltrona, Tim sentiu que Linda não estava sob domínio de um sonho qualquer, mas que o sono a transportara para o passado, onde alguém chamada Molly tinha sido real e, talvez, Linda a tenha perdido.

Antes que sua fala onírica pudesse revelar alguma verdade oculta, outro som perturbou o hotel adormecido, mas esse vinha do corredor.

Tim colocou um dos ouvidos junto à porta e escutou o estalo no umbral. Achou que tinha ouvido o leve guincho da porta no vão das escadas ao sul.

Seu ouvido experimentou um fluxo de ar frio.

O silêncio se reacomodou no corredor, embora agora estivesse carregado de expectativa, relutante em apaziguar sua fúria.

Se Tim tivesse identificado o ruído corretamente, alguém devia estar no patamar, segurando aberta a porta do vão de escadas, examinando o corredor do terceiro andar.

A confirmação chegou com o guincho da porta sendo cuidadosamente fechada em vez de ser largada para se fechar sozinha.

Poucos hóspedes retardatários teriam tanta consideração pelos outros e, nos dias de hoje, os funcionários do hotel teriam menos ainda.

Tim espiou pelo olho mágico. A lente de largo espectro lhe dava uma visão distorcida do corredor.

Esse não era o momento sem volta, pois Tim passara por aquele momento mais cedo aquela noite. Quando ele saíra da rua e entrara na casa de Linda, quando ele viu que ela tinha o quadro de uma TV em vez de uma TV, ele seguira por uma rota tão irreversível quanto a que Colombo optou quando levantou âncora em agosto de 1492.

Agora ele estava naquele ponto de qualquer empreendimento perigoso em que a mente fica estimulada a cumprir o desafio crescente ou se revela embotada demais para o duelo, quando o coração vira uma bússola ou retrocede na jornada, quando o sucesso se torna ou não uma possibilidade.

No panorama idêntico a uma sala de espelhos em um parque de diversões oferecido pelo olho mágico vinha um homem. Só a parte de trás da cabeça estava visível enquanto ele analisava as portas do lado leste do corredor. Então ele olhou para o lado de cá. Mesmo distorcido pela lente convexa, seu rosto era reconhecível como sendo o do matador que possuía uma legião de identidades.

A cara rosada e lisa. O sorriso perpétuo. Os olhos feito ralos abertos.

Seria necessária uma arma mais potente que a pistola de 9 milímetros para atirar em Kravet através da porta.

Além disso, se aquele pistoleiro morresse, outro certamente seria contratado. E Tim não teria a vantagem de conhecer a aparência do novo homem.

Ele recuou da porta, virou-se e correu até a cama, onde Linda tinha caído no sono.

Subitamente, seu plano pareceu menos uma estratégia que o rolar de um dado.

Assim que ele pôs a mão no ombro de Linda, ela acordou, como se tivesse sido matriculada numa escola de sobrevivência igual a que ele frequentara.

— Ele está aqui — disse Tim.

CAPÍTULO 23

NAQUELE MOMENTO, KRAIT SE SENTIA COMO UM DEUS, sem dúvidas nem reservas. Sabia o que precisava fazer e sabia do que gostava. Momentos como esse eram a realização de ambos, necessidade e desejo.

Depois de sair do vão da escada e fechar a porta atrás de si, ele tirou a Glock 18 de sua nova bandoleira. Segurou-a virada para baixo enquanto seguia pelo corredor.

Os números ímpares estavam à sua direita e os pares à esquerda ao longo do lado oeste do corredor. A quinta porta a partir das escadas era o 308.

Segundo os registros do hotel, Carrier e a mulher tinham entrado há cerca de três horas e meia. Diferentemente de Krait, eles não tinham dormido até as 16h da segunda-feira na expectativa do que lhes traria a noite. Exaustos, prefeririam acreditar que estavam a salvo por agora.

Krait contava com o fato de que a humanidade não conseguia suportar a realidade. Quando se recolhiam no autoengano, ele se aproximava, totalmente invisível, porque era ele a realidade que eles se recusavam a enxergar.

A caminho do terceiro andar, dera uma parada no segundo para conhecer a natureza das fechaduras. O hotel substituíra a ferragem original por fechaduras eletrônicas.

Seu adorável instrumento de abrir portas não lhe seria útil neste caso, mas ele viera preparado para esta eventualidade.

Novamente no vão da escadaria, ele parou para tirar da carteira o que parecia ser um cartão de loja de departamentos. Na verdade, era um escâner analítico que conseguia ler e reproduzir o código de qualquer fechadura eletrônica.

Ao contrário do seu brinquedinho que abria portas, esse item não estava à venda nem mesmo para as forças policiais. Ninguém podia comprá-lo. Era dado de presente, como uma graça.

Agora, diante da porta do 308, Krait imediatamente inseriu o cartão na fenda da fechadura. Não o retirou quando a luz mudou de vermelha para verde; deixando-o no lugar, assim manteria a porta aberta.

Seu brinquedinho fazia pouco ruído ao ser usado. O escâner analítico não fazia nenhum.

Uma chave seletora na pistola permitia que ela funcionasse como semi ou totalmente automática. Embora Krait geralmente preferisse táticas simples e armas básicas, ele a deixou no automático total.

Segurando a pistola com as duas mãos, supondo que a corrente de segurança estivesse no lugar, ele deu um passo para trás e chutou a porta com toda a força, o mais alto possível.

A placa de fixação se desprendeu do marco da porta, e ela se escancarou. Krait entrou rapidamente no quarto, meio agachado, os braços estendidos para a frente, uma ligeira pressão no gatilho, virando o cano para a esquerda e para a direita, saindo do caminho da porta que batera no batente e ricocheteava.

No quarto havia duas camas. Uma delas levemente desarrumada. Outra com a colcha puxada para baixo. Uma luminária acesa na mesa de cabeceira.

Nem sinal do Sr. e da Sra. Carrier. Talvez estavam acordados e ouviram o guincho da porta do vão da escada.

Somente dois refúgios: a sacada e o banheiro.

A porta do banheiro estava entreaberta. Era escuro lá dentro.

Inclinando-se bem para a Glock, compensando o peso do silenciador que a jogava para baixo, ele disparou uma curta rajada pela brecha escura, estilhaçando um espelho, e provavelmente alguns azulejos, crivando de balas o banheiro. Uma delas atingiu a porta.

O coice suave. Como se o silenciador funcionasse como um compensador do coice, sem ruído suficiente para acordar quem dormia, se houvesse alguém. Nenhum lampejo pelo cano.

Nenhum grito veio do banheiro. Nenhum tiro em resposta. Não havia ninguém ali. Deixaria isso para depois.

Cortinas cobriam as portas de correr. Carrier tinha uma arma. Então melhor limpar a sacada antes de abrir as cortinas.

Lamentando a bagunça que estava para fazer, Krait disparou outra vez, as cortinas balançaram, as vidraças se dissolveram e algo fez um zunido metálico. Ele puxou as cortinas e foi para a sacada. Uma camada de vidro temperado esmigalhava sob seus pés.

Sozinho na sacada, sentindo um vento tão fresco vindo do mar que cheirava levemente a sal, ele pisou do lado de fora da balaustrada e olhou para baixo. Algumas rochas bem embaixo, depois a praia, as ondas. Tudo a 15 metros de distância. Muito longe para eles terem pulado sem se machucar.

Ele não questionou as informações recebidas de suas fontes. Ao longo dos anos nunca tivera o menor motivo para duvidar delas.

Buscando outra explicação para o desaparecimento de sua presa, Krait olhou para a esquerda e para a direita, ao longo dos fundos do hotel. Sacadas. Nada além de sacadas idênticas com balaustradas. Sacadas desertas.

Desertas *agora*.

Menos de 1 metro separava esta sacada da seguinte. Se a pessoa não tivesse medo de altura podia passar rapidamente de uma para outra.

Com o ruído do vidro estilhaçando a cada passo, Krait sentiu como se a porta de correr tivesse sido um espelho, como se ele tivesse atravessado para onde apenas Alice estivera antes.

Novamente no apartamento 308, ele registrou um importante detalhe que lhe escapara antes: a ausência de qualquer pertence.

Quando ele empurrou a porta do banheiro, não encontrou nenhum morto ou ferido. Algumas toalhas tinham sido usadas, mas nenhum artigo de toucador estava sobre o balcão que cercava a pia.

Carrier e a mulher não tinham saído quando a porta do vão da escadaria guinchou. Provavelmente encontraram um apartamento vazio bem antes e se mudaram para lá sem informar a gerência.

Krait voltou para o corredor do terceiro andar, pegou seu escâner analítico da porta e o guardou no bolso.

O chute na porta e as vidraças quebradas tinham acordado os hóspedes. Dois homens, um de cuecas e o outro de pijamas, tinham saído para o corredor.

Sorrindo, Krait apontou a Glock para eles.

Eles entraram em seus quartos e fecharam a porta.

A essa altura, alguém já ligara para a recepção relatando o distúrbio. E um ou os dois homens ameaçados deveria estar ligando para a polícia.

O batimento cardíaco de Krait mal se elevara de seu ritmo usual de 64 por minuto. Ele parecia calmo e assim realmente estava.

O que viera antes em sua vida, a aparência de calma ou o fato de ser calmo, não era fácil de deduzir. As origens de sua personalidade tinham se perdido no tempo, e ele não tinha interesse nelas.

Como a maior parte da Califórnia, essa cidade era mal policiada. A não ser que uma patrulha estivesse naquela área por acaso, os policiais levariam, no mínimo, cinco minutos para chegar ali.

De qualquer modo, só haveria dois policiais, quatro no máximo. Em uma estrutura tão grande como seu jogo de tabuleiro, ele poderia fazer seu caminho de gato e rato até o carro que deixara estacionado na estrada.

Se os policiais aparecessem antes, Krait abriria seu caminho para fora do hotel a tiros. Não tinha problemas com isso.

Ao longo do lado oeste do corredor havia 11 apartamentos. Dos seis ao norte do 308, quatro deles exibiam o aviso de NÃO PERTURBE.

Ele não tinha motivo para pensar que os dois apartamentos sem aviso estivessem vagos ou que sua presa estivesse escondida num deles. Carrier bem podia ter colocado na porta um aviso de privacidade ou tê-los mudado de portas, só para confundir Krait.

Ao sul do 308 havia quatro apartamentos e, em frente ao último, o 300, o aviso de NÃO PERTURBE estava no chão. Então ele cogitou a porta fechada.

Não tinha muita certeza se o aviso estava no chão quando chegou. Talvez alguém o tivesse derrubado ao sair correndo.

O apartamento 300 estava a três passos da porta que dava para a escadaria sul.

Sentindo que o esperto casal já tinha descido dois lances de escada e saíra do prédio, Krait preferiu não se demorar abrindo o apartamento 300 para dar uma olhada e abandonou o terceiro andar.

Eles estariam correndo até o Explorer no estacionamento. Talvez já o tivessem alcançado.

Krait não se arremeteu escada abaixo, pois o pânico não fazia parte de sua natureza, mas desceu sim com uma pressa controlada.

CAPÍTULO 24

SEGUNDOS DEPOIS DO ARROMBAMENTO DA PORTA DO apartamento 308, Tim e Linda já haviam saído do 300 e descido as escadas.

O vento espalhou os hibiscos vermelhos aos pés deles, seus passos ecoaram sob o teto baixo da garagem cavernosa, as luzes do Explorer lampejaram e ele saiu cantando pneu quando Tim usou a chave. Ele foi para o assento do motorista e ela pegou a arma enquanto entrava no carro com a valise.

O apartamento 300 realmente estava vago quando, mais cedo, Tim entrou pela sacada e removeu a porta de correr. Linda entrara nos novos aposentos pela porta da frente e pendurara um aviso de NÃO PERTURBE na maçaneta.

Dali em diante ele dormira por duas horas, embora o sono tivesse sido uma estrada obscura lotada de sonhos estranhos.

Ele deu partida no motor, acendeu os faróis e saiu do estacionamento, dirigindo para o sul pegando a autoestrada Pacific Coast. No cruzamento, virou à esquerda, seguindo para o interior.

— Certo — disse ela —, agora estou assustada.

— Você não parece tão assustada.

Virando-se para olhar pela janela, ela disse:

— Pode acreditar. Sou o Richard Dreyfuss na traseira do barco e o tubarão acabou de pular na minha cara. Como foi que aquele sujeito nos achou?

— Acho que foi pelo cartão de crédito.

— Só porque ele é um policial, não significa que tem o gerente do MasterCard preso pelos colhões.

— Meu cartão é Visa. — Tim virou numa rua residencial.

— Ele é bem mais que um policial.

— Seja quem for, não precisa de um mandado judicial para esse tipo de rastreamento, uma autorização, algo assim?

— Os hackers de 13 anos não entram em praticamente qualquer sistema que querem, sem que ninguém lhes dê permissão?

— Então o cara é um superpolicial com um sobrinho nerd que consegue entrar no Visa 24 horas, sete dias por semana?

— Talvez haja um prédio cheio de nerds que tinham a mania de entrar nos computadores das redes de TV só para deixar recados obscenos para Nikki Cox quando eram mais novos. Agora são 15 anos mais velhos e passaram de vez para o lado das trevas.

— Um prédio cheio deles? — perguntou ela. — Contra quem você está dizendo que estamos lutando?

— Não estou dizendo. Eu não sei.

Um morro se sucedia a outro e não subia reto, mas serpenteava ruas de casas que, apesar de sua variedade arquitetônica, pareciam caracterizadas por um pavor silencioso.

— Eu já sei que você é um cara que sabe das coisas.

— Não coisas desse tipo. Estou fora da minha área.

— Não que eu tenha percebido.

— Tive sorte até agora.

— É assim que você chama?

Árvores atormentadas pelo vento pairavam sobre os postes de luz, e na calçada as configurações dos galhos se crispavam como nervos expostos.

— Quem é Nikki Cox? — perguntou ela.

— Ela participou do seriado *Infelizes para sempre*.

— Era bom?

— Tinha um espírito crítico, na maior parte das vezes era medíocre, e tinha um coelho de pelúcia falante de orelhas moles.

— Mais uma história daquelas.

— Eu era adolescente, os hormônios esguichando pelos ouvidos. Eu assistia a todos os episódios de língua para fora.

— Devia ser um coelho muito sexy.

Em cada quadra, em duas ou três casas, as luzes estavam na penumbra atrás das cortinas. Nos velhos tempos em que Nikki Cox estava no ar com o esperto coelho de pelúcia falante, de madrugada via-se menos de um terço de janelas com luzes acesas do que agora. Esta é a década da insônia, ou talvez o século dela.

— Para onde estamos indo? — perguntou Linda.

— Ainda não sei.

— Seja para onde for, vamos combinar uma coisa.

— O quê?

— Nem uma palavra mais sobre essa Nikki Cox.

— Acabei de lembrar o nome do coelho. Mr. Floppy.

— Dele você pode falar.

— Acho que por enquanto estamos mais seguros em movimento. Nada de hotéis.

— Fico contente de você não ter morrido caindo da sacada.

— Eu também. Vamos rodar mais um pouco e tentar pensar numa saída.

— Achei que você fosse cair. Se isso tivesse acontecido, a culpa seria minha.

— Como assim?

— Você não estaria aqui se não houvesse alguém querendo me ver morta.

— Então pare de fazer coisas que façam as pessoas quererem te ver morta.

— Vou tentar.

Quadra após quadra, rua após rua, Tim ficava cada vez mais convencido de que aquela segurança que desfrutavam era um frágil arame sobre um precipício, preso em dois ganchos meio enferrujados, arrebentando numa ou noutra extremidade.

Olhava para o espelho retrovisor e para o da lateral a todo momento, esperando uma súbita perseguição.

— Tenho uma amiga, Teresa, que mora em Dana Point, mas ela está fora da cidade essa semana. Sei onde ela esconde uma chave sobressalente — disse Linda.

Como ratos agitados, opulentas folhas de magnólia sacudidas pelo vento percorreram a sarjeta.

— Tim? O que você acha de a gente se esconder na casa da Teresa?

Embora o velocímetro só marcasse 50 quilômetros por hora, sua intuição lhe dizia que ele estava indo rápido demais, que teria problemas antes que pudesse se dar conta. Diminuiu a velocidade.

— O que foi? — perguntou ela, inspecionando a noite.

— Você não sente?

— Eu percebi que você está sentindo alguma coisa, mas não sei o que é.

— Uma pedra — disse ele.

— Uma pedra?

— Pense num penhasco bem alto.

As ruas se organizavam como os dentes de um pente, todas acabando numa rua principal que vai de leste a oeste. Ele novamente virou à esquerda e descobriu que a rua acabava no cruzamento com a última rua que seguia na direção norte-sul.

— Um penhasco? — lembrou-lhe Linda.

— Um penhasco tão alto que não se consegue enxergar o topo, que se perde na neblina lá em cima. E não é apenas alto, mas também se projeta como uma onda. Nós estamos no pé, sob sua sombra.

Ele virou à esquerda, na última rua do bairro. Casas dos dois lados. Os faróis varreram alguns carros estacionados no meio-fio.

— Às vezes grandes pedras se soltam lá de cima, do alto do penhasco — disse ele — e despencam sem fazer barulho.

Ele reduziu a velocidade para 15 quilômetros por hora.

— Não se escuta a pedra vindo, uma dessas pedras repentinas e silenciosas, mas seu peso em queda... talvez ele comprima o ar abaixo conforme vem descendo, e é isso que a gente sente.

Cada uma dessas ruas tinha o comprimento de três quadras com casas dos dois lados. Mas na segunda e na terceira quadra dessa última rua, há casas apenas do lado esquerdo.

À direita ficava um parque com campos de atletismo, todos escuros a essa hora.

Uma pedra rolando silenciosamente, um tsunami inaudível superando em velocidade o ruído que fazia, a falha geológica sob os pés secretamente se infiltrando em direção a uma súbita ruptura...

Sua antiga sensibilidade apurada à ameaça retornara nas últimas horas. Agora estava afiada como a ponta de uma agulha.

O céu lanoso e o vento cada vez mais forte pareciam trazer uma tempestade, mas quando lâminas de raios tosquiaram as nuvens, Tim se sobressaltou e quase pisou no freio.

As casas, as árvores e os carros estacionados pareceram se esquivar da punhalada de luz e se esquivaram novamente conforme a luminosidade cortava o céu, detonando uma enorme quantidade de raios e trovões.

Embora a noite estremecesse com uma confusão ainda maior de sombras do que a provocada pelo vento, os raios revelaram uma coisa que os postes de luz espalhados não tinham tocado. Um homem de roupas escuras encostado no tronco de um grande loureiro indiano.

Enquanto ele se movia lentamente no esconderijo para olhar na direção do Explorer, o raio iluminou seu rosto, de modo que ele parecia ser a máscara pintada de um mímico. Era Kravet e Krane e Kerrington e Konrad e os outros desconhecidos, tão onipresentes como se não fossem meramente um homem com uma centena de nomes, e sim uma centena de homens que dividiam uma única mente e missão.

Hipnotizada pelo rosto fantasmagórico que sumia e reaparecia em solidariedade às fulminações do céu, Linda sussurrou:

— Impossível.

O mistério daquela aparição poderia ser solucionado mais tarde. Antes da especulação vinha a sobrevivência.

Tim virou o volante para a direita e acelerou.

Sob a cobertura da árvore, o pistoleiro foi para a frente, levantando uma arma enquanto se movia, como um espírito malévolo há muito dormente no interior da terra, mas agora ressuscitado pelo cair de um raio.

CAPÍTULO 25

A MÍNIMA HESITAÇÃO TERIA PROVOCADO ALGO MAIS SANgrento, mas o Explorer subiu no meio-fio assim que Kravet saiu da sombra da árvore. Antes que ele conseguisse levantar totalmente a arma e atirar, foi forçado a saltar para trás para evitar que fosse atropelado.

Passar pelo matador ou fugir de marcha a ré teria assegurado uma rajada de balas no para-brisa e outra nas janelas do lado do passageiro. Avançar direto em cima dele era a melhor esperança.

Ao recuar cambaleante, Kravet caiu.

Tim deu uma guinada, esperando atropelá-lo, quebrar-lhe os tornozelos, joelhos, ou qualquer parte do corpo dele. O pistoleiro escapou das rodas e Tim acelerou parque adentro.

Mesas e bancos de concreto. Gangorra, trepa-trepa. O vento empurrando fantasmas de crianças num conjunto de balanços.

A janela de trás se estilhaçou e Tim sentiu a punção de uma bala atrás do assento.

Antes que pudesse mandar Linda se abaixar, ela deslizou no banco. Outra rajada de tiros fez soar o metal e talvez um terceiro tiro tivesse atingido a caminhonete também, mas uma metralhada de trovões diminuiu o impacto do calibre menor.

Eles estavam fora do alcance da pistola, agora vulneráveis apenas a um tiro certeiro. A arma tinha uma extensão no cano, provavelmente um silenciador que iria reduzir ainda mais o seu alcance.

Kravet não ficaria lá, tentando dar um tiro certeiro. Era um cara que estava sempre *em movimento*.

Acelerando a caminhonete o máximo que ousava num terreno desconhecido, Tim corria em busca da outra extremidade do parque, de uma saída.

A luminosidade pulsante da tempestade revelava arquibancadas vazias, uma cerca para bolas, uma quadra de beisebol.

Embora a última explosão de trovões parecesse poderosa o bastante para romper a barreira de qualquer represa, a chuva ainda não caía.

Linda se sentou ereta e falou num tom acima do vento, que se altercava pela janela quebrada lá atrás.

— A gente sai do hotel e dez minutos depois ele nos acha?

— Vai continuar nos achando.

— Como é que ele podia estar *esperando* ali?

— Ele tem um GPS. E também não é dos comuns.

— Um GPS? O quê? Meu cérebro está fervendo. Minhas ideias parecem um daqueles cachorrinhos que ficam balançando a cabeça.

— Um controlador eletrônico.

— Um mapa eletrônico?

— Acho que sim. Ele visualizou a configuração das ruas, calculou que nós poderíamos acabar nessa e foi exatamente o que aconteceu.

Ao passarem por um largo canal de drenagem gramado, ela disse:

— Ele está nos rastreando?

— Acabei de me dar conta de que há um transponder nesse carro. Foi uma opção... um serviço de rastreamento para carros roubados. Os policiais podem seguir o ladrão via satélite.

— Eles podem fazer isso se o carro não tiver sido roubado?

— Não. Assim como também não podem fazer bicos assassinando pessoas para pagarem suas hipotecas.

O canal terminava na base de um longo declive e Tim avançou em direção ao topo enquanto espasmos de luz clareavam o verde do capim estremecido pelo vento.

— A empresa, o serviço de rastreamento, eles não iriam simplesmente cooperar com um policial corrupto. Você mesmo teria que informar o roubo antes que eles ativassem o transponder ou seja lá o que for que eles fazem.

— É bem provável que ele não tenha falado com a empresa.

— E com quem falou então?

— O prédio cheio de nerds de novo. Eles conseguem acessar os computadores da empresa e passam as informações do satélite para o carro do Kravet.

— Eu odeio esses caras — disse ela.

No topo da encosta, o terreno se nivelava virando um campo de futebol. Tim viu postes de luz numa rua distante e disparou em sua direção. O velocímetro passou de 100 quilômetros por hora.

— Então não há jeito de tirá-lo do nosso rastro — disse ela.

— Não.

Os primeiros pingos grossos de chuva estalaram no para-brisa tão alto que pareciam insetos de casca dura caindo no vidro.

— Se pararmos, ele saberá exatamente onde estamos e virá até nós.

— Ou — disse Tim — verá algo no mapa, um caminho que provavelmente seguimos.

— E estará esperando adiante em algum lugar de novo.

— Isso me assusta mais.

— Onde está o transponder? Não podemos parar e retirá-lo?

— Eu não sei onde está.

— Onde será que o colocariam? — cogitou ela.

— Acho que o colocam nos mais variados lugares, para que o ladrão não o ache facilmente.

Eles passaram por outra área cheia de mesas e bancos de concreto, além das lixeiras também de concreto.

— Tudo é de concreto — disse ele. — É como um piquenique numa cadeia.

— Eu lembro que, quando eu era pequena, havia bancos de madeira nos parques.

— As pessoas começaram a roubá-los.

— Ninguém quer os bancos de concreto.

— Querem sim — disse ele. — Só não conseguem carregá-los.

Chegaram ao final do parque, cruzaram a calçada e desceram o meio-fio num solavanco.

Os pingos de chuva já não eram poucos nem grossos. Ele ligou os limpadores de para-brisa.

— Ganhamos algum tempo — disse Tim. — Se ele estiver num carro pequeno, não numa caminhonete, não vai se arriscar a tomar um atalho pelo parque. Vai ter que dar a volta.

— E agora?

— Quero ganhar mais tempo.

— Eu também. Uns cinquenta anos.

— E não quero descer o morro e dar de cara com ele. Viramos uma esquina e lá está ele bloqueando a passagem com o carro. Então vamos subir.

— Você conhece bem esta região?

— Bem que gostaria. E você?

— Não muito bem — disse ela.

No cruzamento, ele virou à direita. A rua molhada, reluzente, cintilou com o clarão do céu.

— Quero chegar ao topo — disse Tim —, passar pelas ruas residenciais, chegar lá em cima. Talvez haja algum caminho que nos leve rapidamente para o sul.

— É provável que só haja cerrado depois do pico.

— Então deve haver estradas abertas pelo fogo.

— Por que sul? — perguntou ela.

— A *rapidez* interessa mais que a direção. Quero acreditar que estamos cinco minutos adiante dele antes de desistir das rodas.

— Abandonar o Explorer?

— É preciso. Se dirigirmos até que um de nós fique sem gasolina, é mais provável que seja a gente. E ele ainda estará atrás de nós e não teremos como escolher o lugar onde começar a pé.

— Quando paramos no hotel achei que teríamos um pouco de paz para tentar pensar em algum plano.

— Não vai haver nenhuma paz enquanto isso não acabar. Vejo isso agora. Devia ter percebido antes. Correremos perigo enquanto isso não acabar.

— Não me sinto bem com isso.

— Nem deveria.

— Está tudo se despedaçando.

— Ficaremos bem — disse ele.

— Isso não parece bobagem, mas é.

Ele não queria mentir para ela.

— Bem, acho que você não queria que eu dissesse que estamos mortos.

— A não ser que você ache que estamos. Se for o caso, diga.

— Não acho que estamos.

— Bom. Já é alguma coisa.

CAPÍTULO 26

DIANTE DOS FARÓIS, A CHUVA PRATEADA LEMBRAVA MEA-
das de ouropel, mas aquilo não dava a sensação de Natal.

No pavimento, escorregadio quase o suficiente para se andar
de trenó, Tim passou correndo pelos sinais vermelhos.

Kravet iria supor que eles pensariam no transponder, no rastreamento por satélite. Como eles estavam desesperados para conseguir
se distanciar o suficiente antes de abandonar o Explorer, ele ficaria
próximo para evitar perdê-los de vista quando saíssem do carro.

— Você recarregou sua pistola? — perguntou Tim.

— Pente cheio.

— Mais munição na bolsa?

— Não muita. Quatro, talvez seis cargas.

— Não quero começar um tiroteio com ele. Aquilo que ele
estava usando parecia uma pistola automática.

— Isso não é nada bom.

— Pode ter uns trinta e poucos disparos num único pente. Ele pode esvaziá-lo numa fração de minuto se quiser, detonando uma ampla rajada.

— Decididamente, nada de tiroteio.

— A não ser que seja inevitável.

— Eis um pensamento horrível — disse ela.

— Posso até ouvi-lo.

— Nós temos certeza de que ele é um matador de aluguel?

— No bar parecia. Caras com licença para matar recebem um contracheque como todo mundo, não envelopes com dinheiro vivo.

— Mas se ele tem todos aqueles hackers nerds e Deus sabe lá quem mais lhe dando apoio técnico, por que é o único cara na rua?

— Alguém o contratou para manter distância entre esses caras e o seu assassino. Dão apoio, mas não colocam seus próprios pistoleiros na parada. Eles apenas manejam marionetes.

— Isso quando achavam que eu morreria facilmente, dando a impressão de ser uma entre as dúzias de vítimas de estupradores homicidas, mas agora não é isso que vai parecer.

— Ficou mais complicado — concordou ele.

— Então, se acharem que a coisa está fora de controle, talvez Kravet receba algum apoio. E aí?

— Aí estamos ferrados.

— Talvez fosse melhor você mentir para mim, afinal de contas.

A subida acabava num cruzamento em T. A nova rua estendia-se para norte e sul ao longo da serra mais alta da cidade.

Tim virou para o sul e acelerou, passando por casas maiores e mais ornamentadas que as dos morros mais baixos. Duas quadras depois chegou a um beco sem saída.

— Essa não — disse ele, circulando a árvore no centro do retorno. Ele correu de volta o caminho que tinham percorrido, ciente do tempo que perdiam.

Três quadras depois do cruzamento, o lado norte da rua também acabava num beco sem saída.

Se eles descessem a rua que os trouxera até ali, encontrariam Kravet. E ele os veria descendo em seu mapa digital.

Tim circulou outra árvore, saiu da curva de retorno, parou no meio-fio, apagou os faróis, desligou o motor e disse:

— Me dê a arma.

— O que a gente vai fazer?

— As balas de reposição da sua bolsa. Preciso delas também. Rápido.

Ela procurou a munição, encontrou cinco pentes. Tim jogou os cartuchos no bolso da camisa e disse:

— Nós temos, sei lá, dois minutos. Traga a valise, sua bolsa e a lanterna.

— Por que não tocar a buzina e acordar todo mundo?

— Não. Venha.

— Haveria muitas testemunhas. Ele não iria atirar.

— Iria sim — insistiu Tim. — E não queremos que nenhuma dessas pessoas morra.

Ele abriu a porta e saiu na chuva carregada pelo vento, voltou para o retorno por onde tinham acabado de passar com o Explorer. Depois de alguns passos, suas roupas estavam ensopadas.

Uma grande tempestade em maio era rara no sul da Califórnia. A chuva não era morna, mas também não o deixou com frio.

As cinco casas perto do retorno compartilhavam a mesma arquitetura, um estilo moderno disfarçado com uma pitada de toscano até o clássico.

Muros de 1,80m delimitavam as propriedades, oferecendo privacidade a cada jardim dos fundos. Alguns dos portões podiam estar trancados.

Com esse tempo, nenhum cachorro teria sido deixado do lado de fora, então não corriam o risco de nenhum deles latir e traí-los. Além disso, numa vizinhança de casas no valor de 3 milhões de dólares como essas, os cachorros moravam no interior, eram parte da família e não ficavam presos ou acorrentados.

Havia cinco pátios. Kravet provavelmente iria de portão em portão, procuraria em cada um deles. Essas propriedades valorizavam a visão privilegiada do oceano e, por isso, os jardins eram pequenos. Ele não precisaria de cinco minutos para dar uma busca em todos eles.

O beco sem saída ficava no topo de um desfiladeiro. Além dos pátios traseiros, havia encostas íngremes de difícil acesso, cheias de trepadeiras selvagens e matos.

Esses desfiladeiros urbanos abrigavam cascavéis, coiotes e linces. As onças raramente se aventuravam para longe das savanas, mas os felinos assassinos também não eram totalmente estranhos à região.

A princípio, se eles seguissem pelo desfiladeiro, Tim não ia querer usar a lanterna, pois temia que Kravet pudesse ver. Ele se recusava a considerar, muito menos realizar, uma descida às cegas.

Os jardins só ofereciam uma segurança ilusória, e o desfiladeiro era um beco sem saída.

Linda o alcançou. Estava encharcada, e linda.

Com um estrépito, o céu se partiu. Um clarão veio abaixo. Fragmentos iluminados dançavam nas poças.

Pelas costas do relógio encostado na pele do seu pulso, ele podia ter jurado que sentia o movimento do segundo ponteiro varrendo o tempo para trás.

No jardim dianteiro de uma casa com estrutura contemporânea havia uma tabuleta de uma imobiliária que dizia À VENDA. Todas as janelas dos dois andares tinham as venezianas fechadas, sugerindo que a residência podia estar vazia.

Acima da caixa de correio, uma moldura retangular oferecia um lugar para inserir o nome da rua e o número. O número estava lá, mas o nome fora removido.

Não havia nenhum cadeado na caixa de correio. Aquilo não provava que ninguém morava ali. Podia significar que, mesmo estando vazia, os proprietários preferiam mostrar a casa somente para compradores qualificados, discretamente, com hora marcada.

Tim entregou a pistola para Linda, e ela a pegou sem dizer nenhuma palavra.

Ele arrancou a tabuleta da imobiliária. Suas duas longas hastes eram de aço e tinham sido enfiadas uns 15 ou 20 centímetros no solo.

Na casa vizinha, um caminho sinuoso de lajota — disposto num arranjo irregular com uma borda de concreto — levava a uma tradicional casa toscana.

Tim enfiou as hastes pontudas do aviso de venda no jardim e o solo molhado as recebeu com presteza. Ficou um pouco torta, mas não tinha importância.

A duas portas da casa que realmente estava à venda, uma criança deixara a bicicleta no gramado da frente. Tim se esticou para agarrá-la e levou-a para a casa de onde removera a tabuleta, deixando-a lá.

Linda o observava sem qualquer pergunta ou comentário, observava não com uma expressão intrigada, mas com o olhar analítico de um bom aluno estudando as equações de um quadro negro.

Tim calculou que poderia facilmente acabar apaixonado por ela. Talvez já estivesse.

Mesmo antes de ele pedir a arma, ela a entregou.

— Venha — disse Tim, e ela correu com ele para a casa que ele acreditava estar vazia.

O céu, um arsenal bem provido, jogou lanças luminosas. No ar pairava um cheiro de queimado e os abalos sacudiram a noite.

Eles foram até um portão lateral, que estava fechado apenas por um trinco simples.

Havia uma entrada de serviço entre a casa e o muro da propriedade, por onde eles seguiram. Nos fundos, um pátio coberto deu um alívio da chuva.

No que pareciam ser as janelas da cozinha, as venezianas estavam baixadas até o peitoril. As outras janelas tinham cortinas.

Mais adiante, duas portas francesas não tinham nenhuma cobertura. Linda virou a lanterna para dentro da casa, revelando uma sala de estar sem mobília.

Tim agarrou a pistola pelo cano, esperou que a tempestade mostrasse seus dentes brancos de novo e esperou o próximo estrondo do trovão para quebrar o vidro. Ele pôs a mão para dentro, encontrou a maçaneta e abriu a porta.

Ela o seguiu para dentro da casa, fechou a porta e eles ficaram escutando, mas a falta de móveis dizia a verdade. Ninguém morava ali.

— Um lugar como este normalmente teria um sistema de alarme — disse ele, — mas como não há nada na casa e como o alarme seria um incômodo para o corretor, o deixaram desligado.

Olhando através das portas francesas, passando pelo pátio, pela piscina escura, pela cerca da propriedade e pelo buraco negro do desfiladeiro, à fileira de postes de luz dos morros mais baixos e à vista das luzes da cidade tremeluzindo na chuva, Linda disse:

— Como é que isto pode estar acontecendo conosco aqui, com todas essas casas multimilionárias, essa *riviera* resplandecente espalhada lá embaixo...

— Você não disse que a civilização é tão frágil como vidro?

— Talvez seja pior que isso — disse ela. — Talvez seja uma miragem.

— Sempre há aqueles que gostariam de apagar as luzes. Até agora tivemos sorte. Eles sempre se intimidaram com a maioria.

Ela deu as costas para a vista, como se aquilo lhe causasse dor.

— Estamos seguros aqui?

— Não.

— Quero dizer, no momento.

— Não. Nem por um momento.

CAPÍTULO 27

KRAIT PASSOU PELO EXPLORER ABANDONADO.

Em vez de estacionar no meio-fio, parou junto à ilha ajardinada no centro do retorno, onde não era permitido.

A chuva o aborrecia. Suas roupas ficariam péssimas.

Bem, ele nada podia fazer em relação ao temporal. Algum tempo atrás concluíra, relutante, que não conseguia controlar o clima.

Por certo tempo, ele suspeitara de que poderia influenciar os elementos da natureza. Sua suspeita fora reforçada pelas muitas vezes em que recebia precisamente as condições climáticas necessárias para organizar e cometer um assassinato.

Ele leu diversos livros sobre telecinesia, o poder da mente sobre a matéria. Algumas pessoas conseguiam entortar colheres sem tocá-las. Especialistas em paranormalidade diziam que era possível mover objetos de um lugar para outro apenas com o pensamento.

Certa vez, Krait tinha entortado uma colher, mas não com o poder da mente. Frustrado, ele deu um nó na droga da coisa.

Até pensou em fazer uma visita ao autor que escrevera um livro ensinando como desenvolver a habilidade telecinética. Queria fazer o cara engolir aquela colher.

Krait gostava de fazer as pessoas engolirem coisas que ninguém gostaria de engolir. Não sabia por que isso lhe agradava tanto, mas pelo que se lembrava, nada lhe dava mais prazer.

Devido às formas e tamanhos improváveis de alguns objetos, muitas vezes as pessoas que Krait forçava a se alimentar com eles morriam enquanto tentavam engoli-los. Por isso, ele achou melhor não começar uma noite com sua maior diversão, mas guardá-la para mais tarde.

Depois que as pessoas estavam mortas, não havia nada mais a se fazer com elas.

O autor que escrevera sobre telecinesia também tinha livros sobre previsão do futuro. Talvez fossem mais úteis do que o texto sobre entortar colheres, mas não eram do interesse de Krait.

O futuro ele já conhecia. Ele o fazia.

A maioria das pessoas não iria gostar do futuro, mas Krait estava impaciente para chegar lá. Ele sabia que iria adorar o modo como as coisas seriam.

Saiu do carro e ficou parado na chuva. Pensou num céu limpo, nas estrelas, mas a chuva continuava caindo, como ele sabia que iria acontecer. Um pouco de esperança de vez em quando não fazia mal.

Os seres humanos, não as colheres nem o tempo, eram seu tema preferido. Com os seres humanos ele podia fazer qualquer coisa que quisesse e, nesse momento, ele queria matar dois deles.

No monitor do seu mapa eletrônico, o Explorer tinha parado um minuto e quarenta segundos antes de Krait virar à esquerda no cruzamento em T. Eles não poderiam ter ido longe.

Não teriam passado pelas casas que davam para o desfiladeiro, não debaixo de chuva e no escuro.

Se tivessem corrido para o sul em direção ao cruzamento, ele os teria visto quando chegou ao topo da colina.

Krait ficou parado no retorno, sob os galhos da grande árvore coral, e examinou as cinco casas. Nenhuma janela estava iluminada.

Nenhuma pessoa sã nos dias de hoje iria atender uma campainha e receber dois estranhos às 4h10 da manhã.

Em cada casa havia portões que davam para o jardim dos fundos. Ele esperava não ter que dar busca em todas as cinco residências.

Com a Glock, munida do silenciador, o cano voltado para o chão, ele saiu de perto da árvore. Caminhando pela rua, seguiu o retorno, analisando cada propriedade, procurando por qualquer rastro deixado por eles.

Uma luz aprisionada escapou do céu e fez o asfalto cintilar.

Krait sempre quis ver alguém sendo atingido por um raio, bem na cabeça, com toda força. Se ele *fosse* capaz de controlar o tempo, faria uma série de incinerações espetaculares.

Certa vez ele eletrocutou um executivo que tomava banho de banheira, mas não era a mesma coisa. As órbitas do sujeito não tinham se derretido e o cabelo não pegou fogo nem nada.

O cintilar do relâmpago chamou a atenção de Krait para a tabuleta em que se lia À VENDA no jardim da frente de uma casa toscana que não era simples o bastante para seu gosto. A tabuleta não tinha sido colocada de modo adequado. Não estava bem direcionada para a rua e estava torta, um lado mais alto que outro.

As janelas do segundo andar estavam protegidas por cortinas, mas algumas das janelas do térreo estavam descobertas. Naqueles cômodos absolutamente escuros ele não viu nenhum rosto pálido lhe espiando.

Ao lado ficava uma casa contemporânea que lhe agradava. Ele até poderia passar um fim de semana ali quando os proprietários estivessem fora da cidade, para conhecê-los, saber sobre seus sonhos, suas esperanças e segredos. Supondo que fossem pessoas limpas.

No gramado havia uma bicicleta. Isso não era uma boa expectativa do que havia no interior. Se não tivessem ensinado a criança a cuidar de suas coisas, o mais provável era que os pais fossem uns relaxados.

Mesmo assim, Krait sentiu que pessoas que apreciavam arquitetura com linhas tão claras como as daquela casa não podiam ser desorganizadas com suas vidas privadas.

Todas as janelas nos dois andares estavam cobertas.

Ao lado da porta da frente havia um elegante vaso de calcário que devia ter abrigado algum tipo de árvore anã, talvez com flores sazonais na base. O vaso agora estava vazio.

Krait olhou para as janelas e para o vaso e depois direcionou o olhar para a bicicleta. Voltou o olhar para a tabuleta que anunciava À VENDA na frente da casa vizinha.

A chuva arruinara seu traje; mas o acalmara e lavara as teias de aranha em sua mente. Ele se sentia com uma disposição mental notável.

Com a mão esquerda, ele pegou a bicicleta pelo guidom e arrastou-a para o lado.

No gramado onde a bicicleta estava havia dois pequenos buracos. Quando ele se agachou para ver mais de perto, viu círculos de grama morta de uns 10 centímetros de diâmetro.

No centro de cada círculo havia um ponto mais escuro. Com os dedos, ele descobriu buracos na terra. Estavam tão separados quanto as hastes da tabuleta do aviso de venda do pátio vizinho.

Timothy Carrier sabia que se esta casa estivesse obviamente vazia, Krait iria até ela de imediato. Para um pedreiro, ele tinha instintos extraordinariamente afiados.

Quando Krait saiu do gramado, recuando para a calçada, pisou em algo que tentava rolar para baixo de seu sapato.

A luz recortada nos céus iluminou o filme enrugado de água que corria pela calçada, acariciando um objeto de metal brevemente prateado.

Quando ele se abaixou para pegá-lo, o relâmpago lhe mostrou um item idêntico próximo ao primeiro. Dois cartuchos de 9 milímetros.

Eis que lhe chegava um daqueles momentos a comprovar que ele estava à parte da humanidade e superior a ela. Era realmente um príncipe secreto, e o destino reconhecia sua realeza ao lhe entregar esses cartuchos não usados, prova de que sua vítima estava ali.

Ele supôs ser até possível que essas duas balas caídas poderiam ter sido aquelas que o teriam ferido ou até matado visto que Carrier gastara todo o resto da munição. O destino podia não só estar indicando o caminho para a conclusão bem-sucedida dessa missão, como também estar assegurando que, pelo menos essa noite, ele estava invulnerável e, possivelmente, a longo prazo, comprovaria ser imortal.

O relâmpago e o trovão pareciam homenageá-lo.

Ele guardou as balas num dos bolsos das calças.

Se tudo corresse tranquilamente e se ele tivesse tempo suficiente, iria fazer a mulher engolir as balas.

Não podia se arriscar a deixar Carrier vivo. O pedreiro era grande demais e inesperadamente perigoso.

Mas se tivesse sorte e conseguisse incapacitar Carrier com um tiro na coluna, adoraria forçá-lo a engolir algo também. Talvez um pedaço cortado da anatomia do pedreiro pudesse lhe ser servido com um garfo.

CAPÍTULO 28

DISPONDO DE POUCO TEMPO E SEM FERRAMENTAS SOFISticadas de arrombamento, Carrier e a mulher teriam ido para os fundos da casa e ficado fora de vista da rua, para quebrar uma vidraça ou o vidro de uma porta.

Lá dentro, podiam ter subido para o segundo andar, esperando se defender de Krait numa posição superior, no corredor de cima.

Ou podiam estar vigiando a janela ou a porta pela qual entraram, esperando para atirar em Krait quando ele seguisse seus passos. Como se ele fosse agir de modo tão óbvio.

Na porta lateral da garagem, Krait empregou sua querida ferramenta de abrir fechaduras.

Lá dentro, acendeu as luzes. A garagem podia abrigar três veículos, mas não havia nenhum presente.

Armários de ótima qualidade proviam um espaço organizado. Ele abriu algumas portas. Todas as prateleiras estavam vazias.

Prova suficiente. Ninguém morava ali.

A porta entre a garagem e a casa provavelmente dava para uma área de serviço. Seria improvável que Carrier e a mulher tivessem se abrigado ali.

Krait usou sua ferramenta para abrir portas. Os estalidos e cliques se confundiam em meio ao barulho do temporal. Ele guardou o instrumento em seu coldre.

O fio de luz da garagem revelou uma área de serviço tão generosamente proporcionada que incluía um centro de costura e um local próprio para embrulhar presentes, com rolos de vários papéis finos montados na parede.

A porta adiante estava fechada.

Ao entrar na área de serviço, ele descobriu um painel Creston de automação residencial embutido na parede. Como conveniente a uma propriedade desse calibre, a casa era computadorizada.

Ele tocou o painel e a tela se iluminou, lhe oferecendo uma seleção de sistemas de controle que incluíam SEGURANÇA, ILUMINAÇÃO, MÚSICA...

Ele pressionou o botão que dizia ILUMINAÇÃO e a tela relacionou cômodos internos e áreas externas. Ele podia controlar a iluminação de qualquer lugar da casa.

Entre as últimas opções havia TODO O INTERIOR ACESO e TODO O EXTERIOR ACESO. Suas vítimas esperariam que ele chegasse no escuro, portanto também teriam um plano para usar o escuro a favor deles. Como Krait tentava nunca fazer o que um adversário esperava, ele pressionou TODO O INTERIOR ACESO, iluminando todos os cômodos da residência.

A porta interna da área de serviço dava para o hall de serviço. Com a Glock nas duas mãos e os braços retos estendidos, ele seguiu pelo corredor.

Krait entrou numa sala de estar vazia onde uma imensa televisão com tela de plasma fora instalada numa parede inteira. O balcão de granito era lindo.

A vidraça de uma das portas francesas fora quebrada. Cacos de vidros se depositavam sobre o piso de calcário.

Como Krait, Carrier e a mulher estavam ensopados até os ossos, tinham deixado uma porção considerável de chuva sobre o pálido calcário, que escurecera ao absorver a água.

Tenso, movimentos impetuosos para a direita, alerta aos movimentos periféricos, Krait prosseguiu para a grande cozinha, que dava para a sala de estar. Mais calcário, mais água.

A sala de jantar também não tinha mobília, mas exibia um tapete branco de parede a parede. A sujeira no tapete chamou sua atenção.

Aparentemente, a dois passos da entrada da sala de jantar, o casal tinha esfregado os pés no tapete imaculado, deixando-o manchado. Ele se perguntou por que tinham sujado tão agressivamente uma lã tão excelente.

Ao cruzar uma arcada e prosseguir para o centro da sala também atapetada, ele se deu conta de que eles tinham limpado os sapatos para deixar menos rastro. A água por si só não era facilmente detectada no tapete branco texturizado e não alterava a cor das fibras. Ele já não podia identificar o caminho que eles tinham seguido.

À direita da sala, por outra arcada, estava o hall de entrada. Os quartos estavam mais adiante. As escadas levavam para o segundo andar.

À esquerda, na extremidade norte da sala, portas duplas levavam a outra sala.

Krait estava certo de que suas presas tinham subido. Mas, relutante em deixar um espaço inexplorado atrás dele, abriu uma das portas com cuidado. Entrou rápido e agachado, atrás da pistola, numa biblioteca que não continha livros nem intrusos.

Ele foi até o hall de entrada. Gotas de água brilharam no piso de madeira. Estavam muito espalhadas para indicar uma trilha óbvia.

Outra porta se abria para uma academia de ginástica, grande o suficiente para acomodar uma série de aparelhos de exercícios. Não havia nenhum aparelho, mas em três paredes inteiras tinham sido colocados espelhos do chão ao teto.

Superfícies espelhadas tão vastas fizeram Krait parar.

Por sua súbita reversão de todas as imagens, os espelhos pareciam janelas para um mundo em oposição a este, um mundo onde tudo parecia familiar, mas que na verdade era profundamente diferente.

Tudo que era considerado malévolo deste lado do espelho podia ser considerado benéfico do outro. As verdades aqui poderiam ser mentiras lá, e o futuro poderia preceder o passado.

Esse espelho panorâmico o deixou mais exaltado que qualquer outro que ele já vira, porque os reflexos cruzados revelavam não apenas um mundo estranho, mas muitos, cada um contido em todos os outros, cada um prometendo o poder absoluto que ele ansiava ter, mas não conseguia realmente conquistar do lado de cá do espelho.

Ele estava diante de numerosos Kraits, cada um com sua própria Glock e eles não se pareciam com reflexos, mas com réplicas, cada um tão consciente quanto ele mesmo, consciências separadas em outras dimensões. Ele se tornara um exército e sentiu o *poder* de ser muitos, a ferocidade do bando, a crueldade da ferroada do enxame. Seu coração se animou e sua mente ficou extasiada.

A súbita consciência de sua aparência o deprimiu. A chuva lavara toda a forma das roupas. Não dava para ver que eram trajes de qualidade. O cabelo estava grudado na cabeça.

Ele podia ser confundido com um mendigo, à deriva e sem um tostão. Ficou mortificado com a própria aparência.

Essa mortificação fez sua memória retornar ao constrangimento no hotel, quando Carrier lhe passara a perna com sua esperteza, mudando de quarto.

Todos os Kraits em cada mundo dentro dos espelhos falaram como um só, mas podiam ser ouvidos somente em seus domínios separados. A única voz de um único Krait pronunciou alto as palavras que os outros silenciosamente emitiram:

— Ele fez isso de novo.

Krait saiu da academia para o hall de entrada.

Não foi até as escadas. Não ligou para ela. O empilhador de tijolos e a cadela não estavam no segundo andar, prontos para defender a escadaria de uma posição superior. Nunca haviam estado.

Tinham saído quando as luzes se acenderam.

A porta da frente estava destrancada. O que não era nenhuma surpresa, pois eles não tinham uma chave para fechá-la pelo lado de fora.

Ele abriu a porta e a chuva soprou para dentro.

Deixando a casa aberta atrás de si, foi para a rua.

O Explorer não estava mais lá.

O vento levava a chuva mais velozmente do que antes e ela batia em seu rosto.

Embora o céu tivesse se aquietado, uma espada de luz rasgou a noite e Krait se encolheu, com medo de ser atingido.

Olhou para a bicicleta. A tabuleta à VENDA.

Tirou do bolso das calças os dois cartuchos de 9 mm. Esse detalhe tinha sido conveniente demais. As balas não tinham caído, haviam sido *deixadas* na calçada.

Guardou-as novamente no bolso. Tinha uma utilidade para elas.

Ele foi para o centro do retorno. O Chevrolet azul-escuro esperava onde ele o estacionara. Após circundar o veículo e encontrar os pneus intactos, ele se sentou no assento do motorista e deixou a chuva lá fora.

Com o primeiro giro da chave, o motor ligou. Ele não esperava que isso acontecesse. O painel acendeu, mas não como deveria. Carrier tinha atirado no monitor do mapa eletrônico.

Krait podia enviar uma mensagem codificada explicando a situação e sua equipe de apoio tecnológico rastrearia o Explorer para ele, lhe permitindo uma perseguição um pouco retardada.

Mas seria esforço desperdiçado. Carrier tinha usado a caminhonete só para sair do bairro. Ele a abandonaria em poucos minutos e a trocaria por qualquer veículo que conseguisse achar.

Isso não significava que Krait fracassara em sua missão. Estava apenas começando.

Um homem inferior podia ter ficado decepcionado, se entregando à ira, ao desespero ou medo. Krait não se permitia nada daquilo.

Ele já tinha superado a pontada de mortificação que sentira ao se dar conta do que acontecera. De toda maneira, *mortificação* não era a palavra certa. Ele não sentira nada pior que contrariedade.

Ele deu a volta e saiu do beco.

Na verdade, *contrariedade* era forte demais para descrever o que sentira quando estava na academia espelhada. *Frustração* era mais precisa. Ficara frustrado ao pensar que fora enganado pelos dois cartuchos no chão.

Uma pessoa psicologicamente madura tenta ver o lado positivo de todas as coisas, pois nenhuma experiência é inteiramente negativa.

Esses eventos recentes tinham lhe dado tempo para refletir sobre as lições das últimas nove horas. Reflexão era uma coisa positiva.

Virando à direita no cruzamento em T, agora descendo em direção aos morros mais baixos e à costa, ele decidiu que *frustração* também não era a palavra de que necessitava.

Ele fora desapontado. Era essa a palavra. Não fora desapontado por ele próprio tanto quanto pelo universo que ainda, de tempos em tempos, parecia orquestrar suas energias para frustrá-lo.

Ele precisava de um lugar onde pudesse relaxar, ficar à vontade para poder se envolver numa reflexão construtiva. Tabernas, lanchonetes e cafés nunca o atraíram.

Ele era um homem caseiro e praticamente qualquer casa servia, contanto que satisfizesse seus padrões de limpeza.

CAPÍTULO 29

DEPOIS DE FALAR COM TIM PELO TELEFONE À 0H30, informando sobre a ligação de Hitch Lombard, Pete Santo tirou uma soneca de duas horas antes de continuar sua busca on-line por uma pista que indicasse a verdadeira identidade do pistoleiro.

A tímida Zoey se recusava a pular na cama e dormir aos pés dele. Ficou enroscada em sua caminha no canto.

Sua recusa em ficar com ele era uma previsão confiável de que Pete teria sonhos ruins. Talvez a possibilidade de entrar num estado onírico fosse precedida por uma mudança sutil na química do corpo, que um cachorro, com seu olfato milhares de vezes mais poderoso que o do ser humano, conseguia detectar. Ou talvez ela fosse médium.

Meio reclinado numa pilha de travesseiros de penas, Pete a chamou:

— Venha, venha.

Ela levantou a cabeça. Seus comoventes olhos castanhos o encararam com um toque de descrença. Ou pena.

— Nada de pesadelos. Prometo. Seu pai já mentiu para você? Só vou tirar uma soneca.

Zoey abaixou a cabeça, repousando o queixo entre as patas dianteiras, os lábios superiores pendentes sobre as patas, e fechou os olhos.

— Meus pés estão especialmente cheirosos hoje — disse ele. — Aposto que gostaria de dormir com seu focinho pertinho deles.

Ela ergueu uma das sobrancelhas sem abrir os olhos. Lambeu os beiços. Bocejou. Suspirou. Convite recusado.

Acostumado à rejeição, Pete correspondeu ao suspiro e apagou a luz.

Adormeceu imediatamente. Era sempre assim. Pegar no sono nunca era problema. Continuar dormindo, sim.

É claro que sonhou. Os cães sabem.

Pássaros morriam durante o voo e caíam. Cabeças cortadas de bebês cantavam uma doce e melancólica canção, enquanto uma mulher arrancava seus cabelos pelas raízes usando-os como oferta, pois nada mais tinha para dar.

Ele acordou às 2h48, ansiando por luz, e acendeu a luminária.

De sua cama, Zoey olhava para ele com uma expressão triste.

Tomou um banho rápido, vestiu-se e fez um bule de café bem forte.

Às 3h22 já se acomodara na escrivaninha do gabinete e navegava pela internet, bebendo a mistura negra como tinta e comendo os brownies de nozes de sua mãe.

Sua mãe era uma péssima cozinheira, e uma confeiteira pior ainda. Os brownies nem estavam tão ruins, mas estavam tão duros que podiam quebrar um dente.

Mesmo assim ele comeu. Orgulhosa de sua imaginária magia culinária, ela lhe dera um pote enorme cheio de brownies. Ele não podia jogar fora, ela era sua mãe.

Tendo passado o temor dos sonhos, Zoey se meteu embaixo da escrivaninha e se aninhou aos pés dele. Não pediu nem um brownie. Sábia cachorra.

Era óbvio que a ligação de Hitch Lombard tinha sido motivada pela tentativa de Pete de correlacionar as diversas identidades de Kravet aos nomes de policiais em vários bancos de dados das forças policiais locais, estaduais e nacionais. Dessa vez ele ficaria longe desses recursos de acesso autorizado, nos quais evidentemente aqueles nomes desencadeavam alertas de segurança que rotulavam o investigador como potencial encrenqueiro.

Pesquisar cada um dos nomes no Google e analisar as informações obtidas prometia ser tarefa árdua. Muita gente se chamava Robert Krane, por exemplo.

Ele precisava ligar cada nome a algumas palavras de busca. Supondo que a identidade Krane e a maioria das outras tivessem o suporte de uma habilitação e um endereço da Califórnia, mesmo que falsos, Pete acrescentou *Califórnia.*

Tim fora mesquinho com as informações, como se entregar quaisquer fatos sobre a mulher fosse colocá-la numa encrenca ainda maior do que ela já estava. *Papagaio, caneca, creme, torta:* não eram palavras úteis para uma busca on-line.

Independentemente de quem o homem de muitos nomes pudesse ser, a lógica sugeria que ele estava envolvido com alguma força policial, em um ou outro lado da lei. Consequentemente, Pete acrescentou *polícia* à lista e recomeçou sua busca.

Alguns nomes mais tarde, às 4h07 da manhã, ele encontrou uma ligação com os brutais assassinatos do caso Cream & Sugar. Por 48 horas a polícia relacionou um Roy Kutter, de São Francisco, como pessoa de interesse, que se tornara o modo politicamente correto de dizer "suspeito".

O portfólio de identidades do homem sorridente incluía Roy Lee Kutter.

Ao analisar todas as matérias de jornais que conseguiu encontrar sobre a investigação Cream & Sugar, sua intuição detetivesca fez soar alguns alarmes. Ele não precisava do faro superior de um cachorro para saber que tinha algo estranho naquele caso.

Seu instinto de cão de caça o chamou e ele foi alegremente à luta, considerando cada reportagem como uma foto de uma série, lentamente descrevendo um quadro maior do caso.

Às 4h38, o serviço a cabo caiu e ele perdeu a conexão com a internet.

A empresa provedora era muito eficiente, e a interrupção do serviço geralmente era breve.

Enquanto esperava a conexão ser restabelecida, foi ao banheiro.

Na cozinha, esquentou o café.

Dando as costas para a máquina, com uma caneca cheia na mão, ele percebeu que Zoey o seguira.

Seu olhar intenso, cabeça erguida e expressão ansiosa sugeriam que podia estar com necessidade de ir ao quintal dos fundos. Mas seu rabo não estava balançando, e um leve balançar sempre fora seu código *preciso-fazer-pipi*.

Ele largou a caneca e pegou uma toalha de praia na área de serviço. Quando a cachorra voltasse da chuva, Pete teria que secá-la.

Abrindo a porta, ele disse:

— Pronto. Tá a fim de matar um pouco de grama, garota?

Ela se aproximou da porta e parou no umbral, olhando para o quintal.

— Zoey?

As orelhas dela se ergueram. As narinas pretas se abriram e palpitaram, testando o ar.

Os trovões e relâmpagos tinham parado. De qualquer jeito, os temporais nunca a assustaram. Como a maioria dos retrievers, ela adorava a chuva... mas não nessa ocasião.

— Há um coiote lá fora? — perguntou ele.

Ela recuou da porta aberta.

— Um quati? — sugeriu.

Zoey saiu da cozinha.

Ele acendeu a luz externa e foi até a varanda. Não viu nada de incomum e só ouviu a chuva.

Quando ele foi procurar por Zoey, encontrou-a na sala, junto à porta de entrada.

Ele abriu a porta e novamente ela olhou para a noite lá fora. Não cruzou o umbral.

Ela fez um ruído baixo. Podia quase ser confundido com um rosnado. Zoey nunca rosnava.

O telefone tocou às 4h46 da manhã.

Orelhas de pé, cabeça erguida, rabo entre as patas, Zoey se precipitou para o escritório e ele a seguiu.

O telefone tocou de novo.

Ele ficou olhando. O bina mostrava "número não identificado".

Na quarta vez que o telefone tocou, foi ao quarto. Sua bandoleira Galco Jackass e a pistola de serviço estavam numa prateleira dentro do armário. Junto tinha uma bolsa de munição com dois pentes sobressalentes.

Enquanto vestia a bandoleira, o telefone parou de tocar.

Novamente no escritório, ele se sentou à escrivaninha.

Zoey não quis voltar para baixo da escrivaninha, onde antes estivera tão aconchegada. Ficou ao lado dele, alerta, olhando para o seu dono. Parecia estar prevendo um pesadelo.

O serviço de banda larga não tinha retornado.

Pete desligou o computador. Sentou-se por um momento, pensando no caso Cream & Sugar.

O telefone tocou.

Sua carteira e seu distintivo estavam sobre a escrivaninha. Ele os colocou nos bolsos de trás.

Pegou um casaco de náilon forrado com capuz no armário do escritório e o vestiu.

Zoey o seguiu até a cozinha, onde ele pegou as chaves no porta-chaves.

O telefone parou de tocar.

Na garagem, disse:

— Preparar. — E imediatamente a cachorra se aproximou para receber a coleira, na qual ele colocou a guia.

Ele abriu a porta de trás do Mercury Mountaineer e ela saltou para o bagageiro.

Ele trancou a porta entre a garagem e a casa, como fizera com as portas da frente e dos fundos. Intencionalmente deixara as luzes acesas.

Uma ação após outra, ele andava mais rápido, com mais economia. Já estava a caminho agora. Talvez conseguisse ser rápido o bastante.

CAPÍTULO 30

MOVENDO-SE COM LENTIDÃO RUMO AO SUL NA AUTO-estrada costeira, o velho ônibus municipal perfumava a noite chuvosa com uma flatulência de agrocombustível. Podia estar andando com uma mistura de etanol, óleo de amendoim, óleo de cozinha reprocessado dos restaurantes fast-food ou algum extrato de soja gigante modificada biologicamente.

Tim ultrapassou o ônibus, correu cinco quadras, estacionou num restaurante e abandonou o Explorer, talvez para sempre.

Ele passara por três pontos de ônibus. Ele e Linda correram duas longas quadras para o norte, voltando ao ponto mais próximo, onde esperaram pelo seu novo meio de transporte aromático.

O vento soprou a chuva para baixo do abrigo, arremessando-a no rosto deles.

O tráfego aumentara naquela hora antes do amanhecer. O ruído sibilante dos pneus sobre o pavimento represado pelo temporal lembrava o som de gelo, reminiscente de trenós cortando a crosta de neve.

Embarcaram no ônibus, certificando-se de que ele iria pelo menos até Dana Point e foram pingando pelo corredor enquanto o motorista voltava à autoestrada.

Esse era um dos primeiros ônibus do dia e levava poucos passageiros. A maioria era de mulheres a caminho de suas árduas jornadas de trabalho, que começavam cedo.

Todos estavam secos a bordo. Tinham guarda-chuvas. Alguns encaravam Tim e Linda com solidariedade. Outros não conseguiam reprimir risinhos presunçosos.

Ela o levou até os assentos de trás, a certa distância do passageiro mais próximo, onde não podiam ser ouvidos.

— Então, o que foi aquilo?

— O que foi o quê?

— Não podíamos parar mais perto de um ponto de ônibus?

— Não.

— Por que você não quer que ele saiba que pegamos um ônibus?

— Não quero que ele se dê conta disso imediatamente. Ele vai acabar chegando a essa conclusão logo.

A amiga de Linda, Teresa, que estava passando uns dias em Nova York com umas amigas, morava em Dana Point. Eles planejavam ficar na casa dela.

— Você acha mesmo que eles iriam rastrear o ônibus, interrogar o motorista?

— Acho que sim.

— Ele não se lembraria de nós — disse ela.

— Olhe só para gente. Dois gatos ensopados.

— Bem, está chovendo.

— Ele se lembraria.

— Quando saltarmos, vamos caminhar algumas quadras até a casa dela. Eles não vão ter a menor ideia de para onde fomos, só que é algum lugar em Dana Point.

— Talvez os nerds tenham acesso instantâneo aos computadores da empresa telefônica. Quando foi que você ligou para Teresa pela última vez?

Ela franziu o cenho.

— Ah, eles podem conseguir qualquer número para o qual eu normalmente ligo em Dana Point.

— É.

— E com os números podem rastrear os endereços.

— Isso. E da próxima vez que ele se aproximar da gente, não vai ser tão fácil lhe passar a perna.

— Nenhuma das vezes me pareceu fácil.

— E não foi. Então é melhor não deixar que ele se aproxime até estarmos prontos.

— Nós vamos estar prontos?

— Não sei.

— Não sei como é que se fica pronto para alguém como ele.

Tim não retrucou.

Por algum tempo eles ficaram em silêncio.

— Não paro de pensar... o que foi que eu fiz? Não fiz nada — disse ela.

— Isso não se trata de algo que você fez.

— Não pode ser.

— Trata-se de algo que você sabe — disse ele.

Aqueles olhos verdes começaram a trabalhar de novo, tentando abri-lo como se ele fosse uma lata fechada a vácuo.

— Você sabe de algo que poderia prejudicar seriamente alguém importante.

— Há anos que não faço nada além de escrever romances que olham para meu próprio umbigo. Não sei de nada sobre ninguém.

— É algo que você não sabe que sabe.

— Pode ter certeza disso.

— Alguma coisa que você ouviu, ou algo que você viu. Na época pareceu não ser nada.

— Quando?

Ele deu de ombros.

— Semana passada. Um ano atrás. Qualquer hora.

— É muito chão para se andar de volta.

— Não adiantaria nada percorrê-lo. Se não pareceu nada grande na época, não vai parecer agora.

— Querem me matar por algo tão insignificante que nem consigo me lembrar?

— Não é insignificante. É algo grande. Importante para eles, comum para você. Tenho quase certeza de que deve ser algo assim. Tenho pensado muito a respeito desde que ele apareceu no hotel.

— Você tem pensado muito a respeito desde que eu abri a porta e o vi pela primeira vez — retrucou ela.

— Você disse que uma cabeça do tamanho da minha tinha que ter alguns miolos. Está com frio?

— Um pouquinho. Mas não porque estou molhada. O nó está ficando apertado, não é?

— Bem — disse ele —, não importa o quanto um nó fique apertado, sempre dá para cortar a corda.

— Se for algo grande o bastante, pode não haver saída.

— Sempre há uma saída — disse ele. — Só que há várias nas quais não se quer pensar.

Uma risadinha silenciosa escapou dela.

Mais uma vez eles preferiram ficar em silêncio por algum tempo.

Tim sentava com os punhos fechados sobre as coxas e depois de 2 ou 3 quilômetros, ela pôs a mão esquerda sobre a direita dele.

Ele abriu a mão, virando-a com a palma aberta e envolveu a dela.

O ônibus parava de tempos em tempos e mais gente entrava e saía. Nenhum dos novos passageiros parecia ter intenção de matar.

CAPÍTULO 31

PETE SANTO SE ABAIXOU ATRÁS DO VOLANTE DA MERCURY Mountaineer, a uma quadra de sua casa.

Quando desligou os faróis e o motor, Zoey saiu do bagageiro e se acomodou no assento do passageiro.

Juntos, ficaram observando a rua e esperaram. De vez em quando ele lhe acariciava o pescoço e a parte de trás das orelhas.

O poste de luz mais próximo não ficava tão perto a ponto de iluminar a caminhonete. Os galhos espalhados do pinheiro sob o qual a estacionara a manteriam na sombra até os primeiros minutos depois do sol nascer.

Há apenas uma hora ele nunca imaginaria que algum dia estaria vigiando a própria casa. Essa é uma ótima época para se viver se a sua carne for feita de paranoia e o pão, de violência.

Pete esperava os visitantes bem antes do amanhecer. Na verdade, eles chegaram dez minutos depois de ele ter se instalado sob o pinheiro.

O Suburban parou diante de sua casa, ao lado de um poste, na direção oposta dos outros veículos estacionados deste lado da rua. Evidentemente, os visitantes não viam necessidade de discrição.

Três homens saíram de dentro do Suburban. Mesmo vistos a distância, de capa e guarda-chuva, eles faziam o tipo.

À medida que foram se aproximando da casa, Pete os perdeu de vista. De onde estava, não conseguia ver a casa, apenas a rua em frente.

Ele supôs que um dos três tentaria a porta dos fundos.

Qualquer identidade oficial que tivessem sobrepujaria seu distintivo do departamento de polícia. Talvez FBI ou Agência Nacional de Segurança. Talvez Serviço Secreto ou Segurança do Território.

Ele ouvia mentalmente, conseguia escutar a campainha da sua porta tocando.

O mais provável é que os distintivos e as fotos das identidades não fossem mais legítimos que as muitas habilitações de Kravet.

Se Pete não tivesse escapado com Zoey, teria tido que encarar aqueles homens como se eles fossem quem afirmassem ser. Porque talvez fossem mesmo.

Sendo ou não genuínos, vinham com uma mensagem: deixe o cara sorridente com várias identidades em paz; esqueça os assassinos do Cream & Sugar.

Eles diriam que ele estava interferindo numa importante investigação criminal federal muito delicada. Ou que aquilo era uma questão de segurança nacional. Em qualquer um dos casos, a investigação não estaria sob a jurisdição de um policial local.

Se Pete tivesse ficado em casa, essa delegação teria comprometido seriamente sua capacidade de ajudar Tim e Linda.

Agora deviam estar tocando na campainha de novo e discutindo o que fazer em seguida.

Zoey começou a ofegar levemente, mostrando ansiedade.

— Boa menina — disse ele. — Doçura de menina.

Ele duvidou que tocassem a campainha uma terceira vez.

Passou-se um minuto. Dois. Três.

Aqueles não eram o tipo de caras que sentariam nas cadeiras de balanço da varanda e discutiriam sobre beisebol e sobre o tempo enquanto esperavam Pete voltar.

Tinham entrado na casa. Quem quer que declarassem ser, estavam mentindo. Eram renegados.

Talvez confiscassem o disco rígido do computador para ver o que mais ele estivera fazendo antes que sua busca pelas identidades de Kravet fosse captada.

Podiam esconder drogas onde ele não as encontrasse. Então, se precisassem controlá-lo posteriormente, dariam uma busca e confiscariam quantidades de cocaína que o qualificariam como traficante.

— Doçura de menina, doçura.

Ele deu partida no motor da Mountaineer, fez uma curva e acendeu os faróis enquanto avançava.

Como se fosse óleo numa frigideira, a chuva chiava no pavimento.

Duas quadras depois, seu celular tocou.

A prudência lhe dizia para ignorá-lo. Ele o abriu porque Tim podia estar tentando encontrá-lo.

Ele viu que era Hitch Lombard. Dessa vez o chefe dos detetives não perguntaria sobre a saúde de Pete.

Ele fechou o telefone, sem atender a ligação.

Zoey parou de ofegar. Olhava para fora, pela janela do passageiro. Ela gostava de passear de carro.

Em seu caso, a noite tinha dado uma súbita guinada para melhor.

Além do computador, talvez os intrusos levassem os brownies de sua mãe também, sem provar um primeiro. Mesmo numa época como a nossa, Pete acreditava que a justiça se fazia de um jeito ou outro.

CAPÍTULO 32

KRAIT RODAVA EM BUSCA DE UMA CASA. ELE NÃO EXIGIA luxo nem o benefício de uma vista. Um simples domicílio o satisfaria.

Algumas pessoas trabalhavam em Los Angeles, mas preferiam morar no agradável Orange County. Em algumas profissões, o trabalho começava cedo, e aqueles que enfrentavam uma longa jornada saíam às 5h.

Circulando por uma charmosa rua, ele localizou um jovem casal elegantemente vestido sob vastos guarda-chuvas. Saíam de uma pequena, mas bela casa rumo a um Lexus estacionado na entrada da garagem. Os dois carregavam pastas. Pareciam decididos a não permitir que o tempo inclemente diluísse seu entusiasmo pelas aventuras do seu dia de negócios.

Ele os imaginou como agressivos alpinistas corporativos que sonhavam com um escritório luxuoso e oportunidades no mercado de ações. Embora não aprovasse o materialismo deles nem as prioridades equivocadas, lhes daria a graça de visitar sua casa.

Ele os seguiu por algumas quadras. Ao comprovar que rumavam para a autoestrada, retornou à casa e estacionou na frente.

Nos últimos momentos noturnos de escuridão, eles não tinham deixados as luzes acesas. Eram jovens demais para ter filhos adolescentes e, mesmo sendo executivos gananciosos, provavelmente não deixariam crianças pequenas sozinhas em casa a essa hora. Eles pareciam não ter filhos e *isso* Krait aprovava.

Foi direto para a porta da frente e providenciou a própria entrada. Após ficar no vestíbulo escuro por um minuto, escutando uma imobilidade aliviada apenas pelo ruído constante da chuva no telhado, comprovou estar sozinho na casa.

Mesmo assim, ao acender as luzes, investigou cada cômodo. Realmente não tinham filhos. E a cama no quarto de hóspedes não estava nem forrada com lençóis; não havia ninguém com eles.

Krait se despiu e colocou as roupas arruinadas num saco de lixo que encontrou no armário do banheiro principal. Tomou um banho, o mais quente que podia suportar, e, embora não tenha considerado o sabonete satisfatório, sentiu-se fresco.

Não precisava se barbear. Tinha feito uma eletrólise para remover a barba permanentemente. Nada fazia um homem parecer mais desarrumado e sujo do que a barba por fazer.

Ele escolheu um roupão masculino de cashmere no armário do quarto principal. Caiu-lhe bem.

A casa cheirava a aromatizante de limão, mas eles não encobriam nenhum mau odor que ele pudesse detectar. Tudo parecia arrumado, até mesmo caprichado, e limpo o bastante.

Descalço e composto, ele levou o saco plástico com as roupas, a pistola Glock e sua ferramenta, além de outros itens pessoais, para a cozinha. Exceto pelo celular e a Glock, pôs tudo numa mesa de canto.

Largou a pistola em uma das cadeiras para tê-la à mão.

Sentado à mesa, enviou uma mensagem codificada solicitando uma muda completa de roupas, inclusive sapatos. Eles conheciam todos os seus tamanhos e preferências.

Não pediu outro sedã com um novo mapa eletrônico. A par do risco de rastreamento por satélite, Carrier não se deixaria ser perseguido novamente.

Krait pediu que lhe informassem a localização do Explorer depois de ele ter ficado parado por mais de cinco minutos.

Depois de reunir uma pilha de correspondências fechadas da mesa do canto, ele voltou à mesa de café, onde examinou o conteúdo de cada envelope, buscando informações sobre seus anfitriões.

Tratava-se de Bethany e James Valdorado. Aparentemente, trabalhavam numa firma de investimentos bancários, a Leeward Capital. Arrendaram o Lexus, tinham extratos bancários sólidos e assinavam a revista *O*.

Tinham recebido um cartão-postal de um casal de amigos — Judi e Frankie — que, no momento, passeavam na França. Krait não aprovou uma observação culturalmente insensível no cartão, mas Judi e Frankie, por enquanto, estavam fora de alcance.

Enquanto acabava de ver a correspondência teve um grande desejo de tomar uma caneca de chocolate quente. Encontrou todos os ingredientes, inclusive uma lata de chocolate em pó amargo de boa qualidade.

Isso seria adorável. Sentia-se bem calmo agora. Necessitava dessa pausa, de um tempinho para refletir.

Bethany e Jim tinham uma torradeira de quatro fendas largas, na qual dava para fazer muffins e waffles. Mas o pão fresco de canela e passas era irresistível.

Ele tirou a manteiga da geladeira, deixando-a no balcão para amolecer.

Enquanto o aroma delicioso da torrada de canela e passas tomava conta da cozinha, ele colocou uma panela no fogão e despejou leite fresco, acendendo o fogo.

Lar. Num mundo que oferecia aventuras e sensações ilimitadas, ainda não havia um lugar como o lar.

Com o coração contente pela sensação de vida doméstica, ele começou a entoar uma canção alegre quando, atrás dele, uma mulher disse:

— Ah, desculpe, eu não sabia que eles tinham um hóspede.

Sorrindo, mas já sem cantarolar, Krait se virou.

A intrusa, uma mulher bonita de uns 60 e poucos anos, tinha o cabelo tão macio e branco como asas de pombos. Seus olhos eram azul-genciana.

Ela usava calças pretas e uma blusa de seda azul que combinava com os olhos. As calças feitas sob medida não exibiam nenhum fiapo e tinham vincos meticulosamente feitos a ferro. A blusa estava enfiada para dentro das calças.

Provavelmente deixara o guarda-chuva e a capa na varanda antes de usar sua chave para entrar.

Seu sorriso era mais incerto que o de Krait, mas não menos cativante.

— Sou Cynthia Norwood.

— Mãe de Bethany! — declarou Krait e viu que sua suposição fora certa. — Que prazer em conhecê-la. Já ouvi falar tanto na senhora. Eu sou Romulus Kudlow e estou constrangido. Aí está a senhora, como se tivesse acabado de sair de uma revista de moda e eu aqui completamente — ele apontou para o roupão — descomposto! A senhora deve estar pensando: *Que tipo de animal Bethany e Jim deixaram dormir sob seu teto!*

— Ah, não, de jeito nenhum — apressou-se ela a garantir. — Sou eu quem deveria me desculpar, entrando assim tão de repente.

— A senhora é incapaz de incomodar, tem os passos tão leves como os de uma bailarina.

— Eu sabia que eles tinham saído para o trabalho, achei que tivessem esquecido as luzes acesas.

— Aposto que não teria sido a primeira vez.

— Ah, a centésima — disse ela. — Imagine o que não seria a conta de luz deles se eu não morasse do outro lado da rua.

— A vida profissional deles é muito agitada — disse ele. — Eles têm tanta coisa na cabeça. Nem sei como conseguem dar conta.

— Me preocupo com eles. Trabalham demais.

— Mas eles gostam, a senhora sabe. Adoram o desafio.

— Bem, parece que sim — concordou ela.

— E é uma benção fazer o que se gosta. Tantas pessoas passam a vida em empregos que detestam e isso deve ser horrível.

A torrada saltou.

— Não tinha intenção de interromper seu desjejum — disse ela.

— Minha querida — disse ele. — Não tenho certeza se torrada de canela e passas e uma xícara de chocolate quente possam ser considerados desjejum. Qualquer nutricionista reprovaria, dizendo que se trata de pura entrega ao prazer. A senhora me acompanha?

— Ah, não posso.

— Nem sequer amanheceu — disse ele. — A senhora não deve ter comido ainda.

— Não, ainda não, mas...

— *Não* posso perder a oportunidade de saber de todas as traquinagens que Bethany aprontou quando ela era pequena. Ela e

Jim sabem de tantas histórias minhas, eu preciso de informações para revidar.

— Bem, chocolate quente parece uma ótima opção num dia de chuva, mas...

— Por favor, faça-me companhia. — Ele apontou para uma cadeira. — Sente-se. Vamos conversar um pouco.

Convencida, ela disse:

— Enquanto o senhor faz o chocolate, eu passo manteiga na torrada.

Se ela desse a volta, veria a pistola na cadeira.

— Não, por favor. Sente-se, sente-se — insistiu ele. — Apareci ontem à noite, tendo avisado pouquíssimo tempo antes, mas eles foram muito gentis. Eles são sempre gentis. Agora eu não poderia permitir que a mãe de Bethany preparasse o meu desjejum. Sente, sente. Eu insisto.

Acomodando-se na cadeira que ele indicara, ela disse:

— Adorei o fato de você chamá-la de Bethany. Ela não deixa que ninguém use seu nome completo.

— E é um nome lindo — disse ele, pegando o jogo americano e guardanapos de uma gaveta.

— É lindo. Malcolm e eu passamos tanto tempo para escolher esse nome. Acho que rejeitamos uns mil.

— Direi a ela que *Bety* é muito comum — disse Krait enquanto procurava pratos e canecas.

— Ela acha que *Bety* soa muito mais como uma executiva séria.

— E direi a ela que *Bety* rima com *chiclete*.

Cynthia riu.

— Você é tão engraçado, Sr. Kudlow.

— Me chame de Romulus ou Rommy. Só minha mãe me chama de Sr. Kudlow.

Rindo de novo, ela disse:

— Fico tão feliz de você estar aqui. Minhas crianças precisam se divertir de vez em quando.

— Jim era bem engraçado.

— E adoro que você o chame de Jim.

— Ele pode deixar o pretensioso *James* para o pessoal do banco — disse Krait. — Eu o conheci quando ele era simplesmente Jim e será sempre Jim para mim.

— Fazemos o melhor na vida — disse ela — quando nos lembramos de nossas raízes e mantemos as coisas simples.

— Não tenho ideia das minhas raízes — disse Krait —, mas a senhora está certa sobre a simplicidade. Adoro a simplicidade. E sabe o que mais? Adoro esta casa. Sinto-me inteiramente à vontade aqui.

— Isso é muito gentil — disse ela.

— O lar é uma coisa muito importante para mim, Sra. Norwood.

— Onde é a sua casa, Rommy?

— Casa — disse Krait — é o lugar onde, quando aparecemos, temos que ser recebidos.

CAPÍTULO 33

PELAS JANELAS DO ÔNIBUS RISCADAS PELA CHUVA, O MUN-
do parecia estar se derretendo. Era como se todas as obras da
humanidade e da natureza fossem escorrer por um buraco na base
do universo, deixando apenas um eterno vácuo, e o ônibus iria
seguir viagem por ele até se liquefazer também, levando consigo
a luz, deixando-os à deriva na mais perfeita escuridão.

Segurando a mão de Tim, Linda sentiu-se ligada a algo que
não iria se derreter.

Fazia muito tempo que ela não sentia a necessidade de ter
alguém ao seu lado. Não ousara.

Nem houvera, durante um tempo ainda mais longo, alguém
que lhe oferecesse a mão com tanta convicção, com tamanho empenho. Em menos de dez horas, ela passara a confiar nele como
não confiava em ninguém desde sua infância.

Pouco sabia sobre Tim mas, mesmo assim, sentia que o conhecia melhor do que a qualquer pessoa em sua vida. Entendia sua essência, a forma do espírito que habitava seu coração, a força desse coração que era a bússola de sua mente.

Ao mesmo tempo, ele permanecia um mistério para ela. E embora quisesse saber tudo sobre ele, uma parte dela sabia que, independentemente do rumo que aquele relacionamento tomasse, algum mistério iria permanecer ali.

Certamente devia haver em sua essência algum elemento de magia e transcendência para fazer tudo o que ele estava fazendo por ela. Descobrir que seu Merlin não era um mago, e sim um professor que lhe servira de mentor no sétimo ano, ou que sua coragem não vinha da manada de leões por quem fora criado, e sim da leitura de revistas em quadrinhos sobre super-heróis quando menino, traduziria a bondade como algo tão banal quanto a maldade.

Seu desejo de que o mistério perdurasse a surpreendeu. Ela achava que a romântica que existia nela tinha sido arrancada pela raiz há pelo menos uns 16 anos.

Quando o ônibus se aproximou dos arredores de Dana Point, Tim perguntou:

— Quem é Molly?

A pergunta a espantou e ela olhou para ele atônita.

— No hotel — disse ele. — Você falou dormindo.

— Nunca falo dormindo.

— Nunca dorme sozinha?

— Sempre durmo sozinha.

— Então como pode saber?

— Que foi que eu disse?

— Apenas um nome. Molly. E *não*. Você disse *Não, não*.

— Ela era uma cachorra. Minha cachorra. Linda. Tão doce.

— E algo aconteceu.

— É.

— Quando foi isso?

— Nós a pegamos quando eu tinha 6 anos. Ela foi mandada embora quando eu tinha 11. Isso foi há 18 anos, mas ainda dói.

— Por que ela foi mandada embora?

— Não podíamos mais ficar com ela. Angelina não gostava de cachorros e dizia que não tinha dinheiro para comprar ração e pagar um veterinário.

— Quem é Angelina?

Linda olhou para o mundo se dissolvendo lá fora.

— De certo modo, essa é a pior parte de tudo. Molly era apenas uma cachorra, não entendia. Ela me adorava e eu a estava mandando embora, e não podia explicar porque ela era apenas uma cachorra.

Tim esperou. Entre todas as coisas que ele sabia, também sabia o momento certo de falar, o que era uma graça rara.

— Não conseguimos ninguém para ficar com Molly. Ela era linda, mas ninguém queria ficar com ela porque não era uma cachorra qualquer, era a *nossa* cachorra.

Pesar não é um corvo persistente que pousa nos umbrais. O pesar possui dentes e à medida que o tempo passa, retorna ao sussurro de seu nome.

— Ainda consigo ver os olhos de Molly exatamente como eles estavam quando eu a mandei embora. Confusos. Com medo. Suplicantes. Como ninguém a queria, ela teve que ir para o canil público.

— Alguém a adotou lá — disse ele.

— Não sei. Nunca mais tive notícias.

— Alguém a adotou.

— Quantas vezes eu a imaginava deitada na jaula de um canil cheio de cachorros tristes e ansiosos, imaginando o motivo para eu ter me desfeito dela, imaginando o que devia ter feito para perder o meu amor.

Linda desviou o olhar da janela e encarou sua mão na mão dele.

Aquilo parecia ser uma fraqueza, essa necessidade de se agarrar nele, e ela nunca fora fraca. Ela preferia morrer a ser considerada medrosa num mundo onde muitas vezes os fracos eram atacados só por esporte.

Mas, estranhamente, a sensação não era de fraqueza. Por algum motivo, era de desafio.

— Como Molly deve ter se sentido sozinha — disse ela. — E se eles não conseguiram ninguém que a adotasse... será que ela pensou em mim quando foi sacrificada?

— Não, Linda. Não. Isso não aconteceu.

— Provavelmente aconteceu.

— E se aconteceu — disse ele —, ela não sabia o que aquilo significava, não sabia o que viria depois.

— Ela saberia. Os cachorros sabem. Não vou me iludir sobre isso. Só deixaria as coisas piores.

O ar dos freios exalou e o ônibus começou a andar mais devagar.

— De todas as coisas que aconteceram naquela época, de certa forma, essa foi a pior. Porque ninguém mais esperava que eu os salvasse. Eu era apenas uma criança... mas não para a pobre da Molly. Nós éramos melhores amigas. Eu era tudo para ela... e eu a desapontei.

— Você não desapontou Molly — garantiu ele. — Me parece que o mundo desapontou vocês duas.

Pela primeira vez em mais de dez anos, ela conseguia falar sobre aquilo. Colocara toda a sua raiva em seus livros amargos e agora podia falar sobre o assunto. Podia ter contado tudo a ele naquele momento.

Um jato de água voou da sarjeta alagada quando o ônibus parou no ponto deles em Dana Point. As portas se abriram e eles saíram na chuva.

O vento seguira os trovões e relâmpagos para o leste. Torrentes caíam retas, prateadas no ar e sujas no pavimento. Em breve a alvorada romperia atrás das nuvens, a alvorada que ela achou que talvez nunca mais visse.

CAPÍTULO 34

— COMO ESTÁ O CHOCOLATE, CYNTHIA?

— Acho que é o melhor que já tomei.

— Essa pitada de baunilha faz toda a diferença.

— Que esperto.

— Posso servir a torrada para você?

— Obrigada, Rommy.

— Eu gosto de molhar no leite — disse ele.

— Eu também.

— *James* talvez não aprove.

— Não contaremos a ele — disse ela.

Eles se sentavam em diagonal à mesa da cozinha. Mexeram seus chocolates com as colheres, fazendo um delicioso aroma subir das canecas fumegantes.

— Que nome incomum, Romulus.

— É, soa incomum até para mim. Tem origem na lenda romana sobre Rômulo, que teria sido o fundador de Roma.

— Com um nome desses, você precisa se esforçar para lhe fazer jus.

— Rômulo e seu irmão gêmeo, Remo, foram abandonados ao nascer, amamentados por uma loba, criados por um pastor de ovelhas e, quando Rômulo fundou Roma, matou Remo.

— Que história terrível!

— Bem, Cynthia, assim é o mundo, não é mesmo? Não a parte da loba, mas o resto. As pessoas podem ser muito más umas com as outras. Sou muito agradecido pelos amigos que tenho.

— Como foi que você conheceu Bethany e James?

— Jim — ele a repreendeu balançando o dedo.

Ela sorriu e acenou com a cabeça.

— Ele me fez uma lavagem cerebral em relação a isso.

— Nos conhecemos por meio de amigos comuns. A senhora conhece Judi e Frankie?

— Ah — disse ela. — Adoro Judi e Frankie.

— Quem não adoraria?

— É um casal maravilhoso.

Ele suspirou, tristonho.

— Se eu pudesse encontrar um amor assim, Cynthia, mataria por ele.

— Você vai encontrar, Rommy. Sempre há uma pessoa para todo mundo.

— Imagino que um dia vai acontecer. Mas gostaria muito que esse dia chegasse logo.

Eles mergulharam o pão no chocolate quente e o comeram.

Uma monótona manhã cinzenta surgiu nas janelas, e a cozinha pareceu ainda mais aconchegante em comparação ao dia chuvoso.

— Sabia que estão em Paris?

— Judi e Frankie adoram Paris.

— Como todo mundo. Era para eu ter ido junto dessa vez, mas fui surpreendido por uma avalanche de trabalho.

— Aposto que deve ser divertido viajarem juntos — disse ela.

— O casal é absolutamente uma graça. Fomos juntos a Espanha. Corremos com os touros.

Os olhos azuis de Cynthia se arregalaram.

— Judi e Frankie correram com os touros... como em Hemingway?

— Bem, Judi não, mas Frankie insistiu. E a senhora sabe, não há como resistir a Frankie.

— Estou atônita. Mas imagino... é um casal bem atlético.

— Ah, às vezes me deixam exausto — disse ele.

— Isso não é perigoso, correr com os touros?

— Bem, é melhor correr com eles do que ser atropelado por eles. Quando acabou, minhas pernas pareciam que eram de borracha.

— O mais próximo que quero chegar de um touro — disse ela — é o filé mignon.

— A senhora é ótima. — Ele deu um tapinha no braço dela. — Estou me divertindo muito, e isso é muito bom. Não é?

— É sim. Mas nunca pensei que Judi e Frankie fossem gostar de esportes perigosos. Não parecem esse tipo de pessoa.

— Realmente não é o tipo da Judi. Frankie é que gosta de uma adrenalina. Temo por ele às vezes.

Ele molhou o pão no chocolate e o comeu, mas ela ficou com um pedaço da torrada a meio caminho da boca, como se acabasse de se lembrar que estava de dieta, como se lhe tivessem fixado grampos entre os maxilares do apetite e da renúncia.

— Já esteve em Paris, Cynthia?

Lentamente, ela largou o pedaço de torrada no prato.

— Algum problema, minha querida? — perguntou ele.

— Eu... tenho uma coisa para fazer. Tinha me esquecido. Tenho um compromisso.

Quando ela começou a empurrar a cadeira para trás, ele pôs uma das mãos sobre a dela.

— Você não pode sair às pressas, Cynthia.

— Minha memória é péssima. Esqueci...

Apertando a mão dela, Krait disse:

— Estou curioso. Qual foi meu erro?

— Erro?

— Você está trêmula, querida. Não finge bem. Qual foi meu erro?

— Tenho uma hora marcada no dentista.

— Para quando... 6h30 da manhã?

Perplexa, ela olhou para o relógio da parede.

— Cynthia? Cindy? Eu realmente adoraria saber qual foi meu erro.

Com os olhos ainda fixos no relógio, ela disse:

— F-frankie não é homem.

— Certamente Judi também não é homem. Ah, Entendi. Um maravilhoso casal de *lésbicas*. Tudo bem. Não tenho problemas com isso. De fato, sou bem a favor.

Ele deu um tapinha na mão dela e pegou o pedaço de torrada que ela fora incapaz de morder e o molhou no chocolate.

Incapaz de olhar para ele, encarando o próprio prato, ela perguntou:

— Você os machucou?

— Bethany e Jim? É claro que não, querida. Eles estão no trabalho, retomando sua luta por bônus e opções no mercado de ações. Eu não entrei até que eles partissem.

Ele mordeu a torrada. Outra mordida. Acabou o pedaço.

— Posso ir? — perguntou ela.

— Querida, deixe-me explicar. Meus trajes foram arruinados pela chuva. Estou aqui esperando por uma entrega de roupas limpas. Não tenho tempo para a polícia.

— Eu só iria para casa — disse ela.

— Nunca aprendi a confiar nas pessoas, Cynthia.

— Não vou chamar a polícia. Não por algumas horas.

— Quanto tempo você acha que conseguiria esperar?

Ela levantou a cabeça, encarou-o nos olhos.

— Pelo tempo que você me disser para esperar. Só vou para casa.

— Você é uma pessoa muito gentil, Cynthia.

— Eu simplesmente sempre...

— O que você simplesmente sempre, querida?

— Eu simplesmente sempre quis que as coisas dessem certo para todo mundo.

— É claro que sim. Isto é você. É tão você. E sabe, eu acredito que você realmente é capaz de fazer o que está dizendo.

— E vou.

— Acredito que você é capaz de ir para casa e ficar sentada quieta por horas.

— Eu lhe dou a minha palavra. Eu vou.

Esticando-se até a extremidade da mesa, ele pegou a pistola Glock que estava na cadeira.

— Ah, por favor — disse ela.

— Agora, não tire conclusões precipitadas, Cynthia.

Ela olhou para o relógio de parede. Ele não sabia que esperança ela via no relógio. O tempo não era amigo de ninguém.

— Venha comigo, querida.

— Por quê? Onde?

— Só alguns passos. Venha comigo.

Ela tentou se levantar. Não tinha forças.

Junto à cadeira, ele segurou sua mão esquerda.

— Deixe-me ajudá-la.

Cynthia não se esquivou de seu toque, ao contrário, segurou-lhe a mão e a apertou.

— Obrigada.

— Só vamos cruzar a cozinha até o lavabo. Não é longe.

— Eu não...

— Você não o quê, querida?

— Não estou entendendo.

Puxando-a para que ficasse de pé, ele disse:

— Não. Não entenderia. Há tantas coisas além do entendimento, não é?

CAPÍTULO 35

A BIBLIOTECA, UMA ESTRUTURA BAIXA E SÓLIDA COM ES-
treitas janelas gradeadas, lembrava uma fortaleza, como se bibliote-
cários visionários percebessem que o dia em que os livros teriam de
ser defendidos de hordas de bárbaros se aproximasse rapidamente.
Com a manhã chegando, Pete Santo estacionou perto da entrada.

Em fevereiro passado, um jovem perturbado, como a mídia o
rotulara, passara a noite escondido na biblioteca. Uma recente
obra beneficente para angariar fundos para a aquisição de livros
levantara 40 mil dólares e o rapaz pensara em surrupiar a grana e
viver drogado.

Um jornal conceituado teria se referido a ele como um igno-
rante atrapalhado pelas drogas, mas isso poderia ter humilhado o
jovem e o conduzido a caminho de comportamento antissocial.

Embora com 18 anos, o "jovem" não compreendia que o dinheiro tinha sido arrecadado em forma de cheques e que estes

tinham sido depositados num banco. Ele não confiava em bancos. Eram "dirigidos por vampiros financeiros que o sugavam até deixá-lo seco". Ele preferia deixar o dinheiro escondido e supunha que qualquer pessoa esperta como ele, ou mais, pensaria o mesmo.

Após uma busca, quando encontrou apenas uma caixa metálica com alguns trocados, ele decidiu esperar que a bibliotecária chegasse de manhã. Apontaria uma arma para a cabeça dela e exigiria os 40 mil.

Para sua surpresa, três homens de uma empresa de manutenção entraram na biblioteca às 5h da manhã para realizar uma limpeza que duraria quatro horas. Ameaçando-os com um revólver, ele exigiu suas carteiras.

Ele podia ter escapado se os homens da manutenção não tivessem visto os livros destruídos. Aquilo os enfureceu.

Durante as horas solitárias depois que desistira de procurar os 40 mil, ele juntou os livros que achava, baseado nos títulos e nas capas, estarem cheios de "ideias erradas" e os destruiu.

A equipe de manutenção não era composta por três amantes fervorosos das letras. Ficaram furiosos porque em vez de o jovem rasgar os volumes ou queimá-los, ele tinha urinado neles. E agora era trabalho daqueles homens limpar aquilo.

Eles o distraíram, investiram nele e conseguiram pegar a arma. O jovem levou uma surra. Depois chamaram a polícia.

Pete lhes passara um severo sermão, mas não inteiramente sincero, sobre o desaconselhamento de fazer justiça com as próprias mãos.

Agora, deixando Zoey no Mountaineer com as portas trancadas, ele se apressou até o abrigo sob a aba do telhado. Viu luz pelas vidraças da porta e bateu com força.

Um dos homens da manutenção apareceu. Pete segurou o distintivo no vidro, mas o zelador o deixou entrar sem examinar a identificação.

— Ei, detetive Santo. O que o senhor está fazendo aqui? Ninguém mijou em nenhum livro essa noite.

— Você soube que ele está processando a biblioteca? — perguntou Pete.

— É provável que consiga uns 2 milhões.

— Se isso acontecer, talvez eu mije em alguns livros também.

— Vai ter que entrar na fila.

— Olha, eu sei que faltam algumas horas para a biblioteca abrir, mas preciso usar um dos computadores.

— A polícia não tem computadores?

— É um assunto pessoal. Não posso fazer isso na delegacia e meu computador lá em casa teve uma pane.

— Certamente o senhor não precisa da minha permissão. Os policiais não podem ir a qualquer lugar que querem a qualquer hora?

— Não é bem assim que está na Constituição, mas quase.

— O senhor sabe onde os computadores ficam?

— Sim. Eu lembro.

O demônio do analfabetismo recebera uma colocação no templo da palavra. Duas fileiras de livros tinham sido deslocadas para permitir a instalação de seis estações de trabalho.

Pete se sentou, ligou a máquina e entrou na internet. Logo estava novamente imerso no mundo dos assassinos do Cream & Sugar.

CAPÍTULO 36

CYNTHIA NORWOOD PARECIA UMA SEXAGENÁRIA CHEIA de vida até a conversa sobre a corrida de touros. Depois disso, parecia ter envelhecido vinte anos num minuto.

Seus olhos, antes vivazes, agora estavam sombrios. Todo o encanto sumira de seu rosto e fora substituído por uma frouxidão que lhe dava o aspecto de estar drogada.

Suas pernas estavam fracas. Não conseguia erguer os pés. Mesmo com a ajuda de Krait, ela os arrastava mais que caminhava.

Com uma voz mansa e desnorteada, ela disse:

— Por que estamos indo para o lavabo?

— Por que lá não há janelas.

— Não?

— Não, minha querida.

— Mas por quê?

— Não sei por quê, querida. Se dependesse de mim, teria colocado uma janela lá.

— Quero dizer, para quê? Por que não podemos ficar aqui?

— Você não quis mais o café da manhã que eu preparei, lembra?

— Tudo o que eu quero é ir para casa.

— Sim, eu sei. Você adora ficar em casa, assim como eu.

— Você não precisa fazer isso.

— Alguém tem que fazer, Cynthia.

— Eu nunca fiz mal a ninguém.

— Ah, eu sei. Não está certo. Realmente não está.

Enquanto ele a empurrava para dentro do lavabo, ele a sentiu tremendo violentamente sob sua mão.

— Eu ia fazer compras mais tarde.

— Onde é que você gosta de fazer compras?

— Em quase todos os lugares.

— Não sou muito de fazer compras.

— Preciso de um bom conjunto de verão — disse ela.

— Você tem bom gosto e charme.

— Sempre gostei de roupas.

— Vá para aquele canto, querida.

— Isso não tem nada a ver com você, Rommy.

— Na verdade, tem tudo a ver comigo.

— Eu sei que você é um homem bom.

— Bem, sou bom no que eu faço.

— Sei que você tem um bom coração. Todo mundo tem bom coração. — Ela se virou para a parede do canto, de costas para ele. — Por favor.

— Vire-se e olhe para mim, querida.

Sua voz ficou embargada.

— Estou com medo.

— Vire-se.

— O que você vai fazer?

— Vire-se.

Ela o encarou. As lágrimas rolaram.

— Eu era contra a guerra.

— Que guerra, querida?

— Malcolm era a favor, mas eu era contra.

— Por que, Cynthia, você se transformou?

— E eu faço doações, sabe, eu faço doações.

— Por um minuto ali, você pareceu tão velha, tão triste e velha.

— Para salvar as águias e as baleias, para diminuir a fome na África.

— Mas agora você não está nada velha. Juro, não há uma ruga sequer em seu rosto. Você parece uma criança.

— Oh, Deus.

— Fico surpreso de você chegar a isso tão tarde.

— Oh, Deus. Oh, Deus.

— Tarde demais, querida.

Ele mudou a posição do seletor, convertendo a pistola em semiautomática, pois só precisava de um disparo. Do outro lado do pequeno cômodo, ele atirou na testa dela.

Realmente, ela parecia uma criança no fim, embora não por muito tempo.

Krait saiu do lavabo e fechou a porta.

Depois de esquentar outra xícara de chocolate e fazer mais duas torradas, ele se sentou à mesa. Tudo estava delicioso, mas ele já não sentia o mesmo aconchego de antes. Não conseguia restaurar o ânimo.

De acordo com o relógio da parede, suas roupas não seriam entregues por outra hora e vinte minutos.

Ele tinha dado um rápido giro pela casa. Enquanto esperava pelas roupas, poderia conduzir uma inspeção mais íntima.

Por mais incrível que parecesse, um homem chamou "Cynthia" na porta da frente. Sem resposta, chamou mais uma vez "Cynthia?". Passos se aproximavam.

CAPÍTULO 37

ATUALMENTE DE FÉRIAS EM NOVA YORK COM DUAS AMI-
gas, Teresa Mendez morava num sobrado em Dana Point. Ela
guardava uma chave sobressalente num cofrinho de chaves preso
debaixo de uma cadeira no pátio dos fundos.

Linda entrou na casa pela porta dos fundos. Tirou a pistola da
bolsa e deixou-a sobre a mesa da cozinha. Pôs a valise e a bolsa na
pia para deixar a água da chuva escorrer.

Olhando para baixo, desanimado com a poça que se formava
em volta dos pés, Tim disse:

— Olha só o monstro do lago Ness aqui.

— Vou pegar umas toalhas. — Ela tirou o casaco, pendurou-o
numa cadeira de cromo e vinil, tirou os sapatos e saiu da cozinha.

Tim se sentia desajeitado, maior que de costume, como se
fosse uma esponja que tivesse inchado no temporal.

Linda voltou descalça, vestindo um roupão. Ela trazia uma coberta e uma pilha de toalhas e os colocou no balcão perto dele.

Abrindo uma porta articulada, expôs uma máquina de lavar roupa e outra de secar.

— Tire as roupas e jogue-as na secadora. Use a coberta como roupão.

Ela pegou uma das toalhas, foi até a pia e começou a secar a valise e a bolsa.

— Será que eu poderia ter um pouco de privacidade? — perguntou ele.

— Você acha que estou louca para ver seu traseiro nu?

— Talvez. O que eu realmente sei sobre você?

— Vou subir para tomar um banho rápido.

— Tenho minha dignidade.

— Isso foi a primeira coisa que notei em você, depois da cabeça enorme. Por quanto tempo estaremos seguros aqui?

— Acho que não por mais de duas horas. Noventa minutos é mais certo.

— Aqui embaixo também tem um banheiro, se você quiser tomar um banho. Podemos passar sua roupa quando sair da secadora.

— Fico acanhado com isso — disse ele.

— Prometo não olhar para trás para dar uma espiada.

— Não, quero dizer usar a casa de uma estranha desse jeito.

— Ela não é uma estranha. É minha amiga.

— É uma estranha para mim. Quando isso acabar, tenho que fazer alguma coisa bem legal para ela.

— Você podia pagar a hipoteca.

— Que banho caro!

— Espero que você não seja mesquinho. Eu jamais poderia viver com um cara mesquinho.

Ela saiu levando a valise e a bolsa.

Por um instante ele ficou ali parado pensando em duas palavras que ela soltara ao acaso: *viver com*. Se ele continuasse pensando naquilo, suas roupas secariam no corpo.

Ele se despiu, colocou a roupa na máquina, enxugou o chão com uma toalha e levou a outra para o banheiro de baixo.

A água quente dava uma boa sensação. Ele podia ter ficado embaixo do chuveiro por mais tempo, não fosse o ralo do piso lhe lembrar dos olhos dilatados de Kravet, aqueles olhos famintos por luz que o fizeram se lembrar de *Psicose*.

Limpo, seco e enrolado na coberta, outra vez na cozinha, ele queria comer alguma coisa, mas não se sentia confortável mexendo nos armários e na geladeira.

Ele se sentou à mesa para esperar, a coberta lhe envolvendo como se fosse o hábito de um monge.

Na noite anterior, na casa de Linda, antes de saírem correndo, houve um momento em que a figura dela o enchera de carências, mas também de pavor. Ele se lembrava do nó apertado de terror e do nó frouxo de exaltação que parecia prendê-lo e libertá-lo ao mesmo tempo.

Ele não sabia definir aquela sensação, mas se dera conta de que quando finalmente pudesse rotulá-la, entenderia por que estava abruptamente se retirando da vida tranquila que imaginara para si e se jogando numa nova vida desconhecida.

Agora ele sabia a palavra. *Propósito*.

Ele já vivera com um propósito certa vez. Tinha sido feliz num compromisso.

Por boas razões se acomodara a uma vida de trabalho repetitivo, prazeres inocentes e um mínimo possível de reflexão.

Naquela época, um tipo de enfado do coração se apossara dele, além de certa desilusão e uma sensação de futilidade. Nenhum desses sentimentos era puro, tudo era combinado com outros sentimentos que ele não conseguia definir facilmente. Ele podia ter superado o mero enfado, a desilusão verdadeira e a pura sensação de futilidade, mas a qualidade dessas emoções as tornavam vagas e mais difíceis de lidar.

Quando ele se voltou para o trabalho e para os prazeres simples, quando seu maior propósito passou a ser empilhar tijolos entre argamassa, quando sua maior satisfação provinha de acabar uma revista de palavras cruzadas ou jantar com os amigos, o enfado lhe abandonou o coração. Nessa vida menor, não mais comprometida com qualquer grande empreendimento, ele não tinha nada com que se desiludir, nenhum desafio grande o bastante para levantar dúvidas e fomentar sentimentos de futilidade.

Na noite anterior, na taberna, seus anos de retiro tinham subitamente chegado ao fim. Ele não entendia totalmente por que escolhera derrubar as paredes atrás das quais tinha ficado tão confortável, mas a fotografia dela tinha algo a ver com isso.

Ele não se apaixonara à primeira vista. Não passara a vida procurando por alguém como Linda. Seu rosto era apenas um rosto. Bonito, mas não capaz de enfeitiçar. Os sentimentos que ele nutria por ela agora não eram nada que ele pudesse ter imaginado.

Talvez fosse isso: o nome de uma pessoa marcada para ser assassinada é apenas um nome, mas o rosto torna o preço da violência real, pois se tivermos a coragem de olhar, poderemos ver em qualquer rosto a nossa própria vulnerabilidade.

Sem parecer nada vulnerável, Linda voltou, usando jeans e a camiseta preta que trouxera na valise.

Ela agarrou as botinas dele e disse:

— Tem uma lareira a gás na sala. Nossos calçados podem secar ali. Enquanto esperamos, vamos fazer um lanche rápido.

Além das janelas, a aurora primaveril chegara cinzenta e mansa e as torrentes iradas de chuva tinham deixado apenas um chuvisco.

Ao voltar, Linda disse:

— Você parece mais feliz. E isso não faz o menor sentido.

CAPÍTULO 38

TESTA ALTA, SOBRANCELHAS CERRADAS, MAXILARES FIR-
mes e pele queimada de sol, o homem que procurava por Cynthia
parecia um capitão dos mares de alguns séculos atrás, alguém que
perseguira uma baleia branca, a matara e levara para o porto um
barco cheio de barris de óleo e âmbar.

Ele parou na soleira da cozinha, franziu o cenho para Krait
sentado à mesa e perguntou:

— Quem é você?

— Rudyard Kipling. Você deve ser Malcolm.

— Rudyard Kipling... ele é algum escritor que já morreu.

— É. Recebi este nome por causa dele, mas não gosto de sua
obra, a não ser um ou dois poemas.

A desconfiança fez as duas sobrancelhas fartas se transforma-
rem em uma.

— O que você está fazendo aqui?

— Beth e James me convidaram. Somos todos muito amigos de Judi e Frankie.

— Judi e Frankie estão em Paris.

— Eu devia ter ido com elas, mas tive de cancelar. Já tomou café, Malcolm?

— Onde está Cynthia?

— Nós dois jogamos ao vento toda a cautela com os carboidratos. Estamos tomando chocolate quente com torradas de canela com manteiga. Sua mulher é uma companhia maravilhosa.

Krait precisava atrair o velho para dentro da cozinha. A Glock estava na cadeira onde Cynthia não a vira. Malcolm também não podia vê-la de onde estava. Mas se Krait tentasse pegá-la, Malcolm, já desconfiado, podia recuar e certamente fugiria.

Franzindo o cenho para o prato e a caneca de Cynthia na mesa, Malcolm perguntou:

— Mas onde é que ela está?

Apontando para a porta fechada do lavabo, Krait disse:

— O chamado da natureza. Nós acabávamos de falar sobre os esforços de Cynthia para salvar as águias e as baleias. Admiro muito isso.

— O quê?

— Águias e baleias. E a fome na África. Você deve se orgulhar da natureza generosa dela.

— Bethany e Jim nunca mencionaram nenhum Rudyard Kipling.

— Bem, honestamente, não sou uma pessoa muito interessante, Malcolm. Para cada mil histórias de Judi e Frankie, eles teriam no máximo uma sobre mim.

O velho tinha olhos cinza cor de aço e um olhar afiado como uma espada. Ele disse:

— Há alguma coisa errada com você.

— Bem — disse Krait —, nunca gostei do meu nariz.

Malcolm chamou em voz alta:

— Cynthia!

Nenhum dos dois olhou para a porta do lavabo. Mantiveram os olhos um no outro.

Krait estendeu a mão para pegar a Glock.

O velho escapou.

Levantando-se tão rapidamente a ponto de derrubar a cadeira, pondo o seletor no automático total, Krait apontou a pistola para a soleira da porta. Malcolm ficara fora de vista.

Krait foi atrás dele.

Passando pela sala de jantar tão rápido como se fosse um menino, o velho tropeçou numa mesinha na sala e se agarrou numa poltrona para não cair.

Krait disparou uma curta rajada nas costas dele, das nádegas ao pescoço. O silenciador absorveu o choque tão completamente que até uma zarabatana teria feito mais barulho.

O velho caiu de frente e ali ficou, com a cabeça virada para o lado. Seus olhos estavam arregalados, mas o olhar já não podia ser descrito precisamente como afiado.

De pé sobre Malcolm, Krait esvaziou o pente nele. O corpo teve um espasmo, não de vida, mas devido ao impacto.

Gastar vinte ou mais balas num homem morto não era útil, mas necessário.

Um homem inferior a Krait, com menos autocontrole, podia ter substituído o pente vazio por outro cheio e esvaziado aquele também. Serenidade e paciência estavam entre seus mais fortes traços de caráter, mas até mesmo o limite de sua paciência singular podia ser testado.

Ele abriu a porta da frente e encontrou a capa de chuva de Cynthia pendurada na cadeira da varanda. Os guarda-chuvas dela e de Malcolm estavam no chão. Ele levou tudo para dentro e trancou a porta.

Pendurou a capa no armário do vestíbulo e pôs os guarda-chuvas lá também.

Na cozinha, ele se sentou à mesa e verificou seus e-mails pelo celular. Enquanto conversava com Cynthia, ele recebera notícias de que o Explorer fora abandonado no estacionamento de um restaurante.

Nenhuma queixa de roubo de veículo fora feita nas proximidades do restaurante ainda; mas alguém podia ficar sem dar falta do seu carro por horas.

Krait pensou na possibilidade de eles terem optado por um ônibus e enviou uma mensagem. Não haveria muitos ônibus fazendo aquele trajeto àquela hora. Não seria preciso abordar mais que uns dois motoristas.

Depois de colocar o telefone para carregar, ele lavou a louça do café, guardou tudo e limpou a mesa.

Não tinha intenção de limpar a sujeira no lavabo, nem a da sala. Cynthia e Malcolm tinham vindo meter o bedelho porque a filha e o genro não haviam estabelecido regras de privacidade nem limites. Agora isso não era com ele; era uma questão familiar.

Depois de limpar a cozinha, ele subiu até o quarto principal para ver se Bethany e Jim guardavam algum vídeo pornográfico ou brinquedos sexuais interessantes.

Ele não descobriu qualquer coisa erótica ou nada mais que lhe desse uma ideia do tipo de pessoas que eram. Jim dobrava as meias em vez de enrolá-las. Algumas das calcinhas de Bethany tinham pequenos coelhinhos cor-de-rosa bordados no quadril. Não havia muito ali.

A coisa mais interessante nas gavetas do banheiro era o número de marcas — e a quantidade — de laxantes. Ou essas pessoas não comiam nenhuma fibra ou tinham cólons tão ineficazes quanto os encanamentos do Terceiro Mundo.

Bethany e Jim eram um casal tão sem graça que ele ficou imaginando o que as lendárias Judi e Frankie tinham a ver com eles.

As escovas de dente eram cor-de-rosa e azul. Ele usou a cor-de-rosa, supondo ser de Bethany. Mas usou o desodorante dele, não o dela.

Dali em diante, ele só podia matar o tempo na cozinha com a *O* que estava junto com a correspondência.

Às 7h15, ele abriu a porta da frente e sorriu diante da mala-cabide cuidadosamente colocada na cadeira da varanda e a pequena valise ao lado. Suas roupas foram entregues.

A chuva tinha parado completamente. As árvores pingavam. O sol tinha irrompido entre as nuvens, e a rua molhada começava a secar.

Quinze minutos depois, vestido para enfrentar o dia, ele se inspecionou diante de um espelho chanfrado de corpo inteiro que ficava atrás da porta do banheiro principal.

Talvez quando Bethany ficava nua nesse banheiro, admiradores do mundo dos espelhos a observassem sem tomar conhecimento dela. Krait não conseguia ver aqueles que talvez vivessem no mundo da realidade inversa, apenas ele mesmo olhava para si. Mas isso não significava que os habitantes do outro mundo também fossem limitados em sua visão.

Novamente lá embaixo, ao se aproximar da porta da frente, ele ouviu um barulho na fechadura. O trinco girou e a porta se abriu.

Uma mulher entrou na casa, fez um pequeno gritinho de surpresa ao vê-lo e disse:

— Você me assustou.

— E você a mim. Bethany e Jim não me disseram para esperar ninguém.

— Eu sou Nora, a vizinha do lado.

Era uma mulher pequena e rechonchuda com um corte de cabelo de duende. Ela usava esmalte azul, que ele desaprovava.

— Isto parece uma casa daqueles seriados — disse Krait — aonde todo mundo vai entrando sem bater nem tocar a campainha.

— Eu faço cinco jantares por semana para Beth e os congelo — disse Nora. — Abasteço a geladeira na segunda e cozinho na terça.

— Então deve ter sido graças a você que tivemos aquele jantar maravilhoso ontem à noite.

— Ah, você está hospedado aqui?

— Sou um daqueles hóspedes mal-educados que chegam com dez minutos de aviso, mas minha querida Beth sempre finge ficar contente de me ver. Meu nome é Richard Kotzwinkel, todos me chamam de Ricky.

Ele recuou para incentivá-la a entrar, mas também para bloquear a visão de Malcolm na sala.

— Ah, Rickie, não quero bancar a intrusa...

— Não, entre, entre. Cynthia e eu estávamos batendo papo e tomando um longo café da manhã.

— Cynthia está aqui?

— Na cozinha. E Malcolm deu uma passada faz alguns minutos. — Ele baixou a voz num sussurro — Embora ele seja um rabugento comparado à querida Cindy.

Ela entrou e fechou a porta atrás de si.

— Estava mesmo maravilhoso?

— O quê? Ah, você está se referindo ao jantar. Divino. Estava divino.

— O que foi que ela esquentou? — perguntou Nora.

Seus olhos eram de um azul vivo. Ela tinha lábios carnudos e pele bonita.

— Frango — disse ele. — Comemos frango.

Ele pensou em estuprá-la, mas só a matou. Para variar, usou as próprias mãos.

Danos colaterais eram desaprovados por aqueles que o solicitavam para essas missões, portanto raramente acertava aqueles que apareciam no caminho. Seus generosos mandantes entenderiam. Sabem que essas coisas acontecem.

Na varanda, ele fechou a porta e usou a chave de Nora para trancá-la, embora isso não parecesse garantir que ninguém fosse entrar.

CAPÍTULO 39

ASSIM QUE ELES ACABARAM DE TOMAR CAFÉ, PETE SANTO ligou. Tim pôs o celular no viva-voz e o deixou ao lado do prato de waffle.

— Não estou ligando de casa — disse Pete. — Esta é uma ligação de celular para celular.

— Aconteceu alguma coisa — disse Tim. — O que foi?

— Saí do banco de dados da polícia e pesquisei no Google os diferentes nomes de Kravet. Descobri algumas coisas, fiquei ali pesquisando por um tempo... aí minha conexão caiu.

— Talvez fosse coincidência — disse Tim.

— Como o Papai Noel aparecendo na noite de Natal. E por falar em aparecer... não passou meia hora e mais ou menos por volta das 5h, três caras foram me visitar.

— Não foram os três reis magos.

— Pareciam mais com três mafiosos.

— O que eles queriam? — perguntou Linda.

— Eu não estava lá quando eles chegaram. Fiquei observando a distância, da rua. Não vou voltar para casa por algum tempo.

— Você não deixou a Zoey lá, não é? — perguntou Linda.

— Zoey está comigo.

— Então, o que descobriu?

Em vez de responder, Pete disse:

— Olha só, Hitch Lombard tem o número do meu celular, então esses caras também têm. Talvez eles saibam o seu.

— Eles sabem — confirmou Tim. — Mas você não acha que eles podem ouvir nossa conversa sem mais nem menos, não é?

— Não os colegas locais, mas talvez esses caras possam. Quem sabe? A cada semana ficam melhores nisso.

— E mesmo que não seja tão fácil rastrear um telefone celular como um fixo, é totalmente possível — disse Linda.

Tim lhe lançou um olhar.

Ela o devolveu e disse:

— Eu pesquisei.

— Você precisa comprar um telefone descartável — disse Pete —, para ter um número que eles desconheçam. Aí você liga para outro número que eles não tenham.

— Você vai me enviar o número por ondas mediúnicas? — perguntou Tim.

— Que tal isso. Lembra do cara que perdeu a virgindade quando estava vestido de Shrek?

— Aquele que agora tem cinco filhos?

— Esse mesmo.

— Ligue para ele no trabalho.

— Não sei o número.

— O número do trabalho dele está na lista telefônica. Pergunte por ele, dê seu nome e lhe darão o ramal dele. Estarei lá em uma hora.

Tim terminou de falar e depois desligou o celular.

— Quem é o tal cara? — perguntou Linda.

— Santiago, primo de Pete.

— Ele se vestiu de Shrek?

— Era uma festa à fantasia. Acho que todo mundo tinha que ir fantasiado de algum personagem de desenho animado. Eu não estava lá.

— De quê *ela* estava vestida?

— Jessica Rabbit, do filme *Uma cilada para Roger Rabbit*. O nome dela é Mina. Ele acabou se casando com ela. As crianças são umas gracinhas, e verdes.

Empurrando a cadeira para trás, ela disse:

— É melhor a gente se mandar logo daqui.

Tim tirou suas roupas da secadora e passou-as enquanto Linda lavava a louça. Os calçados não estavam inteiramente secos, mas dava para usá-los.

Na garagem para dois carros, estava o Honda Accord de quatro anos de Teresa. Uma de suas companheiras de viagem as levara ao aeroporto.

Linda apanhara as chaves na gaveta da cozinha; mas entregou-as a Tim.

— Se for necessário fazer acrobacias atrás do volante como ontem à noite — disse ela —, é melhor que você dirija.

Embora o espaço para suas pernas não fosse dos melhores, ele gostava do Honda. Era discreto e não tinha nenhum sinal de transmissão por satélite para que pudessem ser rastreados.

Enquanto a porta da garagem subia, Tim de certo modo esperava encontrar o matador dos olhos famintos de pé na entrada da garagem, segurando uma pistola automática.

Lâminas de luz solar se infiltravam pelo tecido rasgado do céu de nuvens amarrotadas, liberando a terra do longo abatimento provocado pelo temporal.

— Onde vamos conseguir um telefone celular descartável a essa hora? — perguntou ela.

Dirigindo para o leste, rumo à autoestrada, ele disse:

— Os clubes atacadistas abrem cedo. Sou sócio por meio do sindicato. Só que não estou com muito dinheiro.

Tirando um envelope grosso da bolsa, ela disse:

— Tenho 5 mil em notas de 100.

— Perdi o instante em que você assaltou um banco.

— Tenho moedas de ouro escondidas em casa também. Ontem, quando tive que agarrar alguma coisa, achei que dinheiro vivo seria útil.

— Você não confia nos bancos.

— Tenho dinheiro no banco. Mas nem sempre a gente pode tirar o dinheiro de lá com a rapidez necessária. Esse é o meu dinheiro para a hora em que tudo vem abaixo.

— O que vem abaixo, e quando?

— Qualquer coisa. Tudo.

— Você acha que estamos no fim dos tempos ou algo assim?

— As coisas vieram abaixo ontem à noite, não foi?

— Acho que sim — reconheceu ele.

Ela pareceu soturna ao dizer:

— Nunca mais vou ficar desamparada.

— Estamos numa posição delicada, mas não desamparados — garantiu ele.

— Não quero dizer que estou desamparada agora — disse ela, recolocando o dinheiro na bolsa.

— Você quer dizer que ficou desamparada naquela época... com Molly e tudo o que aconteceu.

— É.

— Quer falar sobre o que aconteceu?

— Não.

— Você me contou sobre a Molly.

— E já doeu o bastante — disse ela.

Tim seguiu por uma subida para pegar a autoestrada. O trânsito pesado, mas desobstruído, da manhã atravessava a uma velocidade imprudente. O que os corretores de imóveis chamavam de "outro dia no paraíso".

— No fim — disse ele —, estamos todos desamparados, se você quiser chegar à verdade dura das coisas.

— Gosto da verdade dura. Mas, poxa, espero não estar próxima do fim.

Dali em diante eles seguiram em silêncio até a saída que os levaria ao clube atacadista.

O silêncio era confortável. Tim suspeitava de que não importava a distância e o tempo que eles pudessem ainda passar juntos, já tinham ultrapassado qualquer tipo de possível silêncio constrangedor.

O estranhamento viria quando eles finalmente estivessem prontos para fazer suas revelações.

CAPÍTULO 40

SENTADO ATRÁS DO VOLANTE DE SEU CARRO ESTACIONADO em frente à casa de Bethany e Jim, Krait enviou uma mensagem codificada informando sua equipe de apoio sobre os três mortos na casa.

Ele não sugeriu nenhum tipo de medida a ser tomada. Decisões dessa natureza não pertenciam a sua área. Era apenas uma ligação para avisar o que aconteceu.

Ele digitou SINTO MUITO A DESORDEM, MAS INEVITÁVEL. Depois acabou a mensagem, citando T. S. Eliot: À VIDA SE ESCAPA, MAS NÃO À MORTE.

Embora não conhecesse nenhum dos homens e mulheres da equipe de apoio, imaginava que deveria ser figura lendária entre eles, maior que a vida e tão grande quanto a morte. De vez em quando gostava de enviar essas citações como a de Eliot, de modo que soubessem que sua erudição se igualava a sua habilidade na execução e eles ficassem ainda mais motivados a servi-lo como exigido.

Se tivesse ido à escola, teria sido na infância e na adolescência, mas sua lembrança de ter tido uma educação não era diferente da que tinha da idade anterior aos 18 anos. Contudo, era um excelente autodidata e havia ensinado muito a si mesmo.

Krait não aprovava T. S. Eliot, mas, mesmo um homem insistentemente incorreto conseguia às vezes escrever uma frase agradável. Se Eliot ainda estivesse vivo, Krait o teria matado.

É mais provável que a equipe de apoio deixasse que Bethany e Jim encontrassem papai, mamãe e a vizinha Nora. Durante as investigações policiais, a equipe destruiria ou acomodaria qualquer evidência forense que incriminasse Krait. Eles também plantariam DNA, fios de cabelo e outros vestígios que confundiriam a polícia, levando-os a um beco sem saída.

Krait não conhecia a organização da qual o grupo de apoio fazia parte, mas pensava nela como o Clube dos Cavalheiros ou simplesmente Clube. Ele não sabia o que era o Clube dos Cavalheiros, nem tinha ideia de qual seria o verdadeiro propósito de seus associados, como também não sabia por que eles queriam certas pessoas mortas. Mas também não precisava saber.

Por mais de uma década, Krait fizera serviços esporádicos para o crime organizado e para mandantes que lhe foram indicados por pessoas agradecidas, para as quais ele matara esposas briguentas, pais ricos e outros impedimentos para uma boa vida. Até que, há sete anos, um sócio do Clube o abordou com a sincera esperança de que ele ficasse a serviço deles regularmente.

A conversa aconteceu nos fundos de uma limusine em movimento na noite de Chicago. As luzes internas estavam apagadas e, para Krait, o representante do Clube não passara de uma sombra com um sobretudo de cashmere sentada na extremidade oposta da cabine de passageiros luxuosamente forrada.

Pelo sotaque, Krait imaginou que o homem fosse de Boston. Era articulado e seus modos sugeriam uma origem privilegiada e elevada posição social. Embora o sujeito se referisse aos seus misteriosos associados apenas como "nossa gente", Krait pensava nele como um cavalheiro e em seu grupo como o Clube dos Cavalheiros.

Quando o cavalheiro descreveu o grau de apoio que lhe seria proporcionado, Krait se impressionou. Isso também contou como mais uma prova de que, se não fosse de outra espécie, pelo menos era superior e estava à parte dos seres humanos.

A melhor coisa sobre a equipe de apoio era que eles o serviam não só quando ele estava ocupado com um serviço para o Clube dos Cavalheiros, mas também quando realizava uma missão em favor do crime organizado ou de qualquer outro mandante. Mesmo sem querer exclusividade, estavam *sempre* à sua disposição.

Tinham dois motivos para essa generosidade, e o primeiro era que eles reconheciam o talento singular de Krait. Queriam garantir que nunca lhes ficasse indisponível por ter sido preso.

Em segundo lugar, não queriam que Krait detectasse a configuração dos tipos de pessoas que lhe pediam para matar ou que deduzisse, a partir disso, os possíveis objetivos e o propósito fundamental do Clube dos Cavalheiros. Assim, pagavam-lhe em dinheiro, que era entregue por caras que ele não conseguia saber se eram cobradores de mafiosos de várias gangues ou de maridos traiçoeiros e filhos de executivos.

Eles o pagavam em dinheiro também para manter uma blindagem financeira entre eles e o assassino, só para o caso de algum dia, apesar de todos os esforços heroicos a seu favor, ele fosse pego.

Após aquele passeio de limusine em Chicago, Krait nunca mais estivera com alguém que lhe desse certeza de ser um dos sócios do Clube.

Na verdade, não lhe interessava saber quem era ou não mensageiro do Clube. Ele adorava matar, era bem recompensado por isso e sentia que o esquecimento era uma graça que devia a todos os seus mandantes. Apagava para sempre da memória o rosto daqueles que lhe entregavam o dinheiro.

Krait tinha uma habilidade notável para soltar, de modo irrecuperável, as amarras de qualquer memória que quisesse deixar à deriva. O rosto dos homens que requeriam seus serviços ou serviam de entregadores em favor dos mandantes lhe era tão irrecuperável como qualquer astronauta que, separado do cabo que o unia a aeronave, fica perdido para sempre no espaço.

A vida é muito mais simples quando se pode mandar para o espaço sideral, sem risco de recuperação, não apenas coisas como o rosto de entregadores, mas também episódios apavorantes e até grandes frações de tempo que tinham sido ocupadas por experiências insatisfatórias.

Ele nunca falara ao telefone com nenhum dos sócios do Clube. A comunicação se restringia às mensagens de texto codificadas. A análise de voz podia ser apresentada como prova num tribunal, mas ninguém podia provar, sem qualquer dúvida, de quem eram os dedos que digitavam uma mensagem.

Na taberna Lamplighter, quando confundira Timothy Carrier com o verdadeiro mandante, ele supôs que essa missão não era a favor do Clube dos Cavalheiros. O chefão e seu pessoal nunca diriam a Krait para ficar com metade do dinheiro como pagamento para não matar. Eles não mudavam de ideia. Quando queriam ver alguém morto, queriam mesmo e bem mortos, sem esperança de ressurreição.

Krait ainda duvidava que Paquette pudesse ser um alvo do Clube. Ela parecia ser uma qualquer. Cavalheiros de fortuna e poder não perdiam a cabeça por uma mulher como ela, que dirá apertar um gatilho por procuração.

Depois de enviar a mensagem, ele seguiu para a autoestrada Pacific Coast e dali para o sul, até o restaurante onde Carrier abandonou o Explorer. Examinou o veículo de cabo a rabo, mas não encontrou nada que fosse de utilidade.

Assim que acabou aquela tarefa, seu celular vibrou. A equipe de apoio relatava que um motorista de ônibus se lembrava de ter deixado em Dana Point um casal que combinava com a descrição de Carrier e Paquette.

Krait foi para Dana Point enquanto a equipe verificava os registros telefônicos da mulher, na esperança de identificar qualquer pessoa que ela conhecesse naquela cidade marítima.

As nuvens recuaram, o azul do céu insistiu e o sol dourou os morros costeiros, as praias e o mar escamoso.

Krait sentiu-se brilhantemente vivo, cheio de um fogo gratificante, como uma forja que se enche de fogo, mas não é consumida por ele. Lidar com a morte o deixara assim.

CAPÍTULO 41

O CLUBE ATACADISTA OFERECIA UM PREÇO IRRESISTÍVEL por grandes vidros de maionese, seis numa caixa, e por uma modesta soma, podiam-se comprar tijolos de tofu suficientes para construir uma casa de dois quartos.

Procurando um celular descartável, Tim e Linda não deram bola para os carrinhos, grandes o bastante para carregar um cavalo coxo. Outros fregueses empilhavam em seus carrinhos vários pacotes de 12 rolos de papel higiênico, pacotes de meia dúzia de meias-calças e barris de cebolinha para coquetéis.

Um jovem casal empurrava dois carrinhos com duas meninas idênticas, de uns 3 anos, que ficavam de frente para os pais no assento infantil. Era como se eles tivessem aproveitado uma promoção leve-duas-por-uma.

Às vezes Tim se preocupava, achava que talvez os americanos estavam tão acostumados com a abundância que acabavam pensando que esse nível de riqueza e opção sempre fora normal e que agora mesmo fosse comum em todos os cantos do mundo, exceto os mais insistentemente atrasados. Quedas súbitas podem suceder a sociedades que conheçam muito pouco da história ou que mobiliaram a mente com uma simples propaganda de uma só nota em vez da verdadeira complexidade e terrível beleza do passado histórico.

Eles compraram um telefone celular adequado às necessidades e um barbeador elétrico para Tim. O caixa, claramente intrigado pela venda de apenas dois itens, não fez mais que erguer uma sobrancelha, desaprovando aquela moderação não americana.

Tim dirigiu o Honda até um centro automotivo próximo, enquanto Linda usava o telefone dele para fazer uma chamada que ativasse o celular descartável que tinham acabado de comprar. Como o telefone vinha com minutos pré-pagos, ela não precisava fornecer um número de cartão de crédito nem um nome para habilitar o serviço.

Esse sistema, ainda não proibido por lei, era muito conveniente a terroristas, caso eles comprassem um celular descartável para evitar que suas conversas fossem rastreadas ou os adquirissem para acionar bombas a distância.

Felizmente, mesmo cidadãos honestos podiam fazer uso dessa tecnologia fácil.

O centro automotivo compreendia uma série de estandes, anunciando quase todos os meios de transporte, estacionados um ao lado do outro ao longo de uma larga autoestrada de oito pistas. Flâmulas se agitavam na brisa fraca, cartazes pendurados anunciavam barganhas e milhares de veículos se concentravam em lotes sobre o asfalto como pedras preciosas nos mostruários de veludo das joalherias.

Cada vendedor precisava de todos os espaços para o inventário, para os veículos aguardando conserto e para os clientes em potencial. Portanto, os carros dos funcionários, veículos consertados esperando transporte e os recém-adquiridos ainda sem revisão para a revenda ficavam estacionados ao longo da passagem comum no centro.

Tim parou no meio-fio atrás de um Cadillac prateado de dois anos de idade. Tirou da valise de Linda seu estojo de ferramentas.

Ela havia ficado no Honda para monitorar se a "instalação instantânea" levaria minutos ou horas a mais que o prometido.

Natural e rapidamente, mas sem ar de pressa, Tim retirou as placas dianteiras e traseiras do Honda de Teresa e colocou-as no porta-malas.

Nenhum motorista que passasse ali pensaria duas vezes sobre um homem com ferramentas cuidando de um carro no meio de um centro automotivo.

Os salões de exibição eram tão afastados, atrás dos lotes de venda, que os veículos estacionados na passagem ficavam fora da vista dos vendedores.

Ele foi até o Cadillac prateado. As portas estavam trancadas. Espiando pelas janelas, não viu sinais de bens pessoais. O porta-luvas estava aberto e vazio.

As evidências sugeriam que esse carro tinha sido recém-negociado, e ainda não fora enviado para a revisão anterior à venda, então devia ficar ali sem ser perturbado por alguns dias. Na Califórnia, as placas ficavam com o negociante, e o comprador dirigia seu novo veículo sem placas até recebê-las pelo correio.

Se o Cadillac aparentasse pertencer a um funcionário, Tim teria seguido em frente até encontrar um possível carro negociado, pois quanto antes alguém dirigisse o carro, mais rápido as placas sumidas seriam percebidas.

Ele removeu as placas do Cadillac e colocou-as no Honda Accord.

Quando Tim voltou ao volante, Linda disse:

— Nada de serviço por enquanto. Se eu ainda fosse uma escritora, escreveria sobre um psicopata que rastreia alguém que não consegue manter uma garantia de ativação instantânea.

— E o que o psicopata faz quando encontra a pessoa?

— Ele o desativa.

— Você ainda é uma escritora — disse ele.

Ela balançou a cabeça.

— Já nem sei mais. E se eu não sei, como é que *você* sabe?

Ligando o Honda, ele disse:

— Porque somos o que somos.

— Isso é muito profundo. Se um dia eu ainda escrever outro livro, com certeza vou usar essa.

— Eu achava que podia ser apenas um pedreiro. Sou pedreiro, certo, mas ainda sou o que era antes também.

Enquanto ele saía do meio-fio, podia sentir aquele olhar verde passeando pelo seu rosto.

— E o que você era? — perguntou ela.

— Meu pai também é pedreiro e dos bons. Ser pedreiro o define de um modo que não parece me definir totalmente, embora eu gostaria de sentir isso.

— Seu pai é pedreiro — perguntou ela quase fascinada, como se ele tivesse revelado algo mágico.

— O que há de tão surpreendente nisso? Os pais costumam passar seus ofícios para os filhos, ou pelo menos tentam.

— Isso vai parecer idiotice. Mas desde que você apareceu lá em casa, tudo tem andado tão depressa... nunca tinha me ocorrido que você tem um pai. Você gosta dele?

— Se eu gosto dele? Por que não iria gostar?

— Pais e filhos, nem sempre dá certo.

— Ele é um grande cara. É o melhor.

— Meu Deus, você tem uma mãe também, não tem?

— Bem, meu pai não é uma ameba, ele não se dividiu em dois e lá estava eu.

— Ah, meu Deus — disse ela baixinho, com uma expressão de assombro — qual é o nome da sua mãe?

— Ah, meu Deus, o nome dela é Mary.

— Mary — disse ela, como se nunca tivesse ouvido esse nome antes, como se fosse sonoro e doce. — Ela é realmente maravilhosa?

— Ela é quase tão maravilhosa quanto você pode imaginar.

— Qual é o nome do seu pai?

— Walter.

— Walter Carrier?

— Só podia ser, não é?

— Ele tem uma cabeça enorme como a sua?

— Não me lembro dela menor.

— Walter e Mary — disse ela. — Ah, meu Deus.

Perplexo, ele olhou para ela.

— Do que você está rindo?

— Achei que você fosse um país estrangeiro.

— Qual país estrangeiro?

— O seu próprio, uma terra exótica, com tanto a se aprender sobre ela, e tanto a explorar. Mas você não é um país estrangeiro.

— Não sou?

— Você é um *mundo*.

— Isso é outra piada sobre minha cabeça enorme?

— Você tem irmãos ou irmãs?

Saindo do centro automotivo, Tim disse:

— Não tenho irmã, apenas um irmão. Zach. Ele é cinco anos mais velho que eu e tem uma cabeça normal.

— Walter, Mary, Zach e Tim — disse ela, parecendo encantada. — Walter, Mary, Zach e Tim.

— Não sei bem por que te interessaria, mas de repente tudo interessa, então devo dizer que Zach é casado com Laura e eles têm uma menininha chamada Naomi.

Os olhos de Linda brilhavam como se estivessem segurando as lágrimas, mas ela não se parecia com uma mulher a ponto de chorar. Ao contrário.

Ele sentiu que podia estar caminhando sobre uma lâmina afiada com a pergunta, mas mesmo assim a fez:

— E seu pai e sua mãe?

O celular descartável tocou. Ela atendeu.

— Sim — disse em resposta a uma pergunta e depois — Sim. — E finalmente — Obrigada.

O serviço fora ativado.

CAPÍTULO 42

KRAIT DESCOBRIU MUITAS COISAS QUE LHE DESAGRADARAM sobre Teresa Mendez, analisando o conteúdo de sua escrivaninha, que ficava num canto da sala. Todos os seus valores eram errados.

A informação mais importante sobre essa viúva de 32 anos que trabalhava como secretária num consultório médico, escrita em sua agenda, era que atualmente ela podia ser encontrada em Nova York, de férias, com as amigas Gloria Nguyen e Joan Applewhite.

Viajara no domingo anterior. Hoje era terça-feira. Ela voltaria no próximo domingo.

Atrás da porta do armário debaixo da pia da cozinha, havia um pano de prato úmido pendurado.

O piso dos boxes dos dois banheiros, o de cima e o de baixo, estava molhado e a argamassa entre os azulejos, escurecida pela umidade.

Na sala, a lareira elétrica fora acesa mais cedo. Os tijolos que a forravam ainda estavam mornos ao toque.

A garagem para dois carros estava vazia. A viúva Mendez podia ter ido de carro até o aeroporto para pegar o voo para Nova York. Mas se ela tivesse um segundo carro, estaria em posse de Carrier e da mulher agora.

Ele enviou uma mensagem de texto para sua equipe de apoio, pedindo informações sobre veículos e motos registrados em nome de Mendez.

Pouco depois, enquanto satisfazia a curiosidade inspecionando o conteúdo do congelador da viúva, ele recebeu uma mensagem codificada respondendo que Mendez só possuía um Honda Accord.

Eles tinham o número da placa, mas isso era de pouca utilidade para um homem que trabalhava sem total sanção legal. Krait não podia emitir um boletim de busca a procurados.

No momento, perdera o rastro de suas vítimas. Não ficou desmedidamente preocupado. Eles só conseguiriam encontrar refúgio temporário. Esse era o mundo de Krait. Ele pertencia à realeza secreta e eles eram plebeus; seriam encontrados mais cedo do que imaginavam.

Sem dormir durante as últimas 16 horas, percebeu que isso podia, na verdade, ser o destino trabalhando a seu favor, dando-lhe uma oportunidade de se renovar antes da última cartada.

Preparou um bule de chá verde.

Na estreita despensa, encontrou um pacote de biscoitos. Colocou meia dúzia deles num prato.

No alto de um armário, encontrou uma pequena garrafa térmica azul, adoravelmente decorada com detalhes em forma de arlequins preto e branco no topo e embaixo. Quando o chá ficou pronto, ele a encheu.

O merecido descanso que ele pretendia aproveitar na casa de Bethany e Jim o esperava aqui, na residência mais humilde da viúva Mendez.

Ele levou a garrafa térmica de chá, uma caneca, o prato de biscoitos e dois guardanapos de papel para o quarto principal no segundo andar. Pôs tudo na mesa de cabeceira.

Depois de se despir e dispor as roupas cuidadosamente para que não amassassem, ele encontrou dois roupões no armário da viúva. Nenhum deles podia ter pertencido ao falecido marido.

O primeiro era acolchoado, cor-de-rosa, floral e sem estilo. Ele encontrou um chumaço nojento de lenços usados e meio rolo de pastilhas para garganta num dos bolsos.

Felizmente, a segunda escolha, um de seda azul, embora pequeno para ele, ficava confortável o bastante e tinha um tato delicioso.

Depois de pegar quatro travesseiros e fazer uma pilha bem fofa com eles, Krait achou roupas sujas numa cesta no armário. Ela não tivera tempo de terminar as tarefas domésticas antes de ir para Nova York.

Na roupa suja, ele encontrou um sutiã de *stretch* sem bojo, duas camisetas e três pares de calcinhas. Cobriu o travesseiro de cima da pilha com isso, onde se recostaria enquanto tomasse o chá e onde acabaria descansando o rosto quando pegasse no sono.

O único artigo de leitura no quarto da viúva consistia em revistas que não atraíam Krait. Ele se lembrou de ter visto algumas prateleiras de livros em um canto da sala e, num palpitante tremeluzir de seda, desceu para dar uma olhada.

Evidentemente, Teresa não era uma leitora. A maioria dos exemplares em sua prateleira caía no gênero da psicologia popular, autoajuda, busca espiritual e conselhos médicos. Krait os achou entediantes.

Os únicos livros interessantes eram os que, a julgar pelas lombadas, pareciam ser seis romances. Os títulos o intrigaram: *Desespero, A desesperança e a morte, Verme do coração, Podres...*

O título *Câncer implacável* atraiu Krait de modo especial. Ele o tirou da prateleira. O nome do autor, Toni Zero, carregava um interessante pendor niilista. Claramente, era um pseudônimo e parecia dizer ao leitor: *Você é um tolo se pagar por isso, mas tenho certeza de que o fará.*

Ele achou a ilustração da capa sofisticada, brutal e desanimadora. Prometia um retrato furioso da humanidade, como imprestável, uma turba de duas caras.

Quando ele virou o livro para olhar a contracapa, se espantou com a foto do autor. Toni Zero era Linda Paquette.

CAPÍTULO 43

ENQUANTO TIM PARAVA O CARRO NO ESTACIONAMENTO vazio de um shopping center, mais de uma hora antes da abertura das lojas, Linda ligou para o 102 para conseguir o número do restaurante do primo de Pete Santo, Santiago Jalisco, vulgo Shrek.

Quando ela mencionou o nome de Tim, a recepcionista a passou imediatamente para Santiago em seu escritório na cozinha, mas quem atendeu a ligação foi Pete. Ele ficou surpreso ao ouvir a voz dela em vez da de Tim.

— Vou colocar no viva-voz — disse ela.

— Ei, espere, eu quero saber.

— Saber o quê?

— O que você acha?

— Acha de quê?

— Dele. O que você acha dele?

— O que você tem a ver com isso?

— Nada. Você está certa, mas eu estou morrendo de curiosidade.

Tim chamou sua atenção e, comicamente, ergueu uma das sobrancelhas.

— Eu acho — disse ela a Pete — que ele tem uma cabeça adorável.

— Adorável? Não podemos estar falando do mesmo cara.

— Viva-voz — falou Tim, impaciente. — Viva-voz.

Ela obedeceu e disse a Pete:

— Agora você é público.

— Acho que agora eu sei por que não sobrou nada do seu casamento, além do peixe-espada empalhado — disse Tim.

— Eu posso ter ficado apenas com um peixe morto e uma cachorra tímida, mas nenhum deles me aborrece.

— Então é isso o que você tem, seu resmungão, mas e para nós, tem o quê?

— Você se lembra do Café Cream & Sugar em Laguna?

— Deu um branco — disse Tim.

— Eu conheço. Conhecia — disse Linda. — Eu frequentava o lugar. Ficava a umas três quadras da minha casa. Eles tinham um pátio muito legal.

— A torta de maçã de lá era demais — disse Pete.

— Com amêndoas.

— Fiquei com água na boca. Bem, há um ano e meio, de manhã cedinho — disse Pete — logo antes de abrirem o café, o lugar pegou fogo, não sobrou nada.

— Um inferno — Linda recordou.

— A polícia acha que usaram algum tipo de acelerador de incêndio, mas nenhum dos comuns, coisa sofisticada, difícil de conseguir o perfil químico.

— É, lembro agora. Nunca fui lá. Meio que me lembro de passar na frente — disse Tim.

— Quando eles apagaram o fogo — disse Pete —, encontraram quatro corpos carbonizados.

— Charlie Wen-ching era o dono — disse Linda. — Era um amor de criatura, nunca esquecia um nome, tratava todos os seus fregueses habituais como familiares.

— Seu nome verdadeiro era Chou Wen-ching — disse Pete —, mas ele usava Charlie há mais de trinta anos. Veio de Taiwan. Um comerciante esperto, um bom homem.

— Dois dos outros corpos eram seus filhos — disse Linda.

— Michael e Joseph. Negócio familiar. A quarta vítima era uma sobrinha, Valerie.

Embora estivessem cercados por quilômetros de asfalto, Tim estava sempre inspecionando o estacionamento, olhando pelos retrovisores.

No plano baixo, uma brisa mal soprava, mas um vento de grande altitude dirigia uma frota esfarrapada de nuvens para o leste e as sombras de galeões fantasmas navegaram pelo pavimento.

— Todos eles morreram no frigorífico onde guardavam o leite e as massas. Depois de alguns dias, o médico-legista descobriu que eles tinham sido mortos a tiros antes de serem incendiados.

— É por isso que não acompanho os noticiários — disse Tim. — É por isso que só quero levantar paredes um dia após o outro.

— É uma região comercial, uma área bastante habitada, mas ninguém escutou os tiros.

— O cara era profissional — disse Tim. — Tinha o equipamento certo.

— Mas duas pessoas *viram* alguém saindo do Cream & Sugar uns dez minutos antes do lugar ter pegado fogo. O sujeito atravessou a rua até um motel bem na frente do café, entregou sua chave e partiu. Tinha se hospedado lá por uma noite, no quarto 14. Seu nome era Roy Kutter.

— Essas iniciais — disse Linda. — Um dos nomes de Kravet.

— Estou com uma cópia da habilitação dele. O endereço é de São Francisco. O mesmo sacana de cara sorridente.

— Mas se alguém o viu... — disse Tim.

— Durante 48 horas ele foi considerado uma pessoa procurada. A polícia queria falar com ele. Então o encontram e ele disse que a testemunha estava errada. Falou que não *saiu* do Cream & Sugar uma vez que nunca entrou lá. Disse que tinha ido até lá para pegar um café para a viagem, mas ainda não estava aberto, a porta estava trancada. Ele não podia esperar vinte minutos até começarem a servir, pois tinha um compromisso importante.

— Que compromisso? Qual é o negócio dele? — perguntou Tim.

— Administração de crises.

— O que isso significa?

— Quem sabe? Supostamente trabalhava para algum órgão federal.

— Qual?

— Fica sempre vago nas reportagens jornalísticas.

— Mas ele pareceu falar a verdade? — perguntou Linda. — Eles o soltaram?

— Foi aí que comecei a ler nas entrelinhas das matérias — disse Pete. — Dá para se ver que o detetive responsável pelo caso, assim como o chefe dele, queriam arrancar algo desse Kutter, até achar um modo de segurá-lo.

— Então por que não fizeram isso?

— Talvez isso seja ler muito profundamente as entrelinhas, mas acho que alguém de peso *os* forçou a deixar Kutter de lado.

— Como fizeram com Hitch Lombard — disse Tim.

— Exatamente. Em pouco tempo, Roy Kutter já não era suspeito.

Alguns carros começaram a entrar no vasto terreno, estacionando em diferentes fileiras. As pessoas que saíam deles deviam ser funcionários de lojas, talvez gerentes, chegando uma hora antes de começar o expediente. Nenhum deles demonstrou qualquer interesse pelo Honda.

— Então — disse Linda — o que importa que eu tenha ido lá tomar um café? Não fui lá no dia do incêndio. Acho que não fui lá na semana anterior ao incêndio também. Por que alguém ia querer que eu morresse só porque frequentava o Cream & Sugar?

Da humilde cozinha de Santiago Jalisco, onde certamente o mundo parecia mais ordenado e são do que no local onde Kravet provavelmente estava, naquele momento, procurando o Honda de Teresa através de algum feitiço, Pete disse:

— Garota, você está brincando comigo ou é verdade que alguém quer te matar?

— Acho que talvez seja hora de contar do que se trata — disse Tim.

— É. Talvez seja mesmo.

Resumidamente, Tim contou os acontecimentos da taberna, os dois casos de confusão de identidade.

— Minha nossa, Porteiro.

— Então, aqui estamos — disse Tim —, não temos nada para provar que isso aconteceu e agora tudo indica que mesmo se tivéssemos um vídeo mostrando o cara atirando em nós, não conseguiríamos ninguém sequer para sacudir um dedo para o menino travesso.

— Alguma coisa aconteceu desde então — imaginou Pete.

— É. Um monte de coisas.

— Vai contar?

— Estou cansado demais para contar todos os detalhes. Digamos apenas que Linda e eu... conseguimos o direito de ainda estar respirando. A verdade é que estou surpreso de ainda estarmos vivos.

— Sei que isso pode não ser nenhuma novidade, mas digamos que você tenha sorte e acabe com o esquema dele. Ainda assim o troço não vai ter fim enquanto não acabar com o esquema do cara para quem ele trabalha também.

— Tenho um pressentimento de que o esquema deles é indestrutível.

— E para onde vamos daqui? — perguntou Linda. — Somos dois ratinhos, um falcão vigarista está vindo e não sabemos onde vamos nos esconder.

Sua voz não transparecia nenhum medo e ela parecia calma.

Tim imaginou qual seria a fonte e a profundeza da força dela.

— Tenho mais uma coisa — disse Pete. — Pode ser algo. Esse meu amigo da delegacia de Laguna, Paco, é tão confiável como o nascer do sol. Falei com ele meia hora atrás para sondar como estava o caso Cream & Sugar. Sei que está em aberto, mas será que ainda está ativo? Ele me disse que não e me contou que Lily Wenching ainda está louca de pesar, pois acha que ainda não acabou. Ela acredita que os caras que deram fim à família dela ainda estão tratando do negócio do qual aqueles assassinatos fizeram parte.

— Lily é a mulher de Charlie — Linda disse a Tim. — A viúva.

— O que você quer dizer com ainda estão tratando do negócio? — perguntou Tim.

— Ela encasquetou que alguns fregueses habituais do Cream & Sugar morreram de modo suspeito desde o incêndio.

Linda se abraçou e um calafrio percorreu-lhe a espinha, como se o tempo tivesse ficado louco.

— Morreram de modo suspeito? — perguntou Tim. — Quem?

— Paco não disse e eu não quis especular demais para não deixá-lo cismado. O que está totalmente claro é que eles não levam Lily a sério. Depois de tudo o que a pobre mulher perdeu, é fácil acreditar que ela tenha ficado louca. Mas talvez você queira falar com ela.

— Logo — concordou Linda. — Eu sei onde mora a família. Bom, se ela ainda estiver na mesma casa.

— Paco disse que sim. Ela não consegue abandonar nada. Como se ficando presa ali o mais teimosamente possível, fosse conseguir trazê-los de volta.

Tim viu naqueles expressivos olhos verdes a compreensão mais completa do pesar obstinado que Pete acabara de descrever.

— Me dê o seu novo número de celular — disse Pete. — Vou agora mesmo comprar um telefone descartável para mim também. Volto a falar com vocês. Não ligue mais para cá. Não quero envolver Santiago, nem mais um pouquinho.

— Não vejo o que mais você pode fazer por nós — disse Tim.

— Se eu não puder fazer mais nada além do que já fiz até agora, então eu sou um pobre de um filho da puta. Me dê o seu novo número.

Linda fez o que ele pediu.

— Tem mais uma coisa que você precisa saber, embora provavelmente já saiba.

— O quê? — perguntou Tim.

— Não estou falando com você, Porteiro. Estou falando com a lindinha aí. Está ouvindo, lindinha?

— Com os dois ouvidos, *holy one*.

— É provável que já saiba disso, mas você não podia estar em melhores mãos do que está nesse momento.

Encontrando os olhos de Tim, Linda disse a Pete:

— Eu soube disso desde o momento em que ele entrou na minha casa ontem à noite e disse que não entendia nada de arte moderna.

— Acho que você tinha mesmo que estar lá — disse Pete.

— Acontece que — explicou ela — mesmo que ele tivesse dito outra coisa, ou não tivesse feito comentário algum, eu saberia que estava segura.

CAPÍTULO 44

SENTADO NA CAMA, LENDO *CÂNCER IMPLACÁVEL* DE TONI
Zero, Krait logo esqueceu o chá verde e os biscoitos.

Seu ímpeto narrativo era forte, sua prosa, luminosa e segura.
Ela entendia a necessidade de contenção, mas também o valor
da hipérbole.

Mais que tudo, ele gostou do desespero sedutor, da desesperança profundamente sedimentada, da amargura que não dava a
menor chance a qualquer otimismo que pudesse querer debater
esse obscuro ponto de vista.

Com aquele livro, o aprendiz do demônio Vermebile poderia ter
aprendido como desviar almas inocentes da luz. Até o próprio Fita-
fuso podia ter aprendido um ou dois truques.*

---

* Aqui o autor se refere à obra de C. S. Lewis *The screwtape letters*, traduzido para
o português como "Cartas do inferno", "As cartas do coisa-ruim" e "Cartas de
um Diabo ao seu aprendiz". (*N. da T.*)

Krait também aprovava a raiva dela. A raiva sempre permanecia subordinada ao desespero, mas ela a servia em pequenas doses cruéis e vingativas.

Por um tempo, ele achou que ela podia ser a escritora do século, ou pelo menos que iria se tornar sua favorita.

Mas, gradativamente, ela se revelou frustrada com a ignorância deliberada, que é um traço humano constante, uma indignação com a crueldade que as pessoas impõem umas às outras. Ela podia ver o mundo como desesperador, mas acreditava que não precisava permanecer assim.

Pior, ela ansiava por um mundo onde as promessas fossem cumpridas, onde a confiança não fosse traída, onde a honra importava e onde a coragem inspirasse a coragem. Por causa disso, ela finalmente perdeu o direito à adoração de Krait.

Claramente, o desespero naquelas páginas não era o que ela realmente sentia, mas o que alguma experiência mais dura ou um bom professor a convencera que *deveria* sentir. Em contraste, os momentos de ira ardente no livro eram reais, mas não intensos nem numerosos o bastante para o gosto de Krait.

Passeando pela casa de Paquette na noite anterior, ele revistara a estante de livros na sala, mas não vira os exemplares de Toni Zero. O fato de ela os ter guardado em um armário ou os encaixotado e guardado no sótão sugeria que devia ter reconhecido sua própria falta de convicção no que escrevia.

Na verdade, seu Ford cupê 1939, sua coleção de romances de outros escritores e a decoração sugeriam um coração aborrecidamente esperançoso.

Ele levou o livro para o banheiro e jogou-o no vaso. Esvaziou a bexiga. Não deu descarga, mas baixou a tampa para deixar o romance boiar.

Aquilo não combinava com seu pendor para a limpeza, mas era necessário.

Novamente na cama, ele comprovou que a garrafa térmica mantivera o chá morno. Os biscoitos estavam gostosos.

Quando se acomodou para um cochilo de duas ou três horas, guardou a Glock sob as cobertas e ficou segurando o celular.

Acordaria na mesma posição que estava quando pegara no sono e o telefone continuaria em sua mão. Ele nunca sonhava e nunca ficava inquieto enquanto dormia. Realmente dormia como os mortos.

CAPÍTULO 45

ENQUANTO LINDA DIRIGIA O HONDA, TIM LIGOU O BARBEA-
dor elétrico na bateria do carro e se barbeou sem usar um espelho.

— Simplesmente não suporto essa sensação — disse ele ao
acabar.

— Qual sensação?

— De barba espetando, como coça. Prefiro ficar com roupas
suadas e fedorentas.

— Talvez devesse.

— Piolho, lábios que sangram de tão rachados, calor infernal,
aquele fungo seco cinzento, baratas enormes, prefiro encarar tudo
isso à coceira da barba por fazer.

— A maioria dos caras não revela sua afeição por fungo seco
cinzento num primeiro encontro.

Devolvendo o barbeador ao estojo, ele disse:

— Geralmente os primeiros encontros não são tão longos como esse.

— Baratas enormes?

— Você não vai querer saber. Como é a Sra. Wen-ching?

— Um pequeno dínamo. Ela trabalhava no Cream & Sugar assim como o restante da família. Costumava chegar lá na hora do almoço e ficava até o fim da tarde. Ela não estava trabalhando quando o incêndio aconteceu.

A residência dos Wen-ching era uma elegante casa de estilo moderno, situada nos morros de Laguna, sobre pilotis num desfiladeiro.

A entrada de ardósia lapidada era ladeada de palmeiras, que lançavam sombras feito asas de corvo sobre a pedra matizada.

Lily Wen-ching atendeu a campainha. Ela tinha 50 e tantos anos, pele lisa como porcelana, da cor de marfim envelhecido, era esguia e usava um conjunto de calças de seda preta e blusa de gola alta. Devia ter 1,50m, mas sua presença parecia maior que seu peso e sua altura somados.

Antes que eles tivessem a chance de se apresentar, Lily disse:

— Você é... Linda? *Espresso* duplo com casquinha de limão para acompanhar?

— Exatamente — disse Linda. — Como é que a senhora consegue lembrar, especialmente depois de todo esse tempo?

— Aquilo era nossa vida e era uma grande satisfação ver as pessoas contentes com o que lhes oferecíamos.

Sua voz era doce como mel. Até mesmo palavras comuns soavam melodiosas.

— Você não era frequentador — disse ela a Tim —, e mesmo que só viesse de vez em quando, eu não esqueceria o que um gigante bebia. Como gosta do seu café?

— Preto ou *espresso*, ou intravenoso.

Sorrindo para Linda, Lily Wen-ching disse:

— Eu me lembraria dele mesmo que só tivesse ido lá umas poucas vezes.

— A impressão que ele deixa é a de uma pedra que subitamente cai sem fazer barulho — disse Linda.

— Muito bem colocado — disse Lily.

Depois de fazer as apresentações, Linda disse:

— Sra. Wen-ching...

— Lily.

— Obrigada, Lily. Quando eu lhe disser por que estamos aqui, espero que não pense que somos loucos. A maioria das pessoas provavelmente acharia isso. Bom, desconfio de que alguém está tentando me matar... porque eu frequentava o Cream & Sugar.

Os olhos da viúva, tão escuros e límpidos quanto um bom café jamaicano recém-preparado, não se arregalaram nem se estreitaram.

— Sim. Existe essa possibilidade.

Lily Wen-ching os levou para uma sala de teto rebaixado um tom mais claro que as paredes pintadas de damasco esmaltado.

Cortinas brilhantes cor de bronze estavam abertas, presas nas extremidades de uma parede, permitindo avistar o mar matinal arroxeado da Ilha Catalina e um céu seco e vazio de tudo, exceto por alguns resquícios emaranhados de algodão.

Linda e Tim sentaram-se de frente para a vista, em poltronas de madeira zitan com almofadas vermelhas e flores esculpidas nos largos encostos.

A anfitriã pediu licença sem dar explicações. Seus chinelos não faziam ruído no tapete nem no piso de madeira.

Um falcão de cauda vermelha surgiu do desfiladeiro sobre o qual a casa se projetava e planou num amplo giro.

Na sala, uma dupla de quimeras entalhadas na pedra e montadas em altos suportes para incenso parecia observar Tim enquanto ele fitava o falcão.

Um silêncio pesado encheu a casa e Tim sentiu que seria falta de educação, e até grosseria, perturbar a quietude.

Rapidamente, Lily voltou com três xícaras brancas numa bandeja vermelha laqueada. Ela deixou a bandeja numa mesa de madeira zitan com pés retráteis, articulações de encaixe alongadas e suportes decorativos.

De costas para a vista, ela se sentou numa cama Luohan usada como sofá. Dragões sem chifres estavam entalhados no encosto e nos braços, e uma almofada vermelha combinava com as das poltronas.

— O querido Dr. Avarkian era um freguês habitual — disse ela após dar um gole no café.

— Conversamos algumas vezes no seu pátio, quando nos sentamos em mesas próximas — relembrou Linda.

— Era professor universitário — contou Lily a Tim. — Freguês assíduo, teve um infarto jovem e acabou morrendo.

— Que idade tinha? — perguntou Tim.

— Quarenta e seis. Isso aconteceu três meses depois do incêndio.

— Era jovem mesmo, claro, mas homens dessa idade às vezes estão sujeitos a sofrerem infartos fatais.

— A adorável Evelyn Nakamoto.

— Eu a conhecia também — disse Linda, inclinando-se para a frente na poltrona. — Ela tinha uma galeria de arte na Forest Avenue.

— Cinco meses após o incêndio — disse Lily. — Ela estava passeando pelas ruas de Seattle, quando, de repente, um motorista a atropelou e fugiu.

— Mas Seattle... — disse Tim, bancando o advogado do diabo, sugerindo que se essas mortes estivessem ligadas, se esperaria que acontecessem em Laguna Beach ou nas proximidades.

— Se alguém morresse longe de casa — disse Linda — daria a impressão de estar menos ligada às outras mortes aqui. Deve ter sido exatamente por isso que foram atrás dela em Seattle.

— A doce Jenny Nakamoto — disse Lily Wen-ching.

— Evelyn tinha uma filha, muitas vezes iam tomar café juntas — contou Linda. — Uma bela garota.

— Sim, Jenny. Tão doce, tão brilhante. Estudava na Universidade da Califórnia. Tinha um pequeno apartamento em cima de uma garagem em Westwood. Certo dia, quando chegou em casa, alguém estava lá. Ela foi estuprada e morta.

— Que coisa horrível. Eu não fiquei sabendo — disse Linda. Quando foi que isso aconteceu?

— Faz oito meses, cinco meses depois da morte da mãe em Seattle.

Tim começava a sentir um gosto amargo em seu café forte, maravilhosamente preparado.

Após devolver sua xícara à bandeja laqueada, inclinando-se para a frente na cama Luohan, com as mãos cruzadas no colo, Lily disse:

— Ainda tem uma coisa terrível sobre o assassinato de Jenny.

Localizando uma presa, a cauda vermelha circundante mergulhou no desfiladeiro, deixando o céu sem falcão.

— Ela sufocou até a morte com moedas — disse Lily, olhando para suas mãos cruzadas.

Incerto de ter ouvido bem, Tim questionou:

— Moedas?

Como se fosse incapaz de olhar nos olhos deles enquanto contava essa atrocidade, Lily continuou fitando fixamente as próprias mãos.

— Ele amarrou as mãos de Jenny nas costas, prendeu-lhe os tornozelos, segurou-a deitada na cama e forçou um rolo de moedas de 25 centavos pela garganta dela.

— Oh, meu Deus — disse Linda.

Tim teve certeza de que a última coisa que Jenny Nakamoto vira, enquanto sua visão se embaçava de lágrimas, tinha sido ferozes olhos dilatados, ávidos por luz, toda a luz, pela luz dela.

— Um infarto, um homicídio culposo no trânsito, um estupro seguido de assassinato — disse Tim. — A polícia pode não ver conexão alguma, mas eu acho que você está certa, Lily.

Ela olhou para eles.

— Não são só três. Há mais dois. O querido Sr. Shotsky, o advogado, e a mulher dele, que costumavam frequentar o Cream & Sugar juntos.

— Eu não os conhecia — disse Linda —, mas soube da história pelos noticiários. Ele atirou nela e depois se suicidou usando a mesma arma.

— Não acredito — disse Lily Wen-ching. — O Sr. Shotsky deixou uma carta dizendo que a tinha flagrado nua com outro homem na cama. Havia... desculpe, mas devo dizer... havia sêmen nela, e a polícia disse que não era do marido. Mas se o Sr. Shotsky podia atirar na própria mulher, por que não matou o homem também? Por que deixou o homem escapar? Onde ele está agora?

— Você devia ser detetive, Lily — disse Tim.

— Eu devia ser esposa e mãe, mas não sou mais.

Embora um tremor de emoção marcasse aquelas palavras, seu rosto liso como porcelana e seus olhos escuros permaneceram serenos.

O pesar podia reforçar o profundo silêncio que pairava naquela casa, mas uma aceitação estoica do domínio inflexível do destino também lhe dava substância.

As quimeras de pedra tinham ouvidos furados, como se alerta ao som dos passos do homem com olhos de gárgula.

CAPÍTULO 46

NUM CAMPO DE CAPIM DOURADO, ENTRE FEIXES DE BAMBU negro, havia garças com patas pretas feito palitos, pescoços e bicos também pretos.

Tons dourados definiam o biombo de seis painéis da sala de Lily Wen-ching, os elementos pretos quase caligráficos. Havia também os corpos e as cabeças de penas brancas das garças, além de uma sensação de paz.

— Para a polícia — disse Lily — essas cinco mortes não passam de coincidência. Um deles me disse: "Não há conspiração, Lily. É a vida." Como podem pensar desse modo... que morte é vida? Que morte antinatural e assassinato são parte natural da vida?

— Houve algum progresso nas investigações dos assassinatos da sua família? — perguntou Tim.

— Não se pode progredir numa caça ao urso seguindo apenas o rastro dos cervos. Eles procuram por um ladrão, mas não teve ladrão nenhum.

— Não levaram dinheiro? — perguntou Linda.

— O incêndio o levou. Não havia nada que valesse a pena roubar. Começávamos o dia com dinheiro suficiente no caixa para o troco. Quem mata quatro pessoas por 40 dólares em moedas e notas pequenas?

— Alguns matam por menos. Por ódio. Por inveja. Por nada. Só por matar — disse Tim.

— E depois preparam um incêndio com todo o cuidado? E trancam a porta ao sair, tendo cronometrado o incêndio para começar depois que saíssem?

— A polícia encontrou um cronômetro ou algum instrumento incendiário? — perguntou Linda.

— Foi um calor tão intenso que não sobrou nada além de uma *sugestão* de instrumento. Então eles ficam discutindo entre si se aquilo era uma prova ou não.

Na vastidão do céu além da janela, um último e frágil esquife de nuvens se separava, afundando no alto do azul.

— Como você sabe que alguém quer lhe matar? — perguntou Lily.

Depois de olhar para Tim de relance, Linda disse:

— Um homem tentou me atropelar num beco sem saída. Depois atirou em nós.

— Você foi à polícia?

— Temos motivos para crer que ele deve estar envolvido com a polícia de algum modo, em algum lugar. Queremos ter mais informações antes de procurar a polícia.

Inclinando-se para a frente no sofá, ela perguntou:

— Vocês têm um nome?

— Temos sim, mas é falso. Não sabemos seu nome verdadeiro.

— Como vocês ficaram sabendo que eu tenho essas suspeitas?

— Um dos suspeitos dos assassinatos da sua família tinha o mesmo nome.

— Roy Kutter.

— É.

— Mas ele era real. Roy Kutter. Eles o soltaram.

— Sim — disse Linda —, mas acontece que essa é uma identidade falsa.

— A polícia daqui sabe disso?

— Não — disse Tim. — E nós lhe imploramos que não passe nada do que lhe contamos para eles. Nossas vidas podem depender da sua discrição.

— De qualquer maneira, eles não me ouviriam — disse ela. — Acham que estou louca devido à minha tristeza.

— Nós sabemos — disse Tim. — Soubemos que você os procurou para falar dessas cinco mortes. Por isso viemos.

— A tristeza não me deixou louca — garantiu ela. — A tristeza me deixou com raiva, impaciente e decidida. Eu quero justiça. Quero a verdade.

— Se tivermos sorte, talvez possamos pelo menos trazer a verdade à tona para você — disse Tim. — Mas justiça é uma coisa muito difícil de se conseguir neste mundo hoje em dia.

— Todas as noites e todas as manhãs eu rezo pelo meu querido marido, pelos meus meninos e pela minha sobrinha. De agora em diante vou rezar por vocês dois também — disse Lily se levantando do sofá.

Enquanto seguia as mulheres para fora da sala, Tim olhou mais uma vez para o biombo com graciosas garças e bambu negro. Viu algo ali que não percebera antes: escondido no capim dourado estava um tigre de ouro agachado.

Mesmo sem saber se era apropriado, quando chegou na porta da frente, ele se inclinou e abraçou Lily Wen-ching.

Ela deve ter achado apropriado, pois ficou na ponta dos pés para beijá-lo no rosto.

— Eu o vi admirando o biombo quando chegou.

— Sim. E agora mesmo de novo. Gostei muito dele.

— Do que gostou... da beleza das garças?

— A princípio sim. Mas agora, reparando melhor, o que gostei mais foi da calma das garças na presença do tigre.

— Nem todo mundo vê o tigre — disse ela. — Mas ele está lá. Sempre está lá.

Novamente no Honda, Linda disse:

— Outros cinco assassinatos após o incêndio. Por algo que não sabiam que sabiam.

— Algo aconteceu enquanto vocês todos estavam na mesma hora em um dia específico. Enquanto tomavam café na mesma hora no pátio, em suas mesas separadas.

— Mas nada aconteceu no pátio — protestou ela. — Nada de notável. Costumávamos tomar nosso café e ler o jornal e curtíamos o sol... depois íamos para casa.

— O tigre estava lá, mas ninguém viu — disse Tim se afastando da casa de Wen-ching.

— E agora? — perguntou ela enquanto desciam pelos morros rumo à costa.

— Ainda não sei.

— Só dormimos duas horas. Podíamos procurar um motel onde não achem estranho quando se paga em dinheiro.

— Acho que eu não conseguiria dormir.

— Nem eu. Então... por que não vamos a um café que tenha um pátio. Vamos ficar sentados ao sol. Talvez bastante sol e um *espresso* consigam espremer de mim uma lembrança.

CAPÍTULO 47

ÀS 10H44, TENDO DORMIDO POUCO MAIS DE DUAS HORAS, Krait acordou de um sono sem sonhos com o celular vibrando em sua mão.

Instantaneamente desperto, ele afastou as cobertas e se sentou na beira da cama de Teresa Mendez para ler o que se mostrou uma mensagem codificada muito irritante da equipe de apoio.

Eles tinham duas perguntas. Primeiro, queriam saber por que as três pessoas na casa de Bethany e Jim tinham sido mortas.

Nunca tinham lhe pedido para explicar danos colaterais anteriormente. Ele se ofendeu com o interrogatório, que parecia sugerir sua falta de necessidade de ter acabado com alguém.

Seu primeiro impulso foi o de responder que os três estavam melhor mortos, que todo mundo agora vivo estaria melhor morto, por amor ao mundo que eles sobrecarregavam. E se a equipe de apoio era arrogante o bastante para interrogá-lo, então deviam perguntar não por que ele matara Cynthia, Malcolm e Nora, e sim por que não tinha matado *todo mundo*.

Queriam saber também por que sua perseguição a Paquette o levara à casa onde os três estavam mortos agora.

Ele não responderia àquela pergunta porque era uma violação impertinente à sua privacidade. Eles tinham *solicitado* que ele lhes concedesse certa *graça*. Eles não o *possuíam*. Ele tinha uma *vida*, uma boa vida na arte da morte.

Contanto que eles acabassem recebendo a graça que buscavam — a morte de Paquette —, não tinham direito de lhe fazer prestar contas de seus atos ou de como passava seu tempo. Ultrajante.

Além disso, Krait não podia lhes contar por que tinha entrado naquela casa, pois eles não sabiam que ele era um sem-teto. Achavam que ele escondia seu endereço, o que fazia sentido para um homem de vocação sanguinária.

Se ele explicasse seu arranjo existencial pouco convencional, eles não entenderiam e talvez cortassem relações com ele. Afinal, eram meros homens; nenhum deles era um príncipe da terra como ele.

Em vez de possuir uma casa própria, ele tinha milhares de casas. Geralmente, habitava a residência de outros com tal discrição que ninguém se dava conta de que ele estivera lá.

De vez em quando, ele ficava numa situação em que não conseguia se explicar. Nesse caso, eliminava o problema com a morte.

No passado, o Clube dos Cavalheiros não mostrara curiosidade sobre tais questões. Neste caso, deve ter sido a quantidade: três baixas colaterais num único incidente.

Ele decidiu ignorar as duas perguntas e responder com um único verso de Wallace Stevens, um poeta que ele apreciava, mas não entendia: O ÚNICO IMPERADOR É O IMPERADOR DO SORVETE.

Às vezes, lendo Wallace Stevens, Krait não só ficava com vontade de matar todo mundo, como também a si mesmo. Isso lhe parecia ser a prova máxima da grande poesia.

O ÚNICO IMPERADOR É O IMPERADOR DO SORVETE.

Deixe-os refletir sobre isso e, se forem brilhantes o suficiente, chegarão à conclusão de que abusaram com suas perguntas.

Agora Krait estava alerta à probabilidade de que Paquette fosse de fato um alvo especificado pelo Clube dos Cavalheiros e não por algum de seus outros requerentes. A irritação deles com as três mortes recentes podia meramente ser um reflexo da preocupação de que sua vítima lhe escapara repetidamente, o que nunca ocorrera antes.

Se ele agisse rapidamente para localizar a mulher e acabar com ela, apaziguaria a preocupação do Clube. Com Paquette morta, os assassinatos de Cynthia, Malcolm e Nora seriam aceitos como inevitáveis danos colaterais e logo seriam esquecidos.

Ele devolveu a roupa íntima de Teresa à cesta de roupa suja no armário e arrumou a cama. Levou a caneca, a garrafa térmica e o prato dos biscoitos à cozinha, lavou tudo e guardou.

Novamente no quarto, ele se vestiu. A reprodução do quadro de Paquette tinha molhado com a chuva mas, quando chegou, ele a abrira sobre o tapete. Encontrou-a seca agora; dobrou-a novamente e pôs no bolso do casaco.

Com a Glock automática, ele voltou ao pequeno gabinete de Teresa. Ligou o computador e entrou na internet.

A regra de nada perguntar servira bem a Krait. Quanto menos soubesse a respeito dos alvos do Clube, melhor. Se entendesse por que eles queriam essas pessoas mortas, saberia demais. Ele tinha experiência considerável sobre o que acontecera a homens — até a príncipes — que sabiam demais.

Embora a solicitação fosse para matar Paquette, não Carrier, ele achara conveniente aplicar a mesma regra de não fazer perguntas sobre o homem também. Mas tendo sido enganado mais de uma vez e, em consideração à súbita insatisfação do Clube dos Cavalheiros, Krait decidiu emendar sua estratégia.

Compôs uma linha simples de busca para obter qualquer informação que pudesse existir sobre Carrier. Ele não esperava encontrar muito mais do que já sabia. Errado.

CAPÍTULO 48

OS ENORMES GALHOS DO PINHEIRINHO DE NATAL NEOZE-landês cobriam aquela metade do pátio do café próxima à rua. Seus ramos majestosos ainda não estavam cobertos pelas flores carmim nessa época do ano.

Tim e Linda sentaram-se ao sol, à mesa mais distante da rua, ao lado de um muro de tijolos caiados onde trepadeiras eram adornadas por begônias mexicanas.

Enquanto bebiam sem pressa o café *espresso*, o sol aquecia o crescente aroma que vinha de um prato de biscoitinhos de chocolate e pistaches.

Eles falavam sobre as begônias quando, após uma pausa, Linda disse:

— O nome do meu pai era Benedict. Todos o chamavam de Benny.

Tim ouviu o *era* e aguardou.

— Ele tinha mestrado em desenvolvimento infantil.

— Então fez as coisas certas com você.

Um vago sorriso surgiu e se foi.

— O nome da minha mãe era Renee.

Seguindo sua intuição, ele disse:

— Você tem alguma foto deles?

Ela tirou a carteira da bolsa e, da carteira, algumas fotos.

— Gostei deles — disse ele.

— Eles eram carinhosos, doces e engraçados.

— Você se parece com ela.

— Ela era formada em pedagogia — disse Linda.

— Professora?

— Eles trabalhavam com crianças pequenas, tinham uma creche, uma escola pré-primária.

— Tudo indica que devem ter sido bem-sucedidos nisso.

— Acabaram tendo três escolas.

Ela virou o rosto para o sol e fechou os olhos.

Um beija-flor pairou buscando o néctar de uma begônia.

— Havia uma menina de 3 anos, Chloe — disse ela.

Em uma das fotos, Benny estava usando um chapéu engraçado e fazia careta para Linda.

— A mãe de Chloe já a tratava com Ritalina.

Na mesma foto, Linda ria de alegria.

— Meus pais a aconselhavam a interromper a Ritalina.

O sol primaveril fazia seu rosto parecer iluminado de dentro para fora.

— Chloe era uma pestinha. A mãe não quis suspender a medicação.

— Dizem que metade das crianças toma isso agora — disse ele.

— Talvez meus pais tenham feito a mãe se sentir culpada.

— Ou nem foi culpa deles. Talvez ela já se sentisse culpada.

— Seja como for. De qualquer modo, ela ficou ressentida com eles por levantarem a questão.

O beija-flor era de um verde iridescente, as asas indistintas.

— Um dia Chloe caiu no pátio e arranhou o joelho.

As fotos começaram a parecer tristes para ele. Lembranças de perda.

— Mamãe e papai limparam o machucado.

Tim recolocou as fotos na carteira.

— Eles usaram iodo. Chloe chorou e fez uma cena por causa da ardência.

O beija-flor foi para outro botão.

— Ela falou para a mãe dela que não tinha gostado do jeito que eles a tocaram.

— Com certeza ela sabia que a menina se referia ao iodo — disse ele.

— Talvez ela tenha entendido mal, ou *quisesse* entender mal.

O rosto de Linda pareceu se apagar mesmo com o sol brilhando cada vez mais.

— A mãe de Chloe deu queixa na polícia.

As asas indistintas produziam um suave e solene canto lúgubre.

— A polícia interrogou meus pais e eles foram liberados.

— Mas não acabou aí?

— O promotor público estava tentando se reeleger.

— Então a justiça se tornou mera política — disse Tim.

Ela baixou a cabeça para não encarar o sol, mas continuou com os olhos fechados.

— O promotor contratou um psiquiatra para conversar com as crianças.

— Todas elas, não só a Chloe?

— Todas. E as histórias fantasiosas começaram.

— E não houve volta — disse ele.

— Brincadeiras e danças envolvendo nudez. Animais mortos em sala de aula.

— Sacrifício animal? As pessoas acreditaram nisso?

— Cachorros e gatos mortos para assustar as crianças e mantê-las em silêncio.

— Meu Deus.

— Duas crianças chegaram a dizer que um menininho tinha sido cortado em pedaços.

— E eles nunca haviam comentado isso com os pais?

— Memórias reprimidas. Cortado em pedaços, enterrado no pátio da escola.

— Então por que não cavaram?

— Fizeram isso, mas não acharam nada.

— E isso não foi o fim da história?

— Reviraram a escola, procurando por pornografia infantil.

— E não acharam nada — presumiu ele.

— Nada. Buscavam também itens usados em rituais satânicos.

— Isso parece Salem em outro século.

— Algumas crianças disseram que foram forçadas a beijar pinturas do demônio.

— E crianças nunca mentem — disse ele.

— Não as culpo. Elas eram pequenas... e vulneráveis.

— Sem querer, os psiquiatras podem implantar memórias falsas.

— Talvez nem sempre sem querer. Houve intenção.

— Tudo isso por causa de um arranhão no joelho.

— Tiraram alguns pisos em busca de salas secretas no porão.

— E nunca acharam nada — disse ele.

— Não. Mas meus pais foram indiciados devido aos testemunhos.

Ela abriu os olhos. Olhava para o passado.

— Acho — disse ele — que houve muitos casos assim na época.

— É. Dezenas de casos. Uma histeria nacional.

— Alguns devem ter sido verdadeiros.

— Noventa e cinco por cento acabaram sendo falsos, talvez até mais.

— Mas muitas vidas foram arruinadas, muita gente acabou na cadeia.

Após um silêncio, ela disse:

— Eu tive que consultar o psiquiatra.

— O mesmo que entrevistou as crianças do pré-primário?

— Sim. O promotor exigiu. E o conselho tutelar também.

— Eles tinham afastado você dos seus pais?

— Estavam tentando. O psiquiatra disse que podia me ajudar.

— Ajudar em quê?

— Me ajudar a lembrar por que eu tinha pesadelos.

— Você tinha pesadelos?

— Toda criança tem. Eu tinha 10 anos. Ele tinha uma presença poderosa.

— O psiquiatra?

— Uma presença poderosa, uma voz sedutora. Fazia a gente gostar dele.

A ascensão do sol encolheu as sombras das xícaras sobre a mesa.

— Ele fazia a gente querer acreditar em coisas... ocultas, esquecidas.

As mãos dela envolveram a pequena xícara de café.

— As luzes eram fracas. Ele era paciente. Tinha voz calma.

Ela ergueu a xícara, mas não bebeu.

— Ele tinha um jeito de fazer com que a gente o olhasse nos olhos dele.

Um leve suor esfriou a nuca de Tim.

— Ele tinha uns olhos tão lindos, tão tristes. E mãos delicadas, macias.

— Até que ponto ele conseguiu induzir você a ter... memórias falsas?

— Talvez até um ponto que não desejo lembrar.

Ela bebeu o resto do café.

— Em nossa quarta sessão ele se expôs para mim.

Enquanto falava, ela depositou a xícara de volta ao pires.

Com um guardanapo de papel, Tim secou a umidade fria da nuca.

— Ele me pediu para tocá-lo. Beijá-lo. Mas eu não o fiz.

— Meu bom Deus. Você contou para alguém?

— Ninguém acreditou em mim. Disseram que meus pais tinham me induzido a falar aquilo.

— Para desacreditá-lo.

— Fui separada de mamãe e papai. Tive que ir morar com Angelina.

— Quem era ela?

— A tia da minha mãe. Molly e eu, minha cachorra Molly... fomos para a casa da Angelina.

Ela olhou fixamente para as costas das mãos. Depois para as palmas.

— Na noite em que eu saí, jogaram pedras na nossa casa, quebraram as janelas.

— Quem fez isso?

— Os que acreditavam em salas secretas e beijos no demônio.

Ela cruzou as mãos sobre a mesa. Sua notável tranquilidade não a abandonava.

— Fazia 15 anos que eu não falava nisso.

— Você não precisa continuar se não quiser — disse ele.

— Preciso sim. Mas preciso da coragem que a cafeína dá.

— Vou pegar mais dois *espressos*.

— Obrigada.

Dando voltas pelas mesas ele levou as xícaras sujas pelo pátio. Na porta do café parou e se virou para vê-la.

O sol beneficente parecia favorecê-la acima de qualquer outra pessoa e qualquer coisa em vista. Julgando só pelas aparências, daria para pensar que este mundo nunca lhe fora desapiedado, que uma vida de felicidade constante explicava a beleza inocente que atraía o olhar, como que magnetizado, para o rosto dela.

CAPÍTULO 49

NOVAMENTE NA ESTRADA, KRAIT DIRIGIA FELIZ. OS ACON-tecimentos reforçaram a ideia de que ele era o rei do mundo, e não meramente o príncipe.

Timothy Carrier podia ser um adversário formidável, mas aquele pedreiro tinha um ponto fraco que seria sua destruição.

Krait já não precisava rastrear aquele casal evasivo. Ele poderia fazer com que Carrier e a mulher viessem até ele.

Enquanto se dirigia a Laguna Niguel, ocorreu-lhe uma ideia que ele achou eletrizante. Talvez o mundo reverso que ele via nos espelhos, e que tanto desejava explorar, pudesse ser seu verdadeiro mundo, o mundo de onde ele viera.

Se ele não tinha mãe, como a memória o assegurava, se sua vida tinha começado subitamente aos 18 anos e se tudo o que aconteceu antes disso permanecia um mistério, então fazia sentido que ele tivesse vindo ao mundo não através de um útero, e sim de um espelho.

Sua ânsia pelo mundo do espelho podia ser uma ânsia pelo verdadeiro lar.

Isso explicava por que ele nunca adquirira uma casa neste mundo. Seu subconsciente percebera que nenhum lugar deste lado do espelho lhe satisfaria plenamente a necessidade de um lar e refúgio, pois aqui ele sempre seria um estranho numa terra estranha.

Ele era superior e ficava à parte das pessoas deste mundo retrógrado porque ele provinha de uma terra onde tudo era como devia ser, tudo era familiar e eternamente imutável e limpo, onde ninguém precisava ser morto, porque todos tinham nascido mortos.

Em Laguna Niguel, ele dirigia pelas ruas de um bairro de classe média alta, onde belas casas eram mantidas com um discreto orgulho e onde as famílias possuíam mais carros do que suas garagens podiam conter.

Numas poucas casas, havia cestas de basquete fixadas acima das portas das garagens. As redes estavam prontas, à espera dos jogos após a escola.

Assim como as cestas esperavam, bandeiras em mesmo número se destacavam, não gloriosamente ondulantes, mas solenes e caídas, estrelas dobradas sobre estrelas e listas aneladas em sulcos.

Gramados verdes bem aparados delimitados por canteiros de hibiscos em vermelho luxuriante e roxo pleno. Treliças geométricas entrelaçadas por roseiras em trepadeira falavam de modo eloquente de um amor pelo lar e da necessidade de ordem.

Krait, um estranho aqui, desejava todas essas pessoas mortas, uma rua após outra, um quilômetro após outro, e desejava que todas as casas virassem cinza e todos os gramados, pó.

Este mundo podia ser o lugar errado, mas pelo menos ele se encontrava aqui na hora certa, à beira de uma era de grande violência e assassinato em massa.

Ele localizou a casa que o levara a esses morros no subúrbio. Dois andares de estuque amarelo-manteiga e madeira branca. Águas-furtadas. Telhado de cedro. Sacada. Gerânios pendurados na varanda.

Depois de estacionar no meio-fio e abrir a janela do lado do passageiro, ele colocou os fones de ouvido. Pegou um microfone manual e o direcionou para uma das janelas do segundo andar.

Mais cedo ele recuperara o sofisticado microfone direcional da valise que estava no porta-malas do carro. Era um dos diversos itens que tivera a perspicácia de pedir à equipe de apoio depois da infeliz perda de seu primeiro veículo.

A uma distância máxima de 50 metros, através de uma janela fechada, o microfone direcional podia captar conversas de outro modo inaudíveis. O vento diminuía sua utilidade e a chuva forte o inutilizava. Mas agora o céu estava claro, e o ar tinha uma imobilidade mortuária.

Uma a uma, ele tentou as janelas do segundo andar, mas nenhuma emitiu qualquer som.

Do primeiro andar vinha um canto. A mulher tinha uma voz suave e doce. Cantava baixinho, com uma informalidade que sugeria a possibilidade de estar se entretendo enquanto realizava tarefas domésticas. A canção era "I'll Be Seeing You", um protótipo americano.

Krait ouviu uma série de tilintares, um leve chocalhar. Deviam ser sons de cozinha.

Não ouvia outras vozes além da voz dela. Era evidente que estava sozinha em casa, exatamente o que esperava, baseado no que descobrira.

Depois de desligar o microfone e fechar a janela do carro, ele dirigiu duas quadras e estacionou em outra rua no mesmo bairro.

Levando uma pequena bolsa de pano a tiracolo, andou de volta rumo à casa amarela e branca.

As ruas residenciais lavadas pelo sol tinham uma qualidade onírica: abelhas zumbindo preguiçosamente sobre festões de lantana amarela, a folhagem rendada das pimenteiras californianas parecendo cintilar de prazer enquanto se aqueciam ao sol. Um gato bicolor dormia num degrau de entrada e três cotovias estavam empoleiradas na beira de uma banheira de pássaros como quem estuda o próprio reflexo na água...

Na casa que era seu alvo, o caminho de entrada era pavimentado com pedras arredondadas de quartzito dispostas numa configuração intrincada e encantadora.

O ferrolho da porta da frente não estava fechado. A fechadura mais simples abriu-se instantaneamente com a sua poderosa ferramenta, quase sem fazer barulho.

Ele guardou a ferramenta e levou a bolsa para o pequeno vestíbulo, fechando de mansinho a porta atrás de si.

A voz agradável da mulher veio dos fundos da casa. Agora ela cantava "I Only Have Eyes for You".

Krait parou por um instante, apreciando.

CAPÍTULO 50

O BEIJA-FLOR CONTINUAVA OCUPADO COM AS FLORES DA begônia mexicana.

Xícaras brancas e limpas continham um *espresso* fresco.

— Quantas crianças tinham na creche? — perguntou Tim.

— Cinquenta e duas.

— Quantas foram induzidas a lembrar de coisas como brincadeiras envolvendo nudez?

— Dezessete. O gabinete do promotor deixou vazar os detalhes lascivos.

— Fizeram exame de corpo delito nas crianças?

— Inicialmente o psiquiatra disse que os exames seriam traumatizantes.

— Se o promotor se curvou a isso é porque suspeitava de que não havia nada.

— Talvez planejasse arquivar o caso depois que fosse reeleito.

— Mas o caso ganhou muita evidência na mídia — calculou Tim.

Reflexos do sol se espiralaram como óleo no *espresso*.

— O psiquiatra ficou meses fazendo deduções com as 17.

— O mesmo que tentou se aproveitar de você.

— Finalmente ele concordou com os exames pré-julgamento.

Um cachorro numa guia puxava seu dono assobiador pelo pátio.

Linda ficou observando o vira-lata de rabo abanando até perdê-lo de vista.

— Duas menininhas mostraram evidências de terem sido molestadas anteriormente.

Em outra mesa, os pés da cadeira guincharam de encontro ao deck de pedra.

— Marcas nas mucosas — disse ela. — Uma delas era Chloe.

— Cuja mãe deu início a tudo.

— Na época Chloe estava tomando mais que Ritalina.

— O que você quer dizer com isso?

— Os pais contrataram o psiquiatra para uma terapia de longo prazo.

— Meu Deus.

As flores carmim balouçaram numa corrente de ar.

— Ele medicava Chloe. Como parte da terapia.

— As meninas afirmaram mais que... brincadeiras envolvendo nudez?

— Reclamações de assédio — disse ela.

O riso de mulheres jovens emergiu de uma mesa sob a árvore.

— Disseram que minha mãe as segurava enquanto meu pai...

Uma das risadas era límpida, as outras, esganiçadas.

Perturbados, três pardais voaram de seus galhos.

— O testemunho das meninas foi registrado pela promotoria.

Os pardais voaram alto, desaparecendo na garganta do céu.

— O psiquiatra estava presente durante as audições — disse ela.

— Esses tipos de registro são admissíveis no tribunal?

— Não deviam ser, mas o juiz forçou a barra.

— Elemento para recurso.

— Sem esperança disso, como ficou comprovado.

Tal como um sabre, uma pena marrom entalhou o ar.

— Meu pai pegou vinte anos. Foi para San Quentin.

— Que idade você tinha?

— Dez quando começou. Quase 12 na época do veredicto.

— E sua mãe?

— Ela pegou de oito a dez anos. Foi para uma penitenciária feminina em Corona.

O café a ocupou por um instante.

Tim quis abraçá-la, mas sentiu que ela recusaria o consolo. A dureza da injustiça há muito a sustentava. Seu único consolo era a raiva.

— Papai cumpriu cinco meses antes que um dos presos o matasse.

A história dela tinha um peso que vergou a cabeça de Tim.

— Foi apunhalado quatro vezes na barriga e duas no rosto.

Tim fechou os olhos, mas não gostou da escuridão.

— Minha mãe desenvolveu câncer pancreático. Não foi bem diagnosticado na prisão.

Olhando para cima, ele a viu observando fixamente a pena sobre a mesa.

— No hospital ela nem sequer tinha forças para segurar minha mão.

Um jovem cruzou o pátio com um buquê de rosas.

— Eu segurei a mão dela nas minhas, mas ela escapou.

O portador das flores juntou-se às mulheres risonhas.

— O custo da defesa legal os levou à falência. Angelina não tinha muito.

Uma das mulheres se levantou para beijar o jovem. Ele parecia feliz.

— Nosso nome era Locadio, mas naquele momento ganhou má reputação.

Tim se deu conta.

— Eu era jovem na época, mas me lembro do nome.

— As crianças me chamavam de filha dos monstros. Alguns meninos faziam gestos obscenos para mim.

— O sobrenome de Angelina é Paquette?

— É. Assumi esse nome legalmente. Mudei de escola. Mas não adiantou.

O beija-flor tinha ido embora. Agora voltava.

— Então estudei em casa.

— Parece que deu certo.

— Porque eu queria saber tudo. Entender *por quê*.

— Mas não há por quê — disse ele. — É só... maldade.

— A outra menina que foi molestada me encontrou há dois anos.

— Começou a falar das falsas memórias?

— Nunca teve nenhuma. Mentiu sobre meu pai, como foi levada a fazer.

— Levada pelo... terapeuta? Com medo dele?

— Cega de terror dele. Ele a molestava nas sessões.

— As marcas nas mucosas.

— Ela sofreu. Vergonha. Medo. Culpa pela morte do meu pai.

— O que você disse a ela?

— Que eu a amava pelo esforço que fez para me encontrar.

— Ela acusou o cara?

— Sim. E ele diz que vai processá-la por difamação.

— E Chloe? Ela não poderia apoiar a outra menina?

— Chloe se suicidou aos 14 anos.

O calor do sol na pele e toda a natureza o abraçando, o beija-flor e as flores carmim, o cão de rabo abanando e seu dono assobiador, o jovem com as rosas e as mulheres risonhas: mesmo com toda a beleza e alegria da vida, o mundo é uma zona de guerra.

CAPÍTULO 51

ENQUANTO A MULHER CANTAVA NA COZINHA, KRAIT EX-
cursionava pela sala de estar.

O amarelo claro das paredes externas se repetia no interior e
todas as aberturas e os armários embutidos eram de um branco
brilhante. O piso de mogno avermelhado ancorava o espaço e
sobre ele flutuava um tapete amarelo e berinjela com um motivo
de palmeiras e folhas emplumadas, uma versão moderna mais barata de um tapete persa.

A mobília não tinha nada de especial, mas também não era
horrorosa. A sala não era decorada com estampas florais, franzi-
dos e franjas, mas dava uma sensação aconchegante e feminina.

A maioria das pessoas podia achar que este é um estilo fami-
liar-simpático. Como não tinha a experiência de uma família,
Krait não podia julgar.

A mulher parou de cantar.

Krait pôs a bolsa numa poltrona, abriu-a e retirou dela um instrumento que lhe possibilitava controlá-la instantaneamente.

Ficou escutando para captar os passos que se aproximavam e imaginou a mulher parada, fazendo o mesmo, mas logo ela voltou a cantar. A música era "Someone to Watch over Me".

Acima da lareira havia uma pintura de crianças em trajes de banho correndo numa praia. O sol iluminava uma onda que subia. As crianças pareciam exuberantes.

É claro que as crianças não tinham lugar no mundo de Krait, mas ele achou aquela pintura *tão* repelente que, paradoxalmente, ela o atraiu.

O estilo da obra não podia ser visto como refinado, nem sequer sentimental. O artista tinha um olho realista não só para forma, proporção e detalhe, mas também para sutilezas de luz.

Quanto mais Krait olhava para a pintura, mais a detestava. Porém a análise não o ajudava em nada a entender o motivo de sua antipatia.

Instintivamente, ele sabia que essa pintura representava algo que sempre lhe exigiria oposição, algo que lhe obrigava a resistir com todas as suas forças e reagir com violência impiedosa.

Na cozinha, a mulher cantava "These Foolish Things" na sequência de "Someone to Watch over Me" e Krait se afastou da pintura, aconselhando-se a remover a hostilidade que lhe transpassava os nervos e a recuperar sua placidez usual, mais conveniente a uma pessoa com seu talento e sua estatura.

A família tinha uma estante de livros. Krait não aprovou nenhum dos títulos que lhe eram familiares.

Além dos livros, algumas prateleiras tinham fotos de família.

Embora a mãe e o pai estivessem em algumas fotos em grupo, os rostos que mais apareciam eram os das crianças, Timothy e Zachary.

Os meninos tinham sido captados pelas lentes desde os 3 ou 4 anos até terem, talvez, uns 20. Algumas fotos eram posadas e outras espontâneas.

Krait não conseguia se lembrar de ter visto tantos sorrisos, tantos rostos alegres e cheios de vida numa coleção de imagens. A família Carrier parecia estar sempre cheia de prazer e felicidade.

Bem, isso mudaria em breve.

TERCEIRA PARTE

O lugar errado na hora errada

CAPÍTULO 52

KRAIT SEGUIU PELO CORREDOR ATÉ A COZINHA E PAROU no vão aberto da porta.

Diante da pia, a mulher estava de costas para ele, descascando algumas maçãs e tirando os caroços delas.

Ela fazia bonito com "These Foolish Things", cantando devagar. Sua voz fluida, quase falando a letra, dava-lhe a nota melancólica que devia ter.

A cozinha e a sala íntima eram uma só. Entre os dois espaços, seis cadeiras de braços cercavam uma grande mesa de pinho.

Ele conseguia visualizar Tim naquela mesa. Quando menino, devia ter feito muitas refeições ali, apertando o orçamento familiar com suas proporções.

Sobre a mesa havia um belo lustre de cobre. Pássaros estilizados voavam em torno de oito lâmpadas com pantalhas de cobre configuradas como penas.

Depois de descascar uma maçã, a mulher usou outra faca para parti-la ao meio e depois a fatiou dentro de uma tigela de metal sobre uma tábua próxima à pia.

Suas mãos de dedos longos eram ágeis. Ele gostava das mãos dela.

Quando a mulher parou de cantar, Krait disse:

— Mary?

Ele esperava que ela se sobressaltasse. Mas ela se virou para ele com não mais que um leve arregalar de olhos.

Com 50 e poucos anos, ela tinha idade suficiente para ser mãe dele se ele tivesse tido uma, mas era uma mulher bonita e em boa forma.

— Você conhece "As Time Goes By" de *Casablanca*? — perguntou ele.

Ela não perguntou *Quem é você* ou *O que está fazendo aqui*, apenas ficou olhando para ele.

— Eu vi esse filme 42 vezes — disse Krait. — Gosto de assistir aos mesmos filmes. A gente sempre sabe o que irá acontecer.

Ele podia vê-la pensando no que podia fazer com a faca que tinha na mão. Estava também calculando a distância até a porta dos fundos, embora sem olhar para lá.

Antes que ela complicasse as coisas, Krait atirou. A pistola de ar que ele pegara na bolsa de pano fez um *pop-whoosh*, baixinho, e o dardo hipodérmico a atingiu no seio direito.

Ela usava uma blusa xadrez azul e amarelo e provavelmente um sutiã. Essa quantidade de roupa não iria interferir na inserção da droga.

A picada do dardo provocou um silvo de dor em Mary. Ela o arrancou do peito e o jogou no chão, mas o tranquilizante de ação super-rápida estava em sua corrente sanguínea.

— Talvez mais tarde você possa cantar "As Time Goes By" — disse ele. — Tenho certeza de que sabe a letra.

Ela pegou a combinação de descascador-desencaroçador da tábua e jogou nele. Errou o alvo.

Segurando a faca, ela se virou para a porta dos fundos, mas seus tornozelos oscilaram e as pernas vergaram. Ela se agarrou no balcão buscando apoio.

Krait deu a volta na cozinha e caminhou em direção a ela.

A cabeça caía para a frente, mas ela tentava erguê-la com esforço. Seus olhos ficaram vidrados.

A faca lhe escorregou da mão e bateu no ladrilho do chão.

Krait chutou a lâmina e, enquanto Mary desfalecia, ele a pegou antes que caísse.

Carregou a mulher inconsciente até a grande mesa de pinho. Ela estava tão mole que quase escorregou da cadeira. Krait a inclinou para a frente, cruzou seus braços na mesa e descansou sua cabeça sobre os braços. Nessa posição, ela parecia estável.

Na sala, ele fechou as cortinas. Pegou a bolsa de pano.

Depois de fechar o ferrolho da porta da frente, voltou à cozinha e colocou a bolsa sobre a mesa.

Pensando na possibilidade de que os Carrier tivessem vizinhos parecidos com os de Bethany e Jim, Krait fechou as persianas da cozinha e as cortinas da sala íntima.

Retirou duas algemas da bolsa. Algemou o pulso esquerdo de Mary na cadeira. Com a cabeça ainda sobre a mesa, ela começou a roncar.

Com a segunda algema, ele prendeu um pé da cadeira ao pé da mesa.

Excursionou rapidamente pela casa, não para satisfazer a curiosidade sobre o modo de vida daquelas pessoas, mas para se certificar de que ele e Mary estavam a sós.

Exceto por ele mesmo em alguns espelhos, não viu ninguém. Piscou para um reflexo de si mesmo e para outro fez um sinal com o polegar para cima.

Havia dois veículos registrados em nome dos Carrier: um Suburban de seis anos e um Ford Expedition mais novo. Walter tinha levado o Suburban para o trabalho, mas, na garagem, o Expedition estava pronto para Krait.

Novamente na cozinha, ele escolheu uma fatia de maçã da tigela de metal sobre a tábua. Crocante e deliciosa. Saboreou uma segunda fatia.

À mesa, Mary fez um som de engasgo e parou de roncar.

Em raras ocasiões, uma reação alérgica à droga podia resultar em choque anafilático e causar a morte.

Quando ele a verificou, encontrou-a ainda respirando. O pulso dela estava lento e estável.

Ele a endireitou na cadeira. Dessa vez ela não vergou para a frente, embora a cabeça tenha se inclinado para um lado. Sentando-se numa cadeira ao lado de Mary, ele tirou o cabelo dela do rosto. A pele clara, poucas rugas nos cantos dos olhos.

Ele ergueu as duas pálpebras. Ela tinha olhos cinza salpicados de verde. As pálpebras ficaram momentaneamente abertas quando ele as soltou, mas logo se fecharam devagar.

O queixo ainda caía. A boca estava aberta. Ela tinha lábios carnudos.

Krait traçou o formato de sua boca com a ponta dos dedos, mas ela não reagiu.

Ele pegou um tubo de borracha flexível e um estojo de plástico azul na bolsa. O estojo tinha duas seringas hipodérmicas e ampolas com uma solução cor de âmbar.

Ele tirou a tampa de uma das seringas e enfiou a ampola, puxando uma dose da solução, esguichando um pouco no chão para ter certeza de que não ficara ar na agulha.

Virou o braço direito dela com a palma da mão para cima e usou o tubo de borracha flexível como torniquete para deixar a veia mais evidente. Espetou a agulha na veia e lentamente pressionou o êmbolo, soltando o torniquete enquanto observava a solução âmbar saindo da seringa.

Ele não esfregou o local da injeção com álcool. Se houvesse uma infecção, a crise de Mary não apareceria por uns dois dias pelos menos, mas então tudo já estaria acabado de qualquer modo.

Seus braços eram bem femininos, torneados, mas não flácidos. Ela tinha bom tônus muscular.

Quando ele retirou a agulha, apareceu uma gota de sangue. Ele olhou para aquilo, intrigado.

Aquele era o sangue da mãe do adversário mais formidável que Krait já encontrara ou que provavelmente iria encontrar.

Aspirando o cheiro de sua pele, ele se inclinou até a dobra do braço dela e lambeu o sangue.

A razão não podia explicar por que ele se sentiu compelido a sentir o gosto dessa essência carmim, mas estava convencido de que fizera a coisa certa.

O líquido âmbar era uma droga que neutralizava o tranquilizante que fora injetado pelo dardo. Ela não só acordaria mais rapidamente com esse auxílio químico, como também teria clareza mental.

Krait se recostou na cadeira e ficou observando os olhos dela começarem a se contrair sob as pálpebras.

Ela mexeu a boca como se fizesse caretas devido ao gosto ruim. Sua língua apareceu e molhou os lábios.

Ao abrir os olhos pela primeira vez, eles não estavam focados e ela os fechou de novo. Abriu novamente, fechando-os outra vez.

— Não finja — disse ele. — Sei que você está comigo agora.

Mary se endireitou na cadeira e olhou para a algema que prendia seu pulso esquerdo ao braço da cadeira, depois para o braço direito onde recebera a injeção e fitou a seringa usada que estava sobre a mesa.

Quando ela finalmente encontrou os olhos de Krait, ele esperava que ela perguntasse o que ele fizera com ela, mas ela não disse nada. Ela o encarou, esperando pelo que ele poderia ter a lhe dizer.

Impressionado, ele deu a Mary um sorriso.

— Garota, devo lhe dizer, você é um tipo diferente de animal.

— Não sou um animal — disse ela.

CAPÍTULO 53

AS ONDAS QUEBRAVAM SALPICANDO AS PEDRAS QUE PARE-
ciam cascos de tartaruga. As colisões rítmicas e os sussurros inter-
mediários soavam como multidões murmurando em diferentes
idiomas ao mesmo tempo, como se todos os antigos mortos rei-
vindicados pelo mar falassem eternamente pela sua voz.

O parque se estendia por várias quadras ao longo do penhasco. Em seus intervalos, trabalhadores abriam suas comidas, cuidadosamente embrulhadas, sobre as mesas de piquenique protegidas
pelas palmeiras, e corredores dedicados seguiam as trilhas, contraídos e inflexíveis.

Tim e Linda passeavam de um belvedere a outro, encosta-
vam-se na balaustrada, observando a costa receber o mar e o mar
a dominar a costa.

Estavam metabolizando a quantidade de cafeína que enrijece
os nervos, e ele estava assimilando tudo que ela lhe contara en-

quanto ela se adaptava ao fato de ter falado sobre a destruição de sua família pela primeira vez em mais de 15 anos.

— Engraçado — disse ela — como justamente quando estou me sentindo pronta para viver, realmente viver, alguém está vindo me matar.

— Ele pode estar vindo, mas não vai matar você.

— De onde você tira essa confiança? — perguntou ela.

Ele ergueu o saco que continha os últimos biscoitos de chocolate e pistache que eles tinham trazido e comiam enquanto caminhavam.

— Açúcar? — ofereceu ele.

— Estou falando sério, Tim.

Ele observava as ondas e ela não o pressionou, mas enfim ele disse:

— Há mais de sete anos, descobri que tenho de lidar com uma coisa.

— Que coisa?

— Soa grande demais chamar de destino?

— Todos nós temos um destino.

— Isso é mais... o que está no sangue.

— Então o que está no seu sangue? — perguntou ela.

— Não é nada de que me orgulhe. Nada que eu tenha conquistado. É só uma coisa que está lá.

Ela esperou.

— Eu me assustei um pouco quando descobri — disse ele. — Isso ainda me assusta. E depois tem o jeito como as pessoas reagem a isso, que pode ser constrangedor.

Com gritos súbitos, gaivotas planavam no céu. Uma mergulhou e o mar a tomou.

— Eu disse a mim mesmo que ser pedreiro é um negócio bom e honesto e é a melhor coisa para mim, e acredito nisso.

O pássaro irrompeu da água ou do abrigo entre duas ondas e subiu com seu peixe.

— Porém, mais cedo ou mais tarde, aquilo que tentamos manter guardado acaba se revelando. Está no sangue, e o sangue segue seu caminho, acho.

Sob o salpico das ondas, mas longe de seu alcance, dois homens e uma mulher andavam sobre as rochas lá embaixo, colhendo siris e colocando-os em baldes amarelos de plástico.

— E de qualquer maneira, as coisas têm um jeito de acontecer que forçam a gente a ser o que se é.

O telefone celular descartável tocou.

— Não atenda — disse ela. — Termine.

— Deve ser o Pete — disse ele, e era.

— Já estou com o meu celular descartável — disse Pete. — Você tem como anotar o número?

— Caneta e papel? — pediu Tim e Linda os arranjou na bolsa.

— Diga — disse Tim a Pete.

Depois de dar o número e repeti-lo, Pete perguntou:

— Vocês já estiveram com Lily Wen-ching?

— Já. E foi bom.

— Tenho que ouvir. Mas vamos conversar pessoalmente.

— Eu teria que quebrar suas pernas para você ficar fora disso, não é?

— Não adiantaria. Fui ginasta no ensino médio. Consigo andar sobre as mãos.

— Então, onde você quer nos encontrar?

Pete perguntou onde eles estavam.

— Encontro vocês aí. Em meia hora.

— Estaremos perto das mesas de piquenique.

Ele guardou o telefone no bolso e voltou a andança pelo caminho escarpado.

Ao seu lado, Linda disse:

— Ei, cabeção, você me deve uma conversa.

— É, mas não estou conseguindo induzir minha língua a lidar com as palavras.

— Eu pus meu muro abaixo — relembrou-lhe ela.

— E eu sei o quanto foi difícil. Mas o meu tem um monte de barras de reforço. Vamos simplesmente subir um pouco aqui enquanto eu reflito um pouco.

Ela caminhava com ele.

— Não quero mudar o que você acha de mim — disse ele.

Ela caminhava com ele. O sol passou do zênite, as árvores começaram a fazer sombras inclinadas para o leste, e ela caminhava com ele.

CAPÍTULO 54

— VOCÊ TEM UM GAROTO E TANTO — DISSE KRAIT.

Mary não respondeu. Seus lábios pareciam menos carnudos do que antes. Sua boca estava contraída.

— Tenho certeza de que Zachary também é um garoto e tanto — disse Krait. — Mas me refiro a Tim.

As pessoas que se encantavam com o sorriso de Krait e com sua tranquilidade, quando ele decidia entornar seu mel, raramente o encaravam nos olhos, como se de alguma maneira soubessem que estavam se iludindo em relação a ele e queriam evitar seus olhos para continuarem iludidos.

Quando alguém encarava os olhos dele, geralmente não mantinha o olhar por muito tempo.

Mary tinha o olhar investigativo de um oftalmologista. Cada vez que piscava ela parecia estar virando outra página na mente de Krait.

— Minha querida, só porque eu a deixei incapacitada de um modo indolor não significa que não irei machucá-la se for preciso.

Nenhuma resposta.

— Se você continuar sendo teimosa, então conseguirei sua cooperação sujeitando-a a uma dor além de sua imaginação.

Ela continuou lendo os olhos dele.

— Só os tolos não têm medo — disse ele —, e os tolos morrem.

— Eu estou com medo — admitiu ela.

— Bom. Aprecio ouvir isso.

— Mas não é só medo que eu tenho.

— Vamos ver se conseguimos lidar com isso.

Ela ainda não tinha perguntado quem ele era ou o que queria. Ela se recusava a perder tempo com perguntas que não seriam respondidas ou que ele responderia sem ser perguntado.

— Meu nome é Robert Kessler, mas pode me chamar de Bob. É o seguinte, Mary querida, seu garoto Tim tem algo que eu quero, mas ele não quer me dar.

— Então é provável que você não deva tê-lo.

Ele sorriu.

— Aposto que quando ele era menino, você o defendia de todos os professores que lhe dessem uma advertência.

— Na verdade nunca fiz isso.

— E se eu lhe disser que ele roubou uma grande quantidade de cocaína que me pertence?

— Se você fosse burro o suficiente para me contar isso, eu saberia que você estava mentindo.

— Mary, Mary, você não é nada ingênua.

— Então não me trate como se eu fosse.

Krait persistiu.

— Ninguém consegue saber os segredos mais íntimos de outra pessoa. Nem mesmo uma mãe pode conhecer o verdadeiro coração de um filho.

— Esta mãe pode.

— Então não a surpreendeu que ele pudesse assassinar pessoas?

Encarando Krait com desdém, ela disse:

— Isso é patético. *Assassinato?* Isso é menos que sofisma.

Ele ergueu as sobrancelhas.

— *Sofisma?* Esta é uma grande palavra para uma matriarca de uma família de pedreiros.

— Tentamos ser operários patetas, mas nosso cérebro não deixa.

— Mary, devo lhe dizer que em outras circunstâncias, eu poderia gostar de você.

— Não consigo imaginar nenhuma circunstância em que eu pudesse gostar de você.

Ele a analisou em silêncio por um instante.

— Você não vai conseguir me fazer duvidar do meu filho. Quanto mais você tenta, mais eu duvido da sua seriedade — disse ela.

— Isso vai ser interessante — disse ele.

Ele foi à cozinha, pegou a tigela de maçãs fatiadas e voltou para sua cadeira.

Depois de mastigar uma fatia, ele perguntou:

— O que você vai fazer com as maçãs?

— Você não veio aqui para falar de maçãs.

— Mas agora é o que me interessa, querida. Você ia fazer uma torta?

— Duas tortas.

Mastigando outra fatia, ele quis saber:

— Você mesma que faz a massa ou compra pronta no supermercado?

— Eu mesma faço.

— Faço o possível — disse Krait — para me alimentar com comida caseira. É mais saudável e mais gostoso do que comida de restaurante ou congelada, e quando se tem tantas casas como eu tenho, a variedade é infinita.

Ele pegou uma terceira fatia de maçã em forma de meia lua e jogou no rosto dela.

Ela se esquivou. A maçã ficou grudada em sua testa por um instante e depois escorregou, caindo em sua blusa.

Ele jogou outra fatia, que grudou em seu rosto e caiu no braço direito. Ela a jogou no chão.

— Tente pegar essa com a boca — disse Krait.

O pedaço de maçã bateu nos lábios apertados dela.

— Vamos lá, leve na esportiva. Pegue.

Ela continuou com a boca fechada e ergueu a cabeça, fazendo com que fatia de maçã batesse em seu queixo.

— Seja lá o que você quer — disse ela —, me humilhar não vai ajudá-lo a conseguir.

— Talvez não, querida. Mas estou me divertindo.

Ele comeu outra fatia de maçã e depois jogou mais duas nela.

— Que horas Walter chega do trabalho?

Ela não respondeu.

— Mary, Mary, tão caprichosa. Talvez você não se importe se eu pegar uma lâmina de barbear e começar a cortar o seu rosto para fazê-la colaborar.

Ele tirou a pistola automática Glock 18 da bandoleira sob o casaco e a pôs na mesa.

— Mas — continuou ele —, se o Walter entrar aqui inesperadamente eu atiro para matar assim que ele atravessar a porta. E a culpa será sua.

Ela olhou para a arma.

— Tem um silenciador adaptado — explicou Krait. — E é uma pistola automática. A queima roupa, eu poderia dar quatro, cinco, seis tiros no pescoço e no rosto dele com um único puxão de gatilho.

— Geralmente entre 16h e 16h30 — disse ela relutante.

O modo mais rápido de atingi-la era através daqueles que ela amava.

— Às vezes ele chega antes? — perguntou Krait.

— Só se o tempo ficar ruim.

— Você está esperando mais alguém?

— Não.

— Certo. Bem. Eu tiro você daqui bem antes das 16h.

Ele percebeu que ela reagiu à informação de que ele a tiraria de casa, mas ela não disse nada.

— Vou telefonar para o Tim — disse ele. — Timmy. Você o chama de Timmy?

— Não.

— Você o chamava de Timmy quando ele era pequeno?

— Sempre foi Tim.

— Ok. Mas certamente nunca foi Pequeno Tim. Vou ligar para ele e oferecer uma troca. Preciso que você fale com ele.

— Que troca?

— Ah, enfim curiosa.

— Diga a verdade. Não o disparate da cocaína.

— Fui contratado para matar uma escritora, e estuprá-la se tiver tempo, mas seu filho está escondendo a cadela de mim.

A mãe do pedreiro buscou os olhos de Krait, depois olhou para a arma sobre a mesa.

— Era para dar a impressão de que um intruso invadiu a casa dela, mas agora isso não vai mais funcionar. Mas se eu puder, ainda vou estuprá-la porque ela me fez esperar muito por isso.

Mary fechou os olhos.

— Isso soa mais absurdo para você, Mary?

— Não. É louco, mas parece verdade.

— Quando vocês se encontrarem, Tim poderá lhe contar todos os detalhes. São fascinantes. Ele me levou a uma boa perseguição.

Ele jogou uma fatia de maçã nela para fazê-la abrir os olhos.

Aproximando sua cadeira dela, ele disse:

— Fique comigo, Mary. Você precisa entender umas coisinhas.

— Estou escutando.

— Mais tarde eu vou amarrá-la, carregá-la até o Expedition na garagem. Sairemos nele. Vou colocá-la no bagageiro deitada de costas. Você tem medo de agulhas, Mary?

— Não.

— Ótimo. Porque eu vou colocá-la numa pequena sonda de infusão intravenosa. Sabe o que é isso?

— Não.

— É como uma bomba de terapia intravenosa feita em hospitais, mas bem mais compacta, e é alimentada por bateria em vez de funcionar com a gravidade. Ela vai administrar uma dose contínua de sedativo. Você é alérgica a algum medicamento, querida?

— Alérgica? Não.

— Então será perfeitamente seguro. Você vai dormir até que tudo acabe. Isso vai facilitar as coisas para nós dois. Vou cobri-la com um cobertor, arrumar algumas outras coisas no bagageiro para que qualquer um que por acaso olhe para dentro nem desconfie que você está ali. Mas tenho um problema. Olhe para mim, querida.

Ela perdera interesse em ler os olhos dele porque agora já sabia o que ele era. Ela sabia que ele não ficaria nem um pouco vulnerável aos estratagemas de uma mãe.

— Depois daquele dardo da pistola de ar, eu lhe dei um contra-sedativo para que a gente pudesse ter esse pequeno tête-à-tête. Ele ainda está em sua corrente sanguínea. Vai interferir no efeito do próximo sedativo que vou lhe dar. — Ele consultou o relógio de pulso. — Mais ou menos outra hora e meia, ou 45 minutos. Então temos que esperar. Está entendendo?

— Sim.

— Então quando eu ligar para o Tim, vou dizer a ele que eu a raptei. E lhe darei instruções. Você vai entrar no jogo. Você foi embora há algum tempo e quer voltar para casa. Diga a ele que, por favor, faça o que o Sr. Kessler malvado está mandando.

Antes suas faces tinham ficado rubras de raiva e humilhação. Enfim ela empalidecera.

— Não posso fazer isso — disse ela.

— É claro que pode, querida.

— Ah, Deus.

— Você é uma jogadora experiente.

— Não posso colocá-lo nessa posição.

— Que posição?

— Escolher quem vai morrer.

— Está falando sério?

— Que coisa horrível para ele.

— Você está falando sério.

— Não posso fazer isso.

— Mary, ela é uma vadia que ele conheceu ontem.

— Não importa.

— *Só ontem.* Você é a *mãe* dele. É uma decisão fácil para o garoto.

— Mas ele vai ter que viver com isso para o resto da vida. Por que se deveria viver com uma culpa dessas?

— Qual é? Você está com medo que ele escolha a vadia em vez de você? — perguntou Krait, e a raiva que ouviu em sua voz chamou a própria atenção.

— Conheço o Tim. Sei que ele vai fazer o que acha que é certo. Mas não há um certo aqui que não venha acompanhado de um errado.

Krait respirou fundo. E novamente. Calma. Ele tinha que permanecer calmo. Levantou-se. Espreguiçou-se. Sorriu para Mary.

— E se ele escolher a mim — disse ela — *eu* vou ter que viver com essa culpa na consciência, não é?

— Bem, a vida não é fácil, Mary, mas a maioria das pessoas acha que ela é melhor que a morte. Não sinto isso pessoalmente. Acho que todos vocês estariam melhor mortos, mas isso é o que eu penso.

Ela o encarou. Ele parecia desnorteado.

Pegou a Glock e caminhou lentamente em volta da mesa.

— Deixe-me explicar uma coisa, querida. Se você não puder fazer isso por mim, eu a mato e a deixo para o Walter encontrar. Você acredita em mim?

— Sim.

— Depois eu vou atrás do seu Zachary. Darei a Tim essa escolha... o irmão ou a vadia. Você acredita em mim?

Ela não disse nada.

— *Acredita?*

— Sim.

— Se Zachary for idiota o bastante para ter reservas morais, eu o mato. É isso que você tem, Mary... reservas morais?

— Só me preocupo com o meu filho.

— Depois de matar Zachary, vou atrás da mulher dele. O nome dela é Laura, não é?

Mary finalmente perguntou:

— Quem é você? — Ela queria dizer *O quê é você?*

— Robert Kessler. Lembra? Pode me chamar de Bob. Ou Bobby se quiser. Só não me chame de Rob. Não gosto de Rob.

A mulher não parecia menos controlada, mas a semente do medo tinha brotado direitinho.

— E se Laura tiver alguma atitude idiota, se ela foi contagiada, então eu a estupro e a mato e vou para a Naomi. Que idade tem Naomi?

Mary não respondeu.

— Querida, eu sei que isso é difícil, você só estava fazendo tortas de maçã enquanto cantava velhas canções e aproveitava um belo dia e então *isto*. Mas me diga que idade tem Naomi ou eu estouro seus miolos agora mesmo.

— Sete. Ela tem 7 anos.

— Se eu pedir a uma menina de 7 anos que apele para que seu tio Tim salve a própria vida, você acha que ela vai apelar? Eu acho que sim, Mary. Acho que ela vai chorar e soluçar e implorar e vai partir o coração do tio. Ele vai desistir da vadia ou talvez até a mate ele mesmo para resgatar a sobrinha sã e salva.

— Está bem — disse ela.

— Vou precisar percorrer todo o caminho até Naomi?

— Não.

Dando a volta pela mesa, ele foi até a pia e pegou algumas folhas de papel toalha do suporte, umedeceu uma delas e voltou para sua cadeira.

Sorriu para ela. Quando ele usou o papel toalha úmido para limpar o suco de maçã do seu rosto e as folhas secas para colher as fatias que estavam em suas roupas, ela não se encolheu.

Ele limpou os pedaços de maçã que tinham caído no chão e pôs tudo na lata de lixo.

Novamente à mesa, ele disse:

— Gosto da sua casa, Mary. Ficaria feliz de morar aqui por alguns dias, exceto pela pintura da sala, os moleques correndo na praia. Teria que cortar aquilo em pedaços e queimar na lareira ou acabaria acordando no meio da noite, gritando, só de saber que ela está lá.

CAPÍTULO 55

MUITAS PESSOAS ALEGAM QUE A JUVENTUDE DE HOJE TEM baixo grau de instrução e não é muito esforçada, mas um jovem buscara validar sua geração gastando tempo e esforço consideráveis talhando uma palavra obscena na mesa de concreto de piquenique, e a soletrara corretamente.

Tim e Linda se sentaram num banco, de costas para a mesa, observando patinadores, cachorros com seus donos, casais de mãos dadas, um padre lendo um breviário enquanto caminhava e um cara doidão de 50 e poucos anos que perambulava pelo parque tentando iniciar conversas sussurradas com as palmeiras.

Ainda remoendo um modo de contar o que ela pacientemente esperava, Tim finalmente disse:

— É o seguinte. Vou explicar uma vez e sem muitos detalhes. Você vai ter algumas perguntas e tudo bem. Mas quando acabar, não se fala mais nisso. Não é algo que daqui a uns anos você vá olhar para uma pessoa que acabou de conhecer e dizer, *Tim, conte a eles o que você fez naquela época.* Porque eu não vou contar nada.

— "Daqui a uns anos". Gosto de ouvir isso. Certo. Uma vez e nunca mais. Você com certeza sabe como fazer suspense. Talvez devesse escrever livros. Eu empilho os tijolos.

— Estou falando sério, Linda.

— Eu também.

Ele puxou o fôlego, expirou, fez isso novamente... e o telefone tocou.

Ela soltou um resmungo.

Era o telefone pessoal, não o descartável. O visor não revelava o número de quem ligava.

— Deve ser ele — disse Tim e atendeu a chamada.

— Como vai a minha garota? — perguntou o matador.

Observando o sussurrador das palmeiras, Tim não respondeu.

— Você já a traçou, Tim?

— Vou desligar antes que você consiga rastrear minha localização — disse Tim. — Então diga logo o que quer.

— Não tenho muito a dizer, Tim. Você está no viva-voz?

— Não.

— Bom. Você vai querer deixar a vadia fora disso. Mas nós estamos no viva-voz aqui e Mary quer falar com você.

— Que Mary?

— Tim? — disse a mãe dele.

— Ah, meu Deus.

Sob o sol subitamente muito brilhante, em meio ao ar denso demais para respirar, ele se levantou do banco.

— Seja você mesmo, meu querido.

— Mãe. Oh, Deus.

— Seja você mesmo. Está me ouvindo?

Ele não conseguia falar. Linda já estava ao lado dele. Ele não conseguia olhar para ela.

— Seja você mesmo — disse sua mãe — e fará tudo certo.

— Se ele machucou você...

— Estou bem. Não estou com medo. Sabe por que não estou com medo?

— Eu amo você — disse ele.

— Sabe por que não estou com medo, querido?

Ela estava com o olhar focado nele.

— Por quê?

— Porque estou sentada aqui pensando em você e na Michelle.

Tim ficou imóvel.

— Quero estar lá para o seu casamento, querido.

— Você estará — disse ele. — Você estará lá.

— Ela é um amor. É perfeita para você.

— Ela me lembra você — disse ele.

— Adoro o anel que ela fez para mim.

O matador falou impaciente.

— Diga a ele, Mary.

— Estou olhando para o anel agora mesmo, querido, ele me dá esperança.

— Mary — avisou o matador.

— Tim, oh, por favor, Tim, eu quero voltar para casa.

— O que foi que ele fez, para onde a levou?

— Ele quer fazer uma troca.

— É. Eu sei o que ele quer.

— Querido, eu não sei quem é essa mulher que ele quer.

— Foi um engano que eu cometi, mãe. Um grande engano.

— Pense em mim e em Michelle. Amo você.

— Vai ficar tudo bem, mãe.

— Seja você mesmo. Faça o que achar que é certo.

— Você vai voltar para casa. Eu prometo.

— Estamos sem viva-voz agora, Tim — disse o matador.

— Não toque na minha mãe.

— Vou fazer o que quiser com a sua mãe. Estamos num lugar afastado, ninguém vai ouvi-la gritar.

Tim engoliu tudo que podia pensar em dizer, pois nada seria produtivo.

— Então você vai se casar — disse o matador.

— Diga o que eu devo fazer.

— Qual é o sobrenome de Michelle, Tim?

— Isso não é da sua conta.

— Eu posso arrancar isso da sua mãe na base da tortura.

— Jefferson — disse Tim, dando o nome de solteira de Michelle Rooney. — Michelle Jefferson.

— O que a Michelle vai pensar de você arriscando tudo pela vadia?

— Deixe Michelle fora disso.

— Isso depende de você, Tim.

Pete Santo chegou caminhando pelo parque, sorrindo, acenando. Trazia Zoey pela guia.

Tim sentiu que não podia fingir que se submeteria facilmente às exigências do matador. Não teria crédito e dobrar-se rapidamente provocaria desconfiança. Precisava resistir. Precisava oferecer uma alternativa. Precisava *pensar*.

— Como podemos negociar? Como seria feito?

— Você tem um ponto fraco, Tim.

— Seria como se eu mesmo matasse uma delas.

— Você é um cara bom, Tim. Esta é a sua fraqueza.

— Não sou um cara bom. Apenas sobrevivo.

— Os caras bons terminam em último, Tim.

— Talvez não se continuarem na corrida. Ouça, vamos encontrar outro jeito. Não posso fazer isso.

— Pode sim.

— Não. Isso não.

— Já fez coisas mais difíceis.

— Nunca. Nada como isso. Meu Deus. Não posso.

— Então sua mãe está morta.

— *Não posso fazer isso.* Me dá um minuto para pensar.

— Sua família está num circo de horrores.

— Não posso. Só me deixe pensar.

— Dentro das vitrines de um museu — disse o matador.

Enquanto Pete se aproximava, Linda foi ao encontro dele para interceptá-lo, evitando que ele dissesse qualquer coisa que pudesse ser captada pelo telefone.

— Tim, caia na real. Eu preciso matá-la. Você sabe disso.

— Você pode simplesmente cair fora.

— Não, Tim. Tenho uma imagem a zelar.

— E eu manchei essa imagem, não foi?

— Não se lisonjeie.

— Quanto você me odeia?

— Ah, Tim, além da medida.

— Então, mate-me no lugar dela.

Linda ouviu aquilo e se virou para Tim, os olhos tão límpidos e afiados quanto esmeraldas lapidadas.

— Mate-me então — repetiu ele.

— Como isso funcionaria exatamente?

— Você escolhe um local para o encontro. Eu vou desarmado.

— Já escolhi um lugar para a troca.

— Enquanto minha mãe se afasta, em direção a um carro que estará a sua espera, eu vou na sua direção. Tem que ser cronometrado para que ela vá embora antes que eu chegue na sua linha de tiro.

— Você está sugerindo uma troca de tiros.

— Não.

— Você vai estar armado, é claro.

— Não. Eu chego de cuecas. Nada mais. Nenhum lugar para esconder uma arma. Tenho um amigo que eu quero que dirija o carro, mas ele não vai chegar perto de onde você está.

— Você não tem medo da morte, Tim.

— É claro que tenho. Mas não está no topo da minha lista.

— Você é um maluco filho da puta, Tim. Você é autêntico.

— Minha mãe tem que viver. Linda ganha vantagem sobre você, ela pode correr, e isso é o máximo que posso fazer por ela. Se eu tiver sorte, se Linda tiver sorte, terei comprado a vida das duas.

— Ela não chegará longe sem você — disse o matador.

— Talvez chegue. É dura na queda. Temos um trato?

Distante, depois das árvores, um menino e seu pai empinavam uma linda pipa. A pipa era um dragão irado. O dragão ondulava no céu, seu rugido tão silencioso quanto a linha telefônica.

Finalmente o matador disse:

— Li sobre você, Tim.

— Não acredite em tudo que lê.

— Acredito sim. Por isso acho que você está falando sério.

— É o que eu posso fazer. Por favor. É o que eu posso fazer.

— Você deve ter lido muitos livros de aventura juvenil, Tim. Sua cabeça está ferrada. Você é um maluco filho da puta.

— Seja o que for, temos um trato? Você me mata.

— Está bem, isso me serve.

— E agora? — perguntou Tim.

— Você conhece Fashion Island em Newport Beach?

— O shopping? Todo mundo conhece. Ali é público demais.

— Não é para a troca. É só o primeiro passo. Esteja no lago das carpas no Fashion Island em 45 minutos.

— Certo. Posso fazer isso.

— Vou ter alguém observando você. É melhor que ele te veja no lago das carpas em 45 minutos. Aí você espera lá. Eu ligo para dar as instruções.

— Certo.

— Melhor estar lá, Tim.

— Estarei.

— Esteja lá ou corto a garganta da sua mãe.

O matador encerrou a ligação e Tim guardou o telefone no bolso.

O sussurrador das palmeiras ergueu os braços em direção ao dragão no céu, como se a besta brilhante tivesse vindo buscá-lo. E a coisa que estava prestes a acontecer, o que estava atrás de Tim todos esses anos, tinha finalmente chegado.

CAPÍTULO 56

UM ANEL DE NOIVADO E UMA ALIANÇA ADORNAVAM A MÃO esquerda de Mary, que continuava algemada à cadeira.

— Os brilhantes não são grande coisa, querida.

— Walter não tinha muitas posses quando me casei com ele.

Sua mão direita exibia um anel com uma grande pedra roxa cercada por pedras menores do mesmo tipo.

— Que pedra é esta? — perguntou ele.

— Opalita — disse ela. — É rara.

— Nunca ouvi falar. Então foi a noiva de Tim que fez?

— Sim. Ela fabrica joias. É muito talentosa.

— Qual é o sobrenome de Michelle?

— Tim não queria dizer a você.

— Mas disse. Só estou confirmando.

Ela hesitou.

— Eu podia pegar o anel — disse Krait — *e* o dedo junto.

— Jefferson — disse Mary.

— Quando é o casamento?

— Em agosto.

— Eu achava que as mulheres queriam se casar em maio.

— A maioria quer. É por isso que todos os salões de festa já estão reservados em maio. Então teve que ser agosto.

— Você gosta muito da Michelle, não é?

— Adoro a Michelle. Por favor, não a meta nisso.

— Não vou, querida. Não há necessidade de importunar Michelle. Acho que fiz um trato com o seu Tim. Ainda estou pensando a respeito. Você quer saber qual é?

— Não — disse ela. Depois: — Sim. Quero.

O celular de Krait vibrou.

— Desculpe-me um instante, Mary.

Sentado à mesa, ele viu que recebera uma mensagem de texto da equipe de apoio. Você está na residência dos Carrier? Confirme. Por que a família Carrier se envolveu nesta missão? Queremos explicação.

Tal intrusão em suas operações deixou Krait tão atônito que ele leu a mensagem outra vez. Aquilo nunca tinha acontecido antes.

A regra do não pergunte à qual ele se atinha também devia se aplicar à equipe de apoio. Se ele ainda tivesse alguma dúvida pendente, isso provava que Paquette era mesmo um alvo do Clube dos Cavalheiros.

Pior que tentar questionar suas estratégias e táticas, eles o estavam monitorando. Sabiam onde ele estava. Estavam espionando. Aquilo era intolerável.

Evidentemente, o sedã azul lhe tinha sido entregue com um rastreador por satélite anexado. Quando ele parou em frente à casa dos Carrier para usar o microfone direcional, a equipe de apoio identificou o endereço e o observou estacionando a duas quadras de distância.

Krait só conseguia pensar numa explicação para esse fato ultrajante. O Clube dos Cavalheiros devia ter indicado recentemente algum jovem imbecil e ambicioso para fazer parte da equipe e ele decidira por conta própria exercer uma autoridade que os patrões não tinham lhe dado.

Com um autocontrole que ele mesmo não conseguia deixar de admirar, Krait concedeu uma resposta ao imbecil: Missão quase realizada. Relato em poucas horas.

Depois, para lembrá-los de que estavam lidando com um intelectual superior que não *precisava* consultar uma turma de burocratas tagarelas, ele acrescentou algumas linhas de Wallace Stevens: eles dizem, "você tem um violão azul/ você não toca as coisas como elas são"/ o homem respondeu, "as coisas como são/ mudam com o violão azul".

Depois de enviar a mensagem e guardar o telefone, ele percebeu que Mary o olhava.

— Qual é o problema? — perguntou ela.

— Nada com que sua linda cabecinha deva se preocupar.

— O trato — lembrou-lhe ela. — Você fez um trato com Tim.

Levantando-se da cadeira, ele disse:

— Ele virá ao encontro sem roupas para provar que está desarmado. Quando ele chegar, você irá entrar em um carro que a estará esperando.

O olhar fixo, perplexo.

— Não estou entendendo.

— Enquanto você caminha para o carro ele virá em minha direção, ficando na minha linha de tiro. E enquanto você é levada em segurança, eu o mato.

O pavor lutava com o desespero pela posse do rosto dela.

Krait disse:

— Ele compra sua vida com a dele e ganha a possibilidade de fuga da vadia. Isso soa como seu filho?

— Sim. — Uma inundação lhe surgiu nos olhos.

— Que tipo de mãe é você, Mary, que cria um filho para morrer por você? Que valores tortos você ensinou a ele? Você dá um novo sentido ao termo *mãe dominadora*.

CAPÍTULO 57

ELES FORAM CONVERSANDO ENQUANTO ANDAVAM. NA
ponta da guia, Zoey liderava o caminho que os levava de volta
à extremidade sul do parque, onde Tim e Pete tinham deixado
os carros.

— Michelle havia dado um lustre aos meus pais. Pássaros de
cobre voando num círculo. Um círculo é um anel, e ela disse: "Estou olhando para o anel agora mesmo, querido, me dá esperança."
Ela ainda está em casa.

— Talvez não por muito tempo — disse Pete.

Eles cortaram caminho pela grama para evitar os patinadores
e transeuntes.

— Consigo chegar lá em vinte minutos — disse Tim —,
25 no máximo.

— Mas e se ela não estiver lá? — falou Linda, preocupada.

— Ela está lá.

— Talvez. Mas se eles já tiverem saído de lá quando você chegar, não vamos conseguir fazer todo o trajeto até o Fashion Island para a próxima ligação.

— Fashion Island é papo-furado. Enganação. Só para me manter ocupado e confuso. É público demais para *qualquer* fase desse troço. Ele não tem ninguém observando o lago de carpas.

— Também acho — concluiu Pete.

— E se vocês dois estiverem errados?

— Ele não vai matá-la só porque cheguei atrasado em Fashion Island. Ela é o melhor trunfo que ele tem.

— Este é um pensamento perigoso — disse Linda.

Tim reconhecia seu humor atual. Medo e raiva faziam parte dele, mas não eram tudo.

O medo virara terror controlado e seria melhor chamar a raiva de fúria. O primeiro lhe forjava uma resolução de endurecimento e a última afiava um desejo de retribuição, que era de fato uma necessidade de vingança mais que de justiça, mas também justiça. Emoções dessa intensidade deveriam ter anuviado suas ideias e tê-lo feito titubear fisicamente, mas à medida que o terror e a ira foram ficando mais puros e intensos, suas ideias aumentaram em clareza e ele ficou plenamente consciente de seu corpo e de suas capacidades.

Isso estava em seu sangue, essa clareza na crise e essa determinação obstinada numa situação, sem que ele pudesse levar crédito ou culpa por isso.

Chegaram primeiro ao Mountaineer e Pete disse:

— Vamos no meu carro.

— Eu vou sozinho — disse Tim.

Abrindo a porta de trás da caminhonete, Linda disse:

— Nem pensar.

— Ela é *minha* mãe.

— Não me venha com nenhuma posse territorial, cabeção. Não tenho uma mãe e acho que vou gostar da sua. Portanto, vou participar do plano.

Enquanto Zoey pulava para a traseira da caminhonete, Tim disse:

— Caia na real. Não dá para você ir comigo.

Confrontando-o, ela disse:

— Não vou entrar na casa, pelo amor de Deus, eu não saberia o que fazer lá, e acho que você *vai* saber, mas não vou ficar sentada na droga do parque imaginando o que aconteceu com você, observando o cara maluco com as palmeiras.

— Como nós dois sabemos o que fazer naquela casa, — disse Pete — vamos juntos.

— Tem um cara armado na casa dos meus pais, vai ser dureza — protestou Tim.

— Não é sempre dureza, Porteiro?

Fechando a porta de trás, Linda disse:

— Estamos perdendo tempo. — Ela abriu a porta, entrou e se sentou atrás.

Oferecendo a chave, Pete disse:

— Quer dirigir?

— Você sabe o caminho.

No assento dianteiro de passageiros, Tim fechou a porta enquanto a Mountaineer começava a andar.

Pediu que Linda lhe desse a pistola. Ela tirou a arma da bolsa e a passou para a frente.

— É uma arma de mulher? — perguntou Pete, duvidoso.

— É uma pequena arma poderosa — garantiu-lhe Tim.

— Ela tem um eixo de furo bem baixo. Então praticamente não provoca coice. Está carregada com balas JHPs de 147. Vai dar conta do recado.

342

Tim não precisava perguntar se Pete carregava uma arma. Em serviço ou não, ele sempre andava armado.

— Não queria precisar usá-la — disse ele. — Não naquele lugar, com minha mãe lá.

— Se conseguirmos entrar, ele não vai saber que estamos lá dentro. Podemos chegar por trás e dar um tiro certeiro — disse Pete.

— Esse é o único jeito, mas espero agarrá-lo vivo. Precisamos saber quem o contratou.

— Vocês não acham que isso já foi longe demais, que deveríamos ir à polícia, buscar ajuda de uma equipe da Swat ou algo parecido?

— Não — disseram Tim e Pete ao mesmo tempo, e depois Pete acrescentou:

— Um matador de aluguel não planeja acabar preso.

— Especialmente esse cara — disse Tim. — Ele é bastante audacioso. Com ele é tudo ou nada, vai sair atirando.

— Os protocolos da Swat se iniciam com um negociador do refém — disse Pete. — Nessa situação, Mary é um risco instantâneo para um cara como esse. Ele sabe que nunca lhe darão passagem livre com ela. No momento em que ele ouvir um megafone, ela está morta. Ele quer ter a liberdade de se movimentar rapidamente.

— Por falar em rapidez — disse Tim —, acelera.

CAPÍTULO 58

ERAM ADORÁVEIS, AS LÁGRIMAS QUE CAÍAM LIVREMENTE. Adoráveis também eram os soluços aos quais ela se recusava dar voz, que então se expressavam como ruídos de engasgo e breves estremecimentos espasmódicos.

Depois de guardar a Glock na bandoleira, Krait levou a bolsa de pano, o torniquete de borracha, a seringa e a tigela com as maçãs fatiadas para a cozinha. Sobre a mesa não deixou nada que pudesse estar ao alcance do braço direito livre de Mary.

Ele ficou ao lado da cadeira dela, olhando-a enquanto ela enxugava as faces molhadas.

— As lágrimas embelezam uma mulher — disse ele.

Ela parecia estar zangada consigo mesma por chorar. Sua mão molhada se fechou e ela a pressionou na têmpora, como se pudesse abrandar a aflição.

— Gosto do sabor das lágrimas num beijo de mulher.

Sua boca ficou frouxa de angústia.

— Eu gostaria de beijá-la, Mary.

Ela virou o rosto para o outro lado.

— Você pode se surpreender descobrindo que gosta.

Uma súbita fúria tomou conta dela, que olhou para cima.

— Você também pode gostar de ter seu lábio arrancado.

A crueldade de sua rejeição podia ter feito um homem inferior a Krait bater nela. Mas ele apenas olhou para ela e, em seguida, sorriu.

— Preciso fazer uma coisinha, Mary, mas estarei por perto. Se você gritar por socorro, ninguém vai ouvi-la além de mim. Se isso acontecer, terei que fechar sua boca com fita adesiva. Você não quer isso, quer?

O intento assassino nos olhos dela havia secado todas as lágrimas.

— Você é uma obra de arte, querida.

Ele pensou que ela iria cuspir nele, mas ela não o fez.

— Criar um filho para morrer por você. — Ele sacudiu a cabeça. — Imagino que tipo de homem é o seu marido.

Ela dava a impressão de ter uma resposta intimidadora e ele esperou, mas ela optou pelo silêncio.

— Volto logo para lhe pôr na caminha, no Expedition. Fique sentadinha aí, Mary, e pense no quanto foi bom você ter escolhido não morrer junto com Zachary e toda a família dele.

Ele saiu da cozinha e parou no corredor, escutando.

Mary não fez nenhum barulho. Krait esperava alguns ruídos que a mostrassem testando e analisando as algemas, mas ela continuava quieta.

Na sala, Krait tirou da parede o quadro das crianças felizes correndo numa praia ensolarada. Colocou-o no chão e se ajoelhou sobre ele. Tirou de um bolso um canivete e o abriu com um aperto do botão, cortou a tela da moldura e depois cortou a pintura em tiras.

Ele pensou em tirar todas as fotos que incluíam Tim das molduras que estavam na estante e rasgá-las em pedacinhos também. Mas como logo mataria o verdadeiro Tim, seus últimos minutos na casa dos Carrier seriam mais bem aproveitados em outro canto.

CAPÍTULO 59

PETE SANTO NÃO DIMINUIU A VELOCIDADE ENQUANTO passava pela casa dos Carrier.

Nada parecia diferente no lugar, a não ser as cortinas fechadas no térreo. A mãe de Tim sempre as mantinha abertas.

No fim da quadra, Tim disse:

— Estacione aqui.

Pete parou no meio-fio, protegido pelas árvores. Baixou as janelas do assento de trás e desligou o motor.

Durante o trajeto, Zoey tinha pulado para a frente para ficar com Linda. Agora a cachorra deitava a cabeça no colo da nova dona.

— Como eu vou saber se algo deu errado? — perguntou ela.

— Se você ouvir muitos tiros — disse Tim.

— Mas quanto tempo devo esperar?

Ele se virou para encará-la.

— Se não o dominarmos em dez minutos, deu errado.

— Espere 15 minutos — disse Pete — depois fuja daqui com o carro.

— E deixar vocês? — perguntou ela. — Não posso fazer isso.

— Pode sim — insistiu Tim. — Espere 15 minutos e depois vá embora.

— Mas... ir para onde?

Ele se deu conta de que ela não tinha para onde ir.

Esticando o braço entre os dois assentos dianteiros, segurando o celular descartável, ele disse:

— Leve isso. Saia do bairro e estacione em algum lugar. Se um de nós não ligar para você dentro de uma ou duas horas, é porque estamos mortos.

Ela segurou a mão dele com força por um instante antes de pegar o telefone.

Pete saiu e fechou a porta do motorista.

— Você tem bastante dinheiro — disse Tim. — Pode decidir se volta à sua casa e pega aquelas velhas moedas de ouro. Não pense que eu faria isso, mas é com você. O que você tem é o que vai lhe possibilitar o início de uma vida nova, com outro nome.

— Eu sinto tanto, Tim.

— Não há nada a sentir. Se eu soubesse o que iria acontecer, faria tudo novamente.

Ele saiu do Mountaineer, fechou a porta e verificou se a pistola estava bem escondida atrás do cinto por baixo de sua camisa havaiana.

O rosto dela estava na janela aberta. Em toda sua vida, ele nunca vira um rosto mais bonito.

Ele e Pete não entrariam pela porta da frente. As casas dessas ruas davam fundos umas para as outras, não havia uma passagem entre elas. Eles dariam a volta pela rua paralela até chegar à casa dos pais dele pelo pátio dos fundos do vizinho.

Afastando-se da caminhonete, rumo à esquina seguinte, Tim teve vontade de olhar para trás, dar uma última olhada nela. Queria mais do que podia aguentar, mas agora a coisa era séria, a mais séria possível.

Seguindo Pete até a esquina para atravessar a rua, ele quase colidiu com um velho cujas calças estavam tão altas acima da cintura que, se ele tivesse um relógio de bolso, o tique-taque bateria contra seu peito direito.

— Tim! Que me caia um raio se não é o nosso Tim!

— Olá, Mickey. Você está tão chamativo.

Mickey McCready, com quase 80 anos e uma moita eriçada de pelos brancos nos ouvidos para provar a idade, morava em frente à casa dos pais de Tim. Usava calças de um amarelo vibrante e uma camisa vermelha estonteante.

— São minhas roupas de caminhada. Assim não sou atropelado num cruzamento. Como vai você, Tim? E o trabalho? Já encontrou aquela garota especial?

— Sim, Mickey. Encontrei uma realmente especial.

— Que seja abençoada, a sortuda. Como ela se chama?

— Mickey, tenho que ir. Tenho um compromisso. Você vai estar em casa?

— Para onde mais posso ir?

— Vou visitá-lo mais tarde, ok?

— Quero saber dessa garota.

— Irei visitá-lo — prometeu Tim.

Mickey o agarrou pelo braço.

— Ei, passei meus vídeos para DVD. Fiz um disco sobre você, o nosso Tim quando criança.

— Que legal, Mickey. Agora tenho que ir, mas irei visitá-lo.
— Ele puxou o braço e se apressou para alcançar Pete.

— Onde é que ele consegue camisas que só têm 20 centímetros de comprimento? — perguntou Pete.

— Ele é um velhinho muito legal. O tio favorito de todos.

Na esquina seguinte, viraram à direita. Estavam na rua paralela à dos seus pais.

A sexta casa exibia uma tabuleta no caminho de entrada com o dizer OS SAPERSTEIN e a figura de dois ursinhos de pelúcia, um macho e uma fêmea, com os nomes nos macacões, NORMAN e JUDY.

— Os dois devem estar no trabalho — disse Tim. — Os filhos são crescidos. Não tem ninguém em casa.

Ele levou Pete por um portão lateral para o pátio dos fundos dos Saperstein.

Filigranas de luz solar se ondulavam pela água de uma piscina e um gato espichado ao sol no pátio calçado foi tomado de surpresa e se mandou, sumindo pelos arbustos.

A propriedade acabava num muro de 1,80m de altura, oculto por uma trepadeira de trombetas roxas.

— Porteiro, eu já te disse que você é o homem mais feio que já conheci? — soltou Pete.

— E eu já te disse que você é o mais burro?

— Estamos prontos?

— Se esperarmos até estarmos prontos, ficaremos velhos como o Mickey.

A trepadeira de trombetas era antiga e densa, e estava tão presa aos blocos de concreto cobertos de estuque que formavam uma boa escada. Tim subiu uns 30 centímetros e espiou o pátio dos fundos da casa dos pais.

As persianas cobriam as janelas e a porta da cozinha. As cortinas estavam fechadas nas portas da sala íntima.

Nas janelas do segundo andar as cortinas estavam abertas. Ele não viu ninguém lá em cima observando.

Terror controlado, ira canalizada, aquele bramido no sangue que ele conseguia ouvir, mesmo sem mascarar outros sons: tudo lhe dizia que esse era o seu momento.

Ele subiu o muro, provocando uma cascata de botões roxos, caiu no gramado do outro lado e Pete o seguiu rapidamente.

Puxando a pistola da cintura, Tim se apressou até a parede de trás da casa, próxima à porta da cozinha.

Com sua pistola de serviço, Pete flanqueou a porta e eles se entreolharam, escutando. A casa estava quieta, mas aquilo não significava nada. Caçadores de patos à espera de suas presas ficavam quietos. Necrotérios eram quietos.

Tim pescou um pequeno anel do bolso das calças, onde guardava a chave do seu apartamento e a chave da caixa de ferramentas do caminhão de trabalho. Ele tinha também uma chave da porta da casa dos pais, pois sempre cuidava de tudo quando eles viajavam.

O deslizar do metal na fechadura fez um leve som. Seu pai mantinha as fechaduras bem lubrificadas e o ferrolho se retraiu com pouco ruído.

Passar por uma porta era o momento em que se podia levar uma bala ou várias. As portas nunca eram fáceis, mas seu instinto era bom para elas, pois ele geralmente conseguia diferenciar as seguras das duvidosas, e sabia o que exatamente o aguardava atrás de uma delas.

Estava tendo problemas para analisar esta, talvez por que ela não era uma qualquer. A mãe dele estava lá, a mãe dele e o cara dos olhos famintos, então ele não podia falhar.

O coração dele acelerou, mas a respiração ainda estava controlada e lenta, as mãos secas. Ele estava no vértice onde se para ou segue adiante, mas a demora não seria uma tática boa, então ele abriu a porta.

Entrou abaixado e rapidamente, a pistola segura nas duas mãos, desejando que a arma fosse maior, mais na medida de suas mãos. Ninguém o esperava na cozinha.

Varrendo o cano da pistola da esquerda para a direita, da cozinha para a sala íntima, ele viu de relance seringas sobre a bancada da cozinha e o que parecia ser uma pistola de dardos hipodérmicos. Então viu sua mãe sentada à mesa, simplesmente lá sentada, sob a luz acobreada do lustre com os pássaros em círculo. Ela ergueu a cabeça, só agora ciente de que alguém entrara, e lhe lançou aquele olhar.

CAPÍTULO 60

CONSIDERANDO QUE ERA MUITO PROVÁVEL QUE ELE TIvesse vindo a esse mundo através de um espelho, Krait cogitava se um dia não poderia retornar ao seu reino natural por meio de outro desses portais.

No quarto principal, ele estava parado diante de um espelho de corpo inteiro, montado dentro da porta aberta do armário. Colocou a mão direita sobre seu reflexo, na esperança de que a superfície prateada estremecesse e depois se abrandasse, sem oferecer mais resistência do que a tensão de uma superfície aquática.

O vidro estava frio, mas firme sob sua mão.

Ele ergueu a mão esquerda também, pressionando-a contra a mão estendida do outro Krait que olhava para ele.

Talvez no mundo inverso do espelho, o tempo andasse para trás. Em vez de envelhecer, ele podia rejuvenescer, até chegar aos 18 anos, idade em que suas memórias começaram. Daí em diante, seguindo pela juventude, ele poderia descobrir de onde viera e do que nascera.

Olho no olho, ele espiava a escuridão de si mesmo e gostava do que via.

Ele achava que estava exercendo apenas uma leve pressão, mas o espelho rachou diante dele, uma fenda de alto a baixo, embora permanecesse na moldura.

As metades de seu reflexo estavam agora levemente deslocadas, um olho estava uma fração mais alta que o outro, o nariz deformado. Um lado da boca caído, torto, como se ele tivesse sofrido um derrame.

Esse outro Krait, esse Krait fraturado, o perturbou. Esse Krait quebrado, imperfeito. Este Krait pouco familiar, cujo sorriso já não era mais um sorriso.

Ele tirou as mãos do espelho e rapidamente fechou o outro Krait dentro do armário.

Abatido e sem saber por quê, ele se acalmou abrindo as gavetas da cômoda e examinando seu conteúdo, vendo o que podia descobrir sobre a vida de seus anfitriões e buscando segredos esclarecedores.

CAPÍTULO 61

A PORTA ENTRE A COZINHA E O CORREDOR DO PRIMEIRO andar estava aberta e Pete a cobria.

Colocando um dedo nos lábios para indicar que a mãe ficasse em silêncio, Tim se ajoelhou ao lado dela e sussurrou:

— Onde ele está?

Ela sacudiu a cabeça. Não sabia.

Quando ela pôs a mão direita no rosto dele, ele a beijou.

Um dos pés da cadeira estava algemado ao pé da mesa. Na cadeira, uma haste o impedia de tirar a algema. Na mesa, um pé em forma de bola não permitiria a retirada da outra.

O braço esquerdo dela estava algemado à cadeira.

As algemas tinham fechadura dupla. Ele poderia usar um clipe ou um grampo para abri-la, mas isso tomaria algum tempo.

Entre o braço e o assento da cadeira havia as hastes de apoio. A haste mais próxima do braço era mais grossa do que as outras, o que impedia a saída da algema.

Embora não quisesse deixar o corredor desprotegido, Tim assobiou para chamar a atenção de Pete e gesticulou pedindo ajuda.

Ambos teriam que largar as armas.

Tim não queria arrastar a cadeira, não queria fazer nenhum barulho.

Pete pôs uma das mãos no braço direito da cadeira, a outra no encosto, empurrando-a firme para baixo com toda sua força.

Segurando o braço esquerdo da cadeira com uma das mãos, Tim segurou a haste de apoio dianteira. Empurrou o braço e puxou com força no apoio, depois com mais força, com toda a força que conseguiu reunir.

A haste estava colada num furo no assento e no braço indesejado. Teoricamente, as juntas eram pontos fracos e a haste vertical podia rachar, soltando-se dos furos onde estava enfiada.

O braço direito de Tim pareceu inchar com o esforço e ele sentiu as veias se encherem e ficarem tesas no pescoço, pulsando em suas têmporas.

Seus pais tinham comprado aquele conjunto de pinho há pelos menos trinta anos, num mundo que provavelmente seria muito diferente do de agora, quando os móveis eram fabricados em lugares como a Carolina do Norte e feitos para durar uma vida inteira.

Tim estava preocupado com o corredor desprotegido às suas costas, mas ele tinha que bloquear aquela ideia da mente e se concentrar na cadeira, a cadeira, o diabo da cadeira bem-feita demais.

Ele começou a suar e a haste de apoio acabou rachando com um inevitável ruído que provavelmente foi ouvido no cômodo ao lado, mas não muito além.

Agarrando sua pistola deixada na mesa, Pete voltou para a porta do corredor.

Tim pegou a 9 milímetros, pôs um braço em torno da mãe, olhou para Pete, verificando se a passagem estava livre. Pete fez que sim com a cabeça e Tim saiu com ela pela porta dos fundos.

Lá fora, correu com a mãe sob o sol brilhante até a passagem que levava para o lado norte da casa.

— Vá para a rua, vire à direita... — sussurrou ele.

— Mas você...

— ... ache a caminhonete de Pete, perto da esquina...

— ... não vai...

— procure uma mulher com uma cachorra, espere com elas.

— Mas a polícia...

— Só a gente.

— Tim...

— Vá — insistiu ele.

Outra mãe podia ter discutido ou se agarrado nele, mas ela era a mãe *dele*. Ela lhe lançou um olhar arrebatado de amor e se apressou rumo à frente da casa.

Tim voltou à cozinha, de onde Pete vigiava o corredor.

Tim deixou a porta dos fundos aberta atrás de si. Se as coisas dessem errado de formas inimagináveis, seria bom ter um rápido acesso para a saída.

Seguindo pela cozinha, do lado esquerdo do corredor ficava a sala de jantar, um armário e depois as escadas. À direita havia um lavabo, um pequeno gabinete e a sala.

Pete estivera lá muitas vezes desde que eles tinham ficado amigos aos 18 anos, desde que voltaram para casa aos 23. Ele conhecia a configuração da casa tão bem quanto Tim.

Eles ficaram parados escutando, mas a casa estava cheia de silêncio, ameaça e um destino cego. Então, juntos, fizeram o que já haviam feito muitas vezes antes, embora não recentemente: foram adiante calmamente em meio ao silêncio, de porta em porta, de cômodo em cômodo, pelos arrepiados e a mente tão clara como bebidas destiladas.

CAPÍTULO 62

SEM ENCONTRAR NADA DE REVELADOR NAS GAVETAS DA cômoda, Krait seguiu rumo a uma promissora cômoda. Ao passar pela janela, ele viu Mary no gramado da frente.

Ela corria para a calçada, virou à direita e ficou fora de vista, protegida pelas árvores da rua. As algemas balançavam penduradas em seu pulso esquerdo.

Por mais esperta que fosse, ela não teria conseguido se livrar da cadeira sozinha. O fato de ninguém correr ao seu lado confirmou a identidade do salvador. Tim estava na casa.

Por que e como eram perguntas que podiam esperar. Esta não era hora de indagações, e sim de uma resposta final ao problema do pedreiro.

Tirando a Glock da bandoleira, Krait cruzou rapidamente o quarto, hesitou diante da porta aberta e entrou de lado no corredor.

Se Tim tivesse subido ao segundo andar, já teria encontrado Krait. Podia até ter atirado nele quando ele viu Mary.

De onde estava, Krait conseguia ver o último degrau da escada.

Apontando para o patamar, ele esperou que aparecesse uma cabeça, um rosto que olhasse para cima e recebesse uma série de balas.

Trovões de silêncio emergiam lá de baixo, o tipo de silêncio que faz uma pessoa estremecer e suar, que prometia um relâmpago.

Krait deduziu que Tim não subiria as escadas sem uma estratégia e táticas comprovadas. Ele devia conhecer o perigo que podia se esconder em uma escadaria.

Parado ali no topo, no que parecia ser uma posição superior inatingível, Krait sentiu que também estava vulnerável. Ele recuou até não poder mais ver as escadas, e nem ser visto do patamar.

Olhou pelo corredor para a parte de trás da casa. Além da porta do quarto principal, havia mais cinco portas. Uma seria a do banheiro. Talvez alguma delas fosse um armário. No máximo havia três outros quartos.

Embora Krait sempre tivesse sido um homem decidido, hesitou por um momento, o que era pouco característico dele.

O silêncio emergia como uma inundação sufocante, embora isso fosse *apenas* silêncio, não imobilidade. Através dele se movia um predador único na experiência de Krait.

Tim e Pete, em lados opostos do corredor do primeiro andar, empurravam portas semiabertas com a ponta dos pés, examinando todos os espaços. Sondaram a sala de jantar a partir da arcada, a sala e chegaram às escadas.

Se o matador acreditasse que tinha a casa só para ele, provavelmente não estaria tão quieto.

Eles tinham diversas táticas para tomar uma escadaria, embora precisassem estar mais bem armados para isso. Não importava quantas escadas já tivessem subido antes, Tim não estava animado a atacar essa. Ali estavam degraus que pareciam perigosos.

Gesticulando, Tim indicou a Pete um simples plano de ação e um gesto de cabeça confirmou que o recado fora entendido. Deixando Pete nas escadas, Tim foi para os fundos da casa, de onde eles tinham acabado de vir.

No quarto principal, Krait destrancou a janela através da qual vira Mary correr. Ergueu o caixilho inferior, que fez um leve guincho nos trilhos encerados.

Sobre o peitoril, indo para o teto do alpendre, ele esperou uma saraivada de balas nas costas. Como isso não aconteceu, sem demora, saiu pela janela.

Dois carros passaram pela rua, mas os motoristas não perceberam um homem armado no teto do alpendre dos Carrier.

Krait foi até a beira, olhou para baixo e pulou ao lado de uma fileira de arbustos, aterrissando na grama.

Na sala, Pete pegou uma almofada do sofá e outra do assento de uma poltrona. Voltou com elas para o pé das escadas.

Olhando de relance pelo corredor, viu que Tim havia saído pela porta dos fundos.

A escadaria tinha uma passadeira embutida. Ele pensou no barulho que os passos fariam.

Nenhum som vinha do segundo andar. Talvez o cara estivesse tão seguro de si que estava tirando um cochilo. Talvez tivesse morrido do infarto mais convenientemente programado da história.

Com a pistola na mão direita, a almofada do assento sob o braço esquerdo e a outra na mão esquerda, Pete tentou o primeiro degrau. Não rangeu, nem o segundo.

A extremidade sul do alpendre dos fundos era fechada com uma treliça que Tim fizera há muito tempo com duas por quatro horizontais e duas por duas verticais. Sua mãe não teria tolerado uma treliça exótica.

A roseira trepadeira estava longe de seu ápice de crescimento naquela época do ano, mas tinha espinhos suficientes para deixá-lo contente por ter tantos calos nas mãos.

As horizontais aguentaram seu peso facilmente, mas as verticais duplas protestaram bastante.

No telhado, ele sacou a pistola do cinto e foi para a janela mais próxima. Do outro lado estava seu antigo quarto, que ele ainda usava quando passava um feriado lá ou quando cuidava da casa.

O quarto parecia deserto.

Quando criança, ele passara incontáveis noites no teto desse alpendre, deitado de costas estudando as estrelas. Louco por ar puro, ele nunca trancava a janela do quarto e talvez aquele trinco estivesse emperrado há uns 15 anos.

Em sua visita mais recente para passar a noite, seu pai ainda não havia trocado o trinco, então, é claro, ele temia que agora, na hora do aperto, pudesse descobri-lo consertado. Mas o pai respeitara a tradição e o trinco destrancado subiu com facilidade.

Como um gatuno, ele entrou no quarto. Alguns rangidos habitavam aquele chão, mas ele sabia onde eles se escondiam, então os evitou dando a volta no quarto até a porta, que estava entreaberta.

Parou e tentou escutar algum movimento, mas não ouviu nada. Abriu a porta e, cautelosamente, olhou para fora. Esperava ver o matador voltado para a frente da casa, próximo à escadaria, mas o corredor também estava deserto.

Pete parou a meio caminho no primeiro lance de escadas e esperou. Quando sentiu que Tim tivera tempo suficiente para chegar ao segundo andar, jogou a almofada no patamar.

Um pistoleiro nervoso podia atirar a qualquer momento, mas ninguém estourou a almofada.

Ele contou até cinco e jogou a almofada maior, pois um pistoleiro nervoso, mas não tanto a ponto de atirar na almofadinha, podia esperar um alvo subsequente e maior como sendo o ataque atrás do truque. Silêncio. Talvez esse cara não estivesse nervoso.

De quarto em quarto, de um armário a outro quarto e ao banheiro, Tim foi pelo corredor de cima, examinando cada cômodo, sem encontrar ninguém.

Ao se aproximar do quarto principal, ele ouviu a pesada almofada da poltrona caindo no patamar. Agarrou uma almofada decorativa de uma cadeira do corredor e jogou para baixo da escadaria próxima.

Tendo trabalhado com Tim o suficiente para interpretar a devolução da almofada como um sinal de caminho livre, Pete subiu rapidamente, mas alerta e em silêncio, com o braço que segurava a pistola estendido, iluminado por trás pela luz dourada da tarde que escoava pela alta janela circular sobre a escadaria.

Tim apontou para o quarto principal e eles ficaram um de cada lado da porta entreaberta, Tim do lado oposto às dobradiças. Era isso. O cara devia estar ali, portanto eles estavam na zona mortal.

Escancarou a porta, entrou rápido, varreu o cômodo com a arma. Foi para a direita, Pete para a esquerda, mas não havia ninguém na extremidade oposta da cama.

A janela aberta, as cortinas paradas no ar imóvel, isso não era bom. A janela aberta não era um bom sinal. Se o cara estivesse diante da janela na hora errada, quando ela cruzara o gramado da frente...

Ou era uma armadilha. Se eles fossem até a janela, as costas ficariam voltadas para a porta do quarto, agora entreaberta, e para o armário, agora fechado.

Ele queria a janela, sabia que era a janela, mas a gente segue as regras por uma razão, e a razão é que elas o mantêm vivo com mais frequência do que o mata.

Se o cara tivesse saído da casa e ido atrás de Mary, cada segundo contava, mas havia duas portas. Então, primeiro as portas.

Pete verificou a do armário. Ficou de lado e estendendo a mão para o puxador, abriu-a bem, mas nenhuma fuzilaria respondeu. No teto do armário, uma saída para o sótão, devidamente fechada. De qualquer modo, ele não teria ido para o sótão.

Tim abriu com força a porta do banheiro e entrou rapidamente. Naquele pequeno espaço, luz suficiente entrava pela janela cortinada para mostrar que não havia ninguém ali.

No quarto, o coração agora martelando, um gosto metálico na boca, talvez o gosto do desastre, ele disse a Pete:

— Ele foi atrás da minha mãe, vai encontrá-la com Linda.

Janela, alpendre, gramado eram mais rápidos que descer as escadas e sair, então ele foi rumo à banda da janela aberta. Pete estava atrás dele, mas com o canto do olho ele percebeu um movimento e se virou.

Além da porta aberta, uma grande luz dourada jogada pela janela circular sobre a escadaria iluminava a parede do corredor, e nela uma sombra se movia furtivamente, a sombra retorcida de um demônio onírico.

Krait não fora atrás de Mary e de Linda. Ele saiu pela janela da frente, deu a volta na casa, entrou pela porta da cozinha e subiu as escadas. Agora se aproximava atrás deles.

Porta aberta, pistola automática, ele iria entrar atirando. Nenhum lugar onde se refugiar, eles cairiam mortos, acertando nele ou não.

Tim soltou a pistola, agarrou a cômoda, sem saber de onde lhe vinha a força. Ele era grande, mas a cômoda também, estava cheia de blusões dobrados, cobertores e mais o diabo que estivesse ali dentro. Mesmo assim ele a ergueu do chão, afastando-a da parede, e lançou-a na direção da porta. Balas em alta velocidade a perfuraram enquanto ele a colocava no chão, pancadas secas, e uma rajada veio pelas gavetas, atravessando seu conteúdo, furando a tábua de trás, ficando a 5 centímetros do seu rosto, uma lasca de madeira lhe mordendo a face.

Pete estava estendido no chão, talvez atingido, não, atirando também por baixo da cômoda, que se apoiava sobre pés de 15 centímetros. Uma droga de ângulo, toda habilidade inútil, só mandando bala, mas assim como há azar há também sorte e o cara no corredor gritou.

A pistola com o silenciador fez pouco ruído, mas os tiros que entravam tinham lascado madeira, furado paredes, quebrado luminárias. Tudo parou e só o grito, que diminuiu até um agudo lamento fúnebre, pôde ser ouvido.

Talvez o grito fosse um truque, talvez o cara estivesse trocando o pente na pistola, mas Tim agiu por instinto e pegou a arma do chão. Saiu de trás da cômoda, não viu ninguém no vão da porta e foi até o corredor.

O ar estava tomado pelo cheiro do tiroteio. No chão, cartuchos usados. Havia sangue no tapete.

Atingido na perna esquerda, o tubarão da taberna recuara em direção às escadas, ainda de pé, mas se escorando no corrimão. O estrepitar de um novo pente se acomodando. Os olhos de buraco negro se ergueram, encontraram Tim e, apesar do lamento agudo, ali estava o sorriso.

Tim deu dois tiros e o tubarão foi atingido no ombro esquerdo, mas sua mão direita ainda estava desperta e a pistola se ergueu, o cano oscilante, mas tão profundo como as pupilas dilatadas dos olhos famintos. Querendo o sujeito vivo, Tim foi rapidamente até ele, pois a gente tem que caminhar direto para aquilo de que não ousa fugir. O cano deu um coice, uma rajada de fogo passou rente a sua cabeça, provocando uma ardência dolorosa.

Uma segunda rajada passou longe do alvo porque o tubarão precisava das duas mãos para atingi-lo e Tim o alcançou, tirando-lhe a pistola, o cano quente em suas mãos calosas e o matador caiu de costas pelas escadas, desfalecendo no patamar, não morto nem tampouco pronto para correr uma maratona.

Tim tocou o lado direito da cabeça, onde mais doía e notou que a mão estava encharcada de sangue. Algo de errado com seu ouvido. Ele conseguia ouvir, mas o sangue descia pelo canal.

Querendo o nome do cara que tinha o cachorro paraquedista chamado Larry e que pagara pelo assassinato de Linda, Tim desceu as escadas. Ajoelhou-se ao lado do homem caído, estendeu o braço com a intenção de levantar a cabeça do matador pelos cabelos.

Um canivete se abriu, cortou. Tim sentiu uma leve pressão na palma da mão estendida. O tubarão estava se erguendo, se equilibrando na perna boa e, não sendo dos que desistem com facilidade, Tim atirou duas vezes à queima-roupa na garganta dele e acabou com tudo.

Krait caiu para trás num labirinto infinito de espelhos, a luz amarelada e mortiça. Figuras estranhas se moviam em incontáveis painéis prateados, cientes da presença dele, aproximando-se e cercando-o, de um espelho para outro. Ele apertou os olhos para vê-los melhor, mas quanto mais tentava enxergá-los, mais rapidamente as luzes sumiam, até deixá-lo, enfim, numa escuridão palpável, numa erma região repleta de espelhos.

O canivete apenas lhe arranhara a palma da mão esquerda, cortando a pele, mas deixou a carne intacta.

Sua orelha direita piorara.

— Tá faltando um pedaço — disse Pete.

— Um pedaço grande?

— Não muito. Sua cabeça não vai se desequilibrar, mas você precisa de um médico.

— Ainda não. — Tim se sentou no chão do corredor, encostando na parede. — Não se perde uma vida por causa de uma orelha rasgada.

Procurou pelo celular em seu bolso e ligou para o número do descartável deixado com Linda. Colocou-o no ouvido machucado, mas logo desistiu e levou-o para o outro.

Quando ela respondeu, Tim disse:

— Ele está morto, nós não.

Aliviada, ela soltou o fôlego e disse:

— Eu nem sequer te beijei ainda.

— Podemos fazer isso, se você quiser.

— Tim, eles querem que a gente saia do carro. Sua mãe e eu, nós fechamos as janelas e trancamos as portas, mas eles estão tentando nos tirar daqui.

Confuso, ele disse:

— Quem? O quê?

— Eles chegaram muito rápido e fecharam a rua, logo depois de ouvirmos o tiroteio. Olhe pela janela.

— Espera aí. — Ele se levantou e disse a Pete: — Temos companhia.

Eles foram até a janela aberta do quarto principal. A rua estava cheia de caminhonetes pretas com grandes letras brancas nos tetos e nas portas dianteiras: FBI.

Homens armados tinham se posicionado atrás dos veículos e em vários outros pontos para dar cobertura.

— Enrole eles por dois minutos — disse Tim a Linda —, depois diga a eles que está tudo acabado e que sairemos da casa.

— O que é isso? — Pete cogitou.

— Não sei — disse Tim, desligando.

— Isso parece certo?

— Parece alguma coisa.

Ele se afastou da janela e ligou para o auxílio à lista telefônica. Quando a telefonista atendeu, ele pediu os números de Michael McCready.

Ela se ofereceu para fazer aquela ligação por uma taxa extra, e esse não era um dia para economizar centavos.

Mickey atendeu e Tim disse:

— Ei, Mickey, vou ter que adiar aquela visita.

— Pelos anjos que estão no céu, Tim, o que está havendo aqui?

— Você está filmando isso?

— Está melhor do que suas festas de aniversário quando criança, menino Tim.

— Ouça, Mickey, não os deixe vê-lo com a câmera. Filme de dentro de casa. Use o zoom, tente pegar o máximo de rostos em close que conseguir.

Mickey ficou quieto por um instante e depois disse:

— Eles são um monte de canalhas, Tim?

— Podem ser.

CAPÍTULO 63

ELE DISSE QUE ERA STEVE WENTWORTH. AQUELE PODIA ser de fato seu nome ou apenas um de seus vários.

A foto da sua identidade, complementada por detalhes holográficos convincentes, dizia FEDERAL BUREAU OF INVESTIGATION.

Alto, atlético, com cabelo corte escovinha e as feições ascéticas de um belo monge, ele parecia plausível. Talvez plausível demais.

O sotaque sulista fora polido pela educação recebida na Ivy League.

Wentworth queria conversar a sós com Tim, no pequeno gabinete ao lado do vestíbulo. Tim insistiu na presença de Linda.

Resistindo, Wentworth disse:

— Esta é uma cortesia que não posso estender a ninguém mais, além de você.

— Ela e eu somos um — disse Tim, sem a intenção de ceder.

Eles a trouxeram da sala de jantar, onde fora detida para interrogatório.

A casa estava apinhada de agentes. Se é que eram agentes.

Tim os viu como se fossem os orcs de *A sociedade do anel.*

Entrando no gabinete, ela disse a Wentworth:

— Ele precisa de um médico.

— Temos paramédicos aqui — disse Wentworth —, mas ele não os deixa tocá-lo.

— Está quase parando de sangrar — garantiu-lhe Tim.

— Porque a sujeira coagulou. Santo Deus, Tim.

— Não está doendo — disse ele, embora estivesse. — Tomei duas aspirinas.

A mãe dele e Pete estavam detidos na sala íntima.

Supostamente alguém pretendia ouvir os depoimentos deles.

Provavelmente sua mãe achava que agora estavam seguros. E talvez estivessem.

O cadáver do pistoleiro tinha sido ensacado e retirado da casa numa maca. Ninguém tirara fotos dele antes da remoção.

Se houvesse alguém do CSI, provavelmente teria se esquecido de trazer o equipamento. Ninguém parecia estar coletando provas.

Wentworth fechou a porta do gabinete. Tim e Linda se sentaram juntos no sofá.

O agente se acomodou numa poltrona e cruzou a perna. Ele tinha o ar relaxado de um mestre do universo.

— É uma honra conhecê-lo, Sr. Carrier.

Tim sentiu os analíticos olhos verde-egípcios o observando, e ele disse a Wentworth:

— Não faço questão disso.

— Entendo. Mas é verdade. Se você não fosse quem é, eu não estaria aqui, e isso não teria acabado para a Srta. Paquette.

— Estou surpreso — disse Tim.

— Por quê? Porque você acha que não estamos do mesmo lado?

— E estamos?

Wentworth sorriu.

— Se estamos ou não, do jeito que o mundo está mudando, algumas coisas devem permanecer acima de tudo. Visando à reconstrução íntegra, algumas coisas devem ser respeitadas, inclusive homens como você.

— Reconstrução íntegra?

Wentworth deu de ombros.

— Necessitamos dos jargões.

— Estou confusa aqui — disse Linda.

— Ele vai nos explicar o que está acontecendo — disse Tim.

— O que está acontecendo?

— Apenas o necessário.

— Eu prefiro não contar nada — disse Wentworth. — Mas *você*... você não vai descansar enquanto não souber.

— O senhor não é do FBI, é? — perguntou Linda.

— Somos o que for preciso ser, Srta. Paquette.

Seu terno tinha o corte e o acabamento sob medida de um refinado alfaiate e o relógio valia um ano do salário de um agente.

— Nosso país, Tim, precisa fazer algumas concessões.

— Concessões?

— Já não podemos ser o que éramos. No interesse da prosperidade, deve haver menos liberdade. Liberdade em excesso gera menos paz.

— Tente vender isso numa urna eleitoral.

— Fazemos isso, Tim. Incitando falsos temores na população. Lembra-se do *bug* do milênio? Todos os computadores entrariam em pane quando desse meia-noite do ano 2000! O colapso da civilização altamente tecnológica! Mísseis nucleares se lançariam sem controle! Milhares de horas de noticiários e quilômetros incontáveis de imprensa venderam o terror do *bug* do milênio.

— Que não aconteceu.

— Aí que está. Já não faz muito tempo que nada aparece nos noticiários a não ser destruição? Você acha que isso simplesmente acontece? Condutores de energia elétrica causam câncer! Mas é claro que não. A maioria das coisas que você come vão matá-lo e este pesticida e aquele produto químico também! Mas a verdade é que as pessoas têm vidas mais longas e saudáveis a cada década. O medo é um martelo e, quando cada pessoa bate o seu martelo, chegando à conclusão de que suas existências estão por um fio, elas serão levadas para onde devem ir.

— E para onde devem ir?

— A um futuro responsável, num mundo adequadamente dirigido.

Wentworth não era um homem que gesticulava. Suas mãos descansavam imóveis nos braços da poltrona. Suas unhas feitas brilhavam como se pintadas de esmalte transparente.

Tim refletiu sobre a expressão:

— Futuro responsável.

— A maioria das pessoas que o povo elege é tola, pura fraude. Quando os políticos fazem um governo capaz de conduzir este país rumo à necessária reconstrução de seus sistemas, eles podem ser apoiados, mas quando fazem má política, devem ser sabotados em cada movimento, que vem de dentro.

Tim olhou para a fina crosta de sangue que o canivete desenhara na palma de sua mão esquerda.

— Esperem só — disse Wentworth — até... ah, digamos... que a ameaça do impacto do asteroide cresça nos próximos anos. Vocês veriam sacrifícios impensáveis rapidamente sendo abraçados pelas pessoas enquanto unimos o planeta para estabelecer um sistema massivo para desviar o asteroide no espaço.

— Há um asteroide se aproximando? — perguntou Linda.

— Pode haver — disse Wentworth.

Ainda olhando para o sangue ressecado em sua mão, Tim indagou:

— Por que Linda era um alvo?

— Há dois anos, dois homens se encontraram para um café no pátio do Cream & Sugar.

— Quem eram eles?

— Um estava secretamente a serviço de um senador dos Estados Unidos, o outro era a ligação com grupos estrangeiros com os quais o senador não queria ter seu nome relacionado.

— Grupos estrangeiros.

— Já estou sendo muito generoso com você, Sr. Carrier. O outro homem era um infiltrado de um desses interesses estrangeiros.

— Estavam apenas tomando café no Cream & Sugar?

— Suas suspeitas mútuas exigiam um lugar público para o encontro.

— E eu estava lá nesse dia? — perguntou Linda.

— Sim.

— Mas não me lembro de ter percebido a presença deles — protestou ela. — E certamente não ouvi o que diziam.

A princípio, Tim calculou que Wentworth tivesse uns 40 anos, mas uma observação mais demorada sugeria que ele andava em meio aos 50, já aplicando Botox há uns 15 anos para ter aquela testa lisa demais e olhos sem pés de galinha.

— Charlie Wen-ching — disse Wentworth — adorava seu painel da fama.

Linda franziu o cenho.

— O senhor se refere àquelas fotos dos clientes?

— Ele estava sempre fotografando os fregueses com sua câmera digital e atualizando o painel. Naquele dia, ele a fotografou, assim como outros clientes assíduos no pátio.

— Ele me fotografou mais de uma vez — disse Linda —, mas acho que sei a que dia o senhor se refere.

— Como o homem do senador e o infiltrado estrangeiro não eram frequentadores, Charlie não os abordou para uma foto. As fotos que ele tirou dos outros mal chamaram a atenção deles.

— Mas eles estavam no fundo dessas fotos — concluiu Tim.

— E daí? — disse Linda. — Ninguém sabia quem eles eram.

— Mas, no ano seguinte, quatro coisas aconteceram — contou Wentworth.

— Primeiro — imaginou Tim —, veio à tona nos círculos políticos e jornalísticos que o sujeito da ligação secreta estava associado ao senador.

— Isso. E o infiltrado estrangeiro acabou sendo publicamente identificado como um dos principais estrategistas de uma grande organização terrorista.

— Qual foi a terceira coisa? — perguntou Linda.

Wentworth descruzou uma perna e cruzou a outra. Ele usava meias de grife com um motivo geométrico azul e vermelho.

— Os filhos de Charlie, Michael e Joseph, montaram um site. Muito bem-feito. Um primeiro passo para criar uma cadeia de Cream & Sugars.

— É, eles chamaram a atenção de algumas revistas de negócios — lembrou-se Linda.

— E o site começou a ficar famoso. A galeria de frequentadores assíduos mostrava umas duzentas fotos favoritas de Charlie... algumas com o tal sujeito e o infiltrado estrangeiro ao fundo, totalmente identificáveis.

— O homem do senador se encontrando secretamente com o equivalente a Osama bin Laden... isso podia destruir uma carreira política — disse Tim.

— Até mesmo um partido político — disse Wentworth.

— Mas com todos os seus recursos — disse Linda — o senhor poderia ter entrado no site deles e se livrado das fotos.

— Fizemos o máximo que podíamos. Está na internet, está lá em algum lugar para sempre. Além disso, Charlie tinha os arquivos das fotos num cofre no Cream & Sugar.

— Assaltassem o lugar. Roubassem os discos.

— Ele costumava dar cópias aos clientes que ele fotografava.

— Então que assaltassem esses também. Por que matar todas essas pessoas?

— Se um procurador ambicioso ou um jornalista rebelde fosse até uma delas, quem sabe o que poderiam lembrar... ou *fingir* lembrar. "Ah, sim, lembro-me de ouvi-los falar sobre o bombardeio de uma embaixada e meses depois isso aconteceu." As pessoas adoram ficar sob os holofotes, sonham com seu momento de fama.

— Então decidiram — disse Tim — liquidar todo mundo que, algum dia, poderia *fingir* que os ouviu no pátio aquele dia.

Wentworth tamborilou os dedos elegantes nos braços da poltrona, sendo este seu primeiro movimento de mãos desde que se sentara.

— Há muito em jogo, Sr. Carrier. A quarta coisa é que a estrela do senador ascendeu. Ele pode vir a ser nosso próximo presidente. O que seria bom. O senador está conosco há vinte anos, desde o nosso início.

— O senhor quer dizer com esse governo sombrio de vocês.

— Sim. Nós prosperamos na burocracia, nos departamentos legais, na comunidade de inteligência, no Congresso... mas agora existe a oportunidade de estender nosso alcance ao Salão Oval.

Wentworth consultou o relógio e se pôs de pé.

— O homem que eu matei... — disse Tim.

— Apenas um instrumento. Bom por algum tempo. Mas ele parecia estar entrando em parafuso.

— Qual era seu verdadeiro nome?

— Não era ninguém especial. Há milhares como ele.

— Milhares — murmurou Linda.

Cruzando os dedos, estalando as articulações, Wentworth disse:

— Quando descobrimos que ele estava pondo o senhor e a sua família em risco, Sr. Carrier, tivemos que intervir. Como eu disse... algumas coisas precisam ser respeitadas pelo amor à reconstrução íntegra.

— Mas isso é só um jargão.

— Sim, é, mas por trás do jargão há uma filosofia em que acreditamos e pela qual tentamos viver. Somos homens e mulheres íntegros.

Enquanto Tim e Linda se levantavam do sofá, Wentworth arrumou o nó da gravata e puxou os punhos.

Ele sorriu.

— Afinal de contas, se homens como você não tivessem tão valentemente defendido este país, nada teríamos a reconstruir.

Tim tinha sido tanto respeitado quanto posto em seu lugar.

Antes de abrir a porta para o vestíbulo, parado com a mão na maçaneta, Wentworth disse:

— Se você tentar levar a público o que eu disse aqui, fará papel de tolo paranoico. Garantiremos isso com todos os nossos formadores de opinião na mídia. E depois, certo dia, você irá espancar e matar a Srta. Paquette e toda a sua família, e depois cometerá suicídio.

Linda foi rápida em defender Tim.

— Ninguém acreditaria que ele pudesse fazer isso.

Wentworth ergueu as sobrancelhas.

— Um herói de guerra, tendo visto tantos horrores e sofrido de distúrbios pós-traumáticos, finalmente entra em colapso, perpetrando uma carnificina? Srta. Paquette, levando em conta todas as coisas impossíveis que o público foi persuadido a acreditar ultimamente, *essa* desceria tão suavemente como uma colher de sorvete.

Ele saiu do cômodo.

— Tim? Herói de guerra? — perguntou Linda.

— Agora não — disse ele e levou-a em direção ao corredor.

Wentworth saiu da casa pela porta da frente, deixando-a aberta. Tim a fechou.

Todos os orcs pareciam ter ido embora.

A mãe de Tim estava na cozinha com Pete.

Ela tinha um olhar assombrado e Pete quis saber:

— Que droga foi essa?

— Leve mamãe e Linda para sua casa.

— Eu fico — disse ela. — E você tem que tratar dessa orelha.

— Confie em mim. Vá com Pete. Tenho que fazer umas coisas. Vou chamar o papai, ele virá para casa e me leva até o pronto-socorro. Nos encontramos todos na casa de Pete mais tarde.

— E depois? — ela perguntou.

— E depois seguimos com as nossas vidas.

O telefone e a campainha começaram a tocar simultaneamente.

— Vizinhos — disse Tim. — Não vamos falar com nenhum deles até termos combinado juntos uma história.

Depois que Pete saiu com Linda e Mary, Tim foi até a garagem e pegou uma navalha do armário de ferramentas do pai.

Cortou fora as manchas de sangue do tapete nas escadas e no corredor de cima. Colocou-as no saco e o levou para fora com o resto do lixo.

A campainha e o telefone tocavam periodicamente, mas não com a mesma frequência de antes.

Surpreendentemente, nem a almofadinha nem a almofada da cadeira estavam manchadas de sangue. Ele as devolveu à sala.

Recolheu as tiras rasgadas da pintura destruída e lá em cima pegou todos os cartuchos vazios, jogando tudo no lixo.

Fazendo algum esforço, encostou a cômoda na parede de novo. Reuniu as luminárias quebradas. Usou o aspirador de pó para limpar as lascas de madeira e outros escombros do tapete do quarto principal.

Em um ou dois dias, consertaria os furos das balas na parede e daria duas demãos de tinta nelas.

Ele trancou a janela do quarto principal, depois fechou, mas não trancou, a janela do seu quarto, nos fundos da casa.

Os orcs tinham levado toda a parafernália do pistoleiro que estava na bancada da cozinha. Assim como a algema do pé da mesa.

As maçãs fatiadas na tigela de metal tinham ficado marrons. Junto com as cascas que estavam na pia, foram jogadas no lixo.

Lavou a tigela, o descascador e a faca, enxugou tudo e guardou cada coisa em seu lugar.

Mais tarde consertaria a cadeira quebrada.

Essa era sua casa, onde ele se criara, um lugar sagrado, e ele o deixaria intacto.

Depois de ligar para o pai, atravessou a rua para uma breve visita a Mickey McCready.

CAPÍTULO 64

A BANDA LARGA DE PETE HAVIA SIDO RESTAURADA E ninguém levara seu computador. Ele o ligou, convidou Linda a se sentar diante do monitor, deu-lhe o endereço de um site e saiu da sala.

No site, Linda encontrou a seguinte menção honrosa ao digitar o nome de Tim:

Ao sargento Timothy Eugene Carrier, pela notável bravura e intrepidez em ação arriscando a própria vida acima e além do chamado do dever. Um pelotão da companhia do sargento Carrier, em operações, descobriu um depósito onde estavam ocorrendo execuções em massa de civis simpatizantes ao movimento democrático. Enquanto o pelotão lutava para se apossar do prédio e resgatar os prisioneiros, que incluíam dezenas de mulheres e crianças, foi atacado e cercado por uma numerosa força inimiga. Percebendo que a unidade sofrera baixas que a privava de uma liderança eficaz, e consciente de que o pelotão ainda estava sob ataque, o sargento Carrier convocou oito homens e seguiu de helicóptero para reforçar o pelotão cercado. O sargento Carrier desembarcou com seus homens do helicóptero, que foi atingido na aterrissagem pela ação inimiga e, desafiando os disparos incessantes, liderou-os e a tripulação do helicóptero até o pelotão cercado, onde realmente todos os oficiais graduados haviam perecido. Pelas cinco horas seguintes, ele passou destemidamente de uma posição a outra, dirigindo as tropas e encorajando-as. Embora dolorosamente atingido na perna e nas costas pelos fragmentos de uma granada, o sargento Carrier dirigiu a valente defesa ao longo de ataques repetidos ao inimigo, notificando o quartel-general sobre o empenho do pelotão. Quando o depósito foi invadido pelas forças inimigas, ele pessoalmente os deteve no espaço crítico da porta por extenuantes quarenta minutos, desfalecendo devido aos numerosos ferimentos apenas quando o inimigo bateu em retirada diante da chegada dos reforços que ele chamara. Os atos do sargento Carrier salvaram seus companheiros fuzileiros de serem capturados e minimizaram a perda de vidas. Uma cuidadosa inspeção pelo depósito revelou 146 civis mutilados ou decapitados, sendo 23 deles mulheres e 64 crianças. A dedicação corajosa ao dever e o espírito de luta indomável ajudaram a salvar outros 366 civis lá detidos, 112 deles mulheres e 220 crianças, algumas delas bebês. Sua liderança e seu grande valor pessoal em face a adversidades esmagadoras lhe refletem grande crédito e estão de acordo com as mais elevadas tradições da Corporação dos Fuzileiros Navais da Marinha dos Estados Unidos.

Esse homem, com sua doce cabeça grande e seu coração terno, tinha sido agraciado com a Medalha de Honra do Congresso.

Ela leu a menção honrosa uma vez, trêmula de admiração. Em lágrimas leu outra vez e mais outra.

Quando Pete achou que ela já tinha ficado sozinha por tempo suficiente, ele sentou-se ao lado dela e pegou sua mão.

— Meu Deus, Pete. Meu Deus.

— Eu estava no pelotão do depósito, quando ele chegou com seus oito homens.

— Quando vocês cresceram juntos.

— Mais tarde, durante o jantar, você vai conhecer Liam Rooney, um dos homens que foram com Tim. E a mulher dele, Michelle; ela pilotava o helicóptero atingido. Você viu na menção honrosa, quando diz que ele liderou seus homens e a tripulação desafiando os disparos incessantes?

Ela fez que sim.

— O que não contam ali é que primeiro ele pôs um torniquete no braço de Michelle. E quando ele avançou enfrentando os disparos incessantes, ele a protegia e praticamente a carregava.

Por algum tempo, ela não conseguiu falar e depois disse:

— Cada idiota de costa a costa sabe quem é Paris Hilton, mas quantos conhecem o nome *dele*?

— Um em 50 mil? — calculou Pete. — Mas ele não levaria isso de outro modo. Ele pertence a um pequeno clube, Linda. Conheci vários homens que também receberam a medalha. Todos eles são diferentes de alguma forma e têm idades variadas, recuando até a Segunda Guerra. Mas, de algum modo, eles se parecem. Uma coisa que noto em todos eles, e isso realmente impressiona quando a gente os conhece, é não falar sobre o que fizeram e, se forem pressionados a comentar, ficam constrangidos de serem vistos como heróis. Eu não sei se todos eles já nasceram com essa humildade ou se ela veio com a experiência, mas é uma humildade que eu sei muito bem que nunca vou ter.

Eles foram até a cozinha.

Mary estava diante da pia, descascando maçãs para fazer uma torta.

— Sra. Carrier — disse Linda.

— Sim.

— Obrigada.

— Pelo quê, querida?

— Pelo seu filho.

CAPÍTULO 65

O CÉU ERA VASTO, ASSIM COMO A PLANÍCIE E OS CAMPOS verdes do milho prematuro. Pela vastidão, se estendia a tranquilidade de coisas crescendo e de homens pacientemente cultivando-as.

Tim encontrou o caminho interrompido no desvio da autoestrada, onde se atrasara um pouco, e depois dirigiu por quase 1 quilômetro pela alameda até a casa da fazenda.

Dois andares, espaçosa, mas em nenhum sentido palaciana, a casa se encontrava com o mundo através de uma varanda que a cercava por todos os lados. As paredes de tábuas brancas estavam tão impecavelmente conservadas que, sob o sol direto do Meio-Oeste, ele não conseguia detectar nenhum descascar na pintura, nem a mínima mancha causada pelo tempo.

Ele já vira a casa em fotos, mas nunca estivera lá antes.

Tinha vestido seu único terno, uma das duas camisas brancas que possuía e uma gravata nova que comprara especialmente para essa ocasião. Ao sair do carro alugado, arrumou o nó da gravata, passou as mãos na parte da frente do casaco para tirar qualquer fiapo, se houvesse algum, e olhou para baixo para ter certeza de que não precisava dar mais uma lustrada nos sapatos, dando uma rápida esfregada com eles atrás das pernas das calças.

Um jovem simpático, vestido de modo mais informal, tinha vindo recebê-lo e o levou até a entrada, oferecendo-lhe um chá gelado.

Agora Tim estava sentado numa bela cadeira de balanço na varanda, segurando uma xícara de chá excelente.

Ele se sentia grande, desajeitado, vestido a caráter, mas não deslocado.

A varanda inteira estava mobiliada com cadeiras de balanço de madeira curvada e poltronas, sofás e mesinhas de vime, como se à noite os vizinhos costumassem ir até ali para aproveitar as comodidades do lugar e falar sobre o tempo.

Ela não o deixou esperando. Chegou de botas, jeans marrom-claro e uma blusa branca bem passada, muito mais informal que na ocasião anterior em que estivera em sua companhia.

Ele disse que era um prazer vê-la novamente, e ela, educadamente, respondeu que o prazer era todo dela, fazendo-o sentir que era verdade.

Aos 75 anos, ela era alta e aprumada, com o cabelo grisalho cortado curto, e seus olhos azuis eram tão diretos quanto claros.

Ela tinha um firme aperto de mão, como ele se lembrava. Suas mãos eram fortes e bronzeadas.

Tomaram chá e conversaram sobre o milho e os cavalos, que ela amava, e sobre as delícias do sol do Meio-Oeste ali onde ela nascera e se criara, e de onde esperava nunca sair. Então ele disse:

— Senhora, vim aqui lhe pedir um favor de grande importância para mim.

— É só pedir, sargento Carrier, e eu farei tudo que puder.

— Vim aqui para requerer um encontro particular com seu filho, e é vital que a senhora mesma fale diretamente com ele sobre isso.

Ela sorriu.

— Felizmente, nós dois sempre estivemos em excelentes termos de comunicação, exceto por um mês, quando ele estava na Marinha e pensou que tinha de se casar com uma moça que eu tinha certeza de ser errada para ele.

— E o que aconteceu, senhora?

— Para meu alívio e considerável satisfação, ele descobriu que a moça não estava interessada em se casar com ele.

— Eu vou me casar daqui a um mês — disse Tim.

— Parabéns, sargento.

— E eu tenho certeza de que ela é a moça certa.

— Bem, você é mais velho agora do que meu filho era na época e, ouso dizer, mais sensato.

Eles falaram um pouco sobre Linda e depois sobre o encontro que ele queria e por quê. Ele não lhe disse tudo, mas contou mais do que pretendia.

CAPÍTULO 66

NO CREPÚSCULO, A FLORESTA PERENE ENCONTRAVA-SE numa fragrante quietude, como uma catedral onde somente corujas faziam seu culto com uma oração de única palavra.

Com perfeita graça, a grande casa de madeira compartilhava o último declive com as árvores diante de um longo lago que ardia ao reflexo do fogo celeste.

Um homem acompanhou Tim na descida de um conjunto de escadarias levemente iluminadas desde o deque até um píer que adentrava a água por uns 3 quilômetros.

— Daqui em diante o senhor segue sozinho — disse ele.

Os passos de Tim eram abafados sobre as tábuas, as ondas marulhavam suavemente entre os pilares e, na água sombria, em algum ponto à sua direita, um peixe saltou e caiu de volta na água.

No final do píer havia um quiosque aberto, grande o bastante para receber oito convidados para o jantar. Essa noite a mesa era pequena e só havia duas cadeiras, ambas voltadas para o céu do Oeste. O céu se refletia na água.

Sobre a mesa havia uma bandeja de sanduíches coberta com uma tampa de vidro e, em um balde de prata cheio de gelo picado, aninhavam-se quatro garrafas de cerveja.

O anfitrião de Tim levantou-se para cumprimentá-lo e eles apertaram as mãos. O anfitrião abriu duas cervejas. Eles se sentaram para observar os últimos momentos do crepúsculo, bebendo no gargalo.

O crepúsculo se derramou em roxo e, conforme o roxo escurecia, surgiram as estrelas para coroar a noite.

A princípio, Tim se sentiu constrangido e não conseguia pensar em algo para dizer, desejando que houvesse um belo trabalho de alvenaria por perto que lhe possibilitasse um comentário favorável, mas não havia uma pedra ou tijolo sequer à vista. Mas foi logo posto à vontade.

As luzes do quiosque estavam apagadas, mas a luz do luar refletia-se na água escura, deixando a noite clara o suficiente.

Falaram de suas mães, entre outras coisas, e ambos tinham histórias tão engraçadas quanto ternas.

Comendo os sanduíches e bebendo a segunda garrafa de cerveja, Tim contou sobre o pistoleiro de olhos famintos e Wentworth, além de tudo o que acontecera. Houve muitas perguntas, que foram respondidas, e depois houve mais, pois esse filho do Meio-Oeste era um homem meticuloso.

Colocando o DVD de Mickey McCready sobre a mesa, Tim disse:

— O que eu lhe peço, senhor, pelo amor à minha família, é que faça o possível para abordá-los de modo que não dê a impressão de que eu lhe contei.

Ele prometeu que faria isso e Tim sabia que podia confiar nele. Em certo sentido, ele estava abrindo uma porta ali. Possuía um instinto para portas, e esta lhe parecia segura.

— Senhor, esse vídeo mostra vinte homens, todos os seus rostos estão bem nítidos, inclusive o de Wentworth, ou qualquer que seja seu nome. Todos eles trabalham em forças policiais ou tem algum cargo governamental, portanto suas fotos de identificação estão arquivadas. Basta fazer uma comparação usando um software de reconhecimento facial e eles serão encontrados. Calculo que cada um desses vinte pode entregar outros vinte e assim por diante. Mas estou lhe dizendo como fazer algo que o senhor sabe melhor que eu.

Pouco depois, um auxiliar chegou pelo píer. Cumprimentou Tim com um gesto de cabeça e disse ao patrão:

— Sr. Presidente, a ligação que o senhor estava esperando será completada em cinco minutos.

Tim se levantou com o anfitrião e os dois deram um aperto de mãos.

— Já estamos aqui há um bom tempo — disse o presidente. — Meu limite é duas, mas você gostaria de outra cerveja antes de ir?

Olhando em volta para o lago negro, para a ondulação prateada pelo luar ao longo das cristas, para as árvores escuras emergindo de cada margem e o céu perfurado de luz em milhares de pontos, Tim disse:

— Muito obrigado, senhor. Não seria nada mau.

Ele ficou de pé até que o presidente tivesse feito todo o trajeto de volta pelo píer, e depois sentou-se novamente.

Uma empregada trouxe a cerveja e um copo gelado numa bandeja e depois o deixou sozinho. Ele não usou o copo e cuidou da cerveja.

Do outro lado do lago, bem distante, veio o pio encantador de um pássaro, cujos ecos eram igualmente encantadores.

Tim estava tão longe de casa aqui quanto estivera naquela casa branca de fazenda na planície, mas se sentia em paz porque tudo era sua casa, de fato, de oceano a oceano.

CAPÍTULO 67

ELES NÃO PODIAM PAGAR OS PREÇOS DO SUL NEM DA BAY Area, então encontraram uma pequena cidade ao longo da costa central que lhes agradou.

Mesmo ali, ficava muito caro morar perto do mar ou ter uma boa vista dele, mas eles compraram uma casa de boa estrutura da década de 1930.

Enquanto reformavam a propriedade, mantendo as características do período, moraram num trailer. A maior parte do trabalho foi feita por eles mesmos.

A família dele, que por sua definição incluíam Pete, Zoey, Liam e Michelle, foram para o Norte para a inauguração da casa entre o dia de Ação de Graças e o Natal. Michelle trouxe o lustre de leões pronto e Linda chorou quando o viu e chorou de novo ao saber da gravidez de Michelle.

Ele conseguiu um trabalho construindo um muro e depois um deque, e cada projeto levava a outro. Logo, todos na cidade o conheciam: Tim, o pedreiro, que gosta do que faz.

Com a casa pronta, Linda recomeçara a escrever. Uma história que não era cheia de raiva, em que as frases não pingavam amargura.

— Isso vai levar a algum lugar — disse ele, depois que ela lhe deu os primeiros capítulos para ler. — Isso é verdadeiro. Isso é você.

— Não, cabeção — disse ela, sacudindo as páginas diante dele. — Isso não sou eu. Isso é você.

Eles não tinham TV, mas alguns dias compravam o jornal.

Em fevereiro, nove meses após Tim ter matado o pistoleiro que perseguia Linda, a mídia se inundou de reportagens sobre conspirações e denúncias. Dois políticos proeminentes cometeram suicídio, Washington tremeu, e impérios políticos ruíram.

Eles acompanharam o noticiário por uma semana, depois pararam.

À noite, ouviam músicas e antigos programas de rádio — Jack Benny, Phil Harris, Burns e Allen.

Tinham vendido o Ford 1939, no qual o pistoleiro deixara uma lembrança, e falavam em comprar outro se o livro dela vendesse bem.

Como Pete, Tim costumava sonhar com bebês de cabeça decepada e com uma mãe perturbada, que embora agradecida pelos dois filhos vivos, havia perdido um e, num acesso de emoções conflitantes, arrancara os próprios cabelos pela raiz para trançá-los como simples ornamento, visto que era pobre e nada mais tinha para demonstrar sua gratidão. Ele já não sonhava com essas coisas.

O vasto mundo continuava escuro e ameaçado por uma escuridão ainda maior. Mas ele e Linda haviam encontrado um pequeno lugar iluminado, pois ela sabia como resistir, e ele sabia lutar. Juntos formavam um todo.

SOBRE O AUTOR

DEAN KOONTZ, autor de muitos *best sellers* do *New York Times*, mora com sua mulher, Gerda, e sua cachorra, Trixie, no sul da Califórnia. Correspondência para o autor deve ser endereçada a:

Dean Koontz
P.O. Box 9529
Newport Beach, California 92658

Num leilão beneficente para *Canine Companions for Indepedence*, Linda Paquette, de Pasadena, Califórnia, recebeu a dúbia honra de dar seu nome a uma personagem deste livro.

Este livro foi composto na tipologia Adobe Caslon Pro,
em corpo 11/15,3, e impresso em papel off-white 80g/m²
pelo Sistema Cameron da Distribuidora Record
de Serviços de Imprensa S.A.